RANPO

V

兩分銅幣

江戶川亂步｜攝於大正十五年（1926）

目錄

永恆的江戶川亂步，全新的亂步體驗

文／獨步文化編輯部

江戶川亂步出生於一八九四年，一九二三年以〈兩分銅幣〉躍上日本文壇後，之後創作不輟，直到一九六五年去世。在將近五十年的創作生涯中，亂步是小說家、是評論家、是毫不吝惜以自身影響力提攜後進的前輩、是團結了整個日本推理小說界的中心人物；而他的作品所留下的影響痕跡直到如今仍舊散見於各種創作當中。最有名的例子當推不論是否讀推理小說，但你一定聽過江戶川柯南和少年偵探團的大名。或者若你是日劇、日影愛好者的話，絕對也看過不少改編自亂步作品的日劇和電影。又或者如果你是日本搖滾粉絲的話，很可能知道有一支超酷炫的重金屬樂團就叫「人間椅子」。極端一點來說，日本男性所喜愛的官能小說的起源甚至能夠推至亂步在他後期的通俗小說中，所熱中描寫的怪人綁架名門千金的設定。從這些例子，可以清楚看出亂步的作品確實以各種形式影響著日本一代又一代的各種創作。

獨步文化從二〇一〇年起曾經推出了一系列包含了亂步從二次大戰前到二次大戰後，從小說到評論的作品，獲得了許多讀者的好評。今年（二〇一六）適逢獨步文化創立十週年，在這十年內，我們除了固定向讀者推介許多精采的推理小說之外，也不斷嘗試新的出版方向，期待能夠讓更多讀者和獨步介紹的作家、獨步出版的作品相遇，從中邂逅那位（本）改變一生的作家（品）。而這次將要以全新風格，再次新裝上市的江戶川亂步作品集，便是我們這番期待的具體呈現。

這次獨步文化嚴選出亂步在二次大戰前到戰中的作品和理由，分別如左：

一、《陰獸》：亂步從偵探小說轉型創作通俗懸疑小說的轉捩點。
二、《人間椅子》：亂步最奇特、最詭譎的短篇小說均收錄其中。
三、《孤島之鬼》：代表長篇作品，亂步自認生涯最佳長篇。
四、《D坂殺人事件》：日本推理小說史上三大名偵探之一的明智小五郎初次登場。
五、《兩分銅幣》：以出道作〈兩分銅幣〉為始，亂步的偵探小說大全。
六、《帕諾拉馬島綺譚》：另一代表長篇，亂步傾全力描寫出內心的烏托邦，既奇詭又美麗無雙。

這六部作品涵蓋了亂步喜愛的所有元素，亂步創作生涯中最出色、精粹的作品盡在其中。可說是亂步以詭異與怪誕為養分澆灌出來，長滿了各式奇花異草的絕美花園。為了讓許多對亂步只聞其名，還未曾實際讀過的讀者嘗試接觸亂步，並將亂步奇詭華麗的世界具體呈現於讀者眼前，我們特地邀請了長期活躍於日本漫畫界第一線的中村明日美子繪製新版封面。中村明日美子筆下自然散發著壓抑的情色感、自在遊走於艷麗官能與青春爛漫間的獨特風格，都與亂步不分年齡性別的魅力不謀而合。而一直想以自己的風格詮釋亂步作品的中村，在接到邀請後，也乾脆地一口答應，替臺灣的讀者帶來了她和亂步的精采合作。同時，我們也邀請日本新生代的推理小說研究者諸岡卓真為尚未接觸過亂步的讀者撰寫全新導讀，藉由他的深入導讀，帶領讀者理解這位日本大眾文化史上的巨人最精采、最深刻的作品。

正如開頭所言，江戶川亂步在日本大眾小說史上留下了巨大的腳印，至今仍對日本的創作者發揮著難以估計的影響力。獨步文化也非常希望能透過這次新裝版的作品集的上市，讓已經熟悉亂步的讀者以新的角度認識亂步，尚未接觸亂步的讀者也能夠進入這座詭麗花園，悠遊其中，獲得一讀便難忘的閱讀體驗。

敬邀「亂步體驗」

文／諸岡卓真（准教授，亂步研究者）

一、前言——敬邀「亂步體驗」

接下來將初次接觸江戶川亂步的讀者真令人羨慕——當我為了撰寫這篇導讀而複習亂步作品時，我打從心底這麼認為。亂步的作品深深地刺激了人類對於觀看恐怖事物的慾望。他為我們帶來的體驗很強烈，有時甚至令我們感到暈眩。特別是在第一次閱讀時，會留下深刻的印象。

在日本，談論到江戶川亂步時，會使用「亂步體驗」這個詞彙。關於這個詞彙是誰首先提出的，並沒有定論，它的定義也模糊不清；在筆者的認知中，它是指初次接觸江戶川亂步作品時，所產生的終身難忘的經驗。奇特的是，在談論其他作家的時候，不太常出現這種說法。比方說在談論松本清張或東野圭吾的作品時，很少人會使用「清張體驗」或「東野體驗」這種說法。換而言之，「亂步體驗」這句話本身正顯示出在讀者的認知中，閱讀亂部作品的經驗是如此特異——特異到只能以「亂步體驗」來形容。據聞本作品集是針對臺灣年輕讀者而編，想必對這些讀者來說，閱讀本作品集必定會成為他們終生難忘的「亂步體驗」。

二、一九二〇年代～三〇年代的江戶川亂步

江戶川亂步是日本最知名的推理小說家、評論家以及引薦人。優質的小說自不待言，其評論也對後世產生重大影響，此外他還設立日本偵探作家俱樂部（現為本推理作家協會）、並創辦江戶川亂步獎，活躍而多面的表現令推理界欣欣向榮。如今日本出版眾多推理作品，擁有廣大讀者群，但若少了江戶川亂步這位絕代人才，恐怕難有此盛況。

亂步雖展現了如此多樣化的活躍表現，然而本作品集的編纂重點，是要讓讀者了解他身為小說家的面向。本作品集收錄作品，多數為亂步一九二三年出道以來至一九三五年為止發表的

作品（第二卷收錄之〈凶器〉（一九五四）、〈月亮與手套〉（一九五五）例外）。首先我想概談亂步到這個時期為止的軌跡，同時介紹幾篇小說。

江戶川亂步本名為平井太郎，一八九四年生於三重縣名張町（現為名張市）。據說孩提時代母親為他朗讀報紙連載小說，是他對小說產生興趣的契機。就讀早稻田大學期間，他接觸了愛倫·坡與柯南·道爾的作品，因而立志赴美成為推理小說家。然而因為資金不足，只能放棄出國，此後他換了數個工作，度過一段沉潛的時光。

亂步作品初次問世是在一九二三年，他二十八歲時。出道作〈兩分銅幣〉（收錄於獨步新版亂步作品集第五本。另，此後凡收錄於本作品集的作品，收錄卷數皆以[]表示）於雜誌《新青年》四月號刊載。此時亂步仿照其敬愛的美國作家埃德加·愛倫·坡（Edgar Allen Poe）之名，取了筆名「江戶川亂步」（Edogawa Rampo）。〈兩分銅幣〉這部作品本身，也帶有愛倫·坡〈金甲蟲〉影響的痕跡。〈金甲蟲〉被認為是世界第一篇暗號小說，而暗號也是〈兩分銅幣〉中重要的主題。但亂步設計出日本特有的暗號，峰迴路轉的結局也值得一讀。當時日本的輿論不認為日本人有能力創作西方國家那種知性的偵探小說，〈兩分銅幣〉正是打破這種「常識」的作品。

此後的亂步接二連三發表作品。尤其到一九二六年為止這段期間，論質或論量，他的執筆速度都堪稱驚異，〈D坂殺人事件〉[04]、〈心理測驗〉[04]、〈紅色房間〉[05]、〈天花板上的散步者〉[04]、〈人間椅子〉[02]（以上，一九二五年）〈帕諾拉馬島綺譚〉[06]、〈鏡地獄〉[02]（以上，一九二六年）等傑作陸續問世。此後執筆速度雖略為趨緩（即使如此還是創作了許多作品，不如說是從出道至一九二六年這段期間比較特殊），依然留下了〈陰獸〉（一九二八年，[01]）、〈孤島之鬼〉[03]、〈帶著貼畫旅行的人〉[05]（以上，一九二九年）等名作。

補充說明一下，一九二〇年代至三〇年代的日本推理作品有個特徵：比起邏輯性的推理，將焦點放在陰森氣氛或異常心理的作品要來得多。我們可以說亂步的作品也有這個傾向。亂步作品中算是含本格推理描寫的作品寥寥可數，僅有〈一張收據〉（一九二三年，[05]）、〈D坂殺人事件〉、〈黑手組〉（一九二六年，[04]）、〈何者〉（一九二九年，[04]）、〈火繩槍〉（一九三二年，[05]）。多數作品則傾力描寫罪犯或沉迷於異常興趣的人物心理，諸如〈紅色房間〉或〈天花板上的散步者〉、〈帕諾拉馬島綺譚〉、〈鏡地獄〉等。透過亂步所留下的評論，能看出他對描寫邏輯性推理的作品有深刻造詣以及憧憬；但以亂步本人的創作天賦來說，他遠遠擅長刻劃異常或陰森的事物。此外就像當時社會上流傳的說法「色情、獵奇、荒唐」所象徵，這也是個色情與獵奇事物膾炙人口的年代。

論及具體呈現亂步這種天賦的作品，絕不可錯過一九二九年發表的〈芋蟲〉[02]（刊載於雜誌上的標題為〈惡夢〉）。該作品描寫了一名因戰爭被迫截斷四肢，還失去說話能力的傷兵與妻子間異常的生活。其中沒有偵探登場，也沒有推理橋段，僅細膩描寫夫妻之間心理的攞盪。這部作品在當時引起諸多迴響，令江戶川亂步聲名大噪。而此時期的亂步，也逐漸被公認為足以代表「色情、獵奇、荒唐」時期的作家之一。

此後亂步著手創作以《怪人二十面相》（一九三六年，未收錄於本作品集）為首的少年偵探團作品，廣受歡迎，二戰後也在推理界積極挑起監製人的任務，引介高木彬光與山田風太郎等頗具實力的作家出道。亂步於一九六五年去世，重新回顧他創作史上的表現，一九二〇年代至三〇年代期間，仍然可以說是他最鼎盛的時期。所以本作品集也可以說是濃縮了小說家亂步最極致的部分。

此外，二〇一五年適逢亂步歿後五十周年，配合二〇一六年起版權公開，在日本也接連發表了各式各樣的活動企劃。如動畫《亂步奇譚》開播，出版社延請動畫《龍貓》與《神隱少女》的導演．宮崎駿，為亂步的《幽靈塔》（一九三七年，未收錄於本作品集）繪製插畫，與書同捆發售。而《推理雜誌》（二〇一五年九月號）與《EUREKA》（二〇一五年八月號）等雜誌也製作了專題報導，令人感受到亂步的支持度至今未減。二〇一六年起，依故事內時間順序所收錄的明智小五郎作品集《明智小五郎事件簿》全十二冊（集英社）也將開始發售，作品新版持續發行，看來熱潮還將繼續延燒。

三、當代的「亂步體驗」

如同上一節開頭所述，江戶川亂步是日本最有名的推理作家。但此處的「有名」未必是來自於他在推理小說領域的高知名度。亂步的「有名」，在於連對推理毫無興趣的人也知道他的名字。

真正的名人，就算人們不知道他做了什麼，最少也會聽過他的大名。舉例來說，不懂音樂的人也知道披頭四，對籃球沒興趣也該聽過麥可．喬丹。真正的知名人物就像這樣，連沒興趣的人都曾聽聞。也就是說，一個人的存在必須如此稀鬆平常，才有資格稱為真正的名人。

江戶川亂步在日本，正是這種定義下的名人。筆者在日本數間大學講授日本文學課程，每年總會在上課時以修課學生為對象，實行與推理相關的問卷調查。其中一項是測驗江戶川亂步的知名度，今年（二〇一六）在三百一十四名作答者中，共有二百四十八名表示他們知道江戶川亂步。知名度高達七九・〇%，以結論來說，亂步比夏洛克・福爾摩斯系列作者柯南・道爾（七二・三%）或赫丘勒・白羅系列作者阿嘉莎・克莉絲蒂（六一・八%）更為知名。

只不過知名度雖高，學生們也未必十分了解亂步。筆者在講解亂步的經歷或作品時，時常聽到學生表示「我現在才知道亂步做了什麼」、「我想藉著這個機會開始讀亂步作品」。也就是說，對日本年輕人而言，江戶川亂步就是個「只聽過名字」的存在。

令學生特別感到訝異的，是亂步對日本推理界影響之巨大。根據蔓葉信博〈江戶川亂步與新型獵奇娛樂作品〉（《EUREKA》二〇一五年八月號），近年VOCALOID（註）樂曲中也出現了受亂步影響的作品；但在受影響作品中，現代日本年輕人最常接觸的，還是不得不提漫畫與動畫受到全國愛戴的《名偵探柯南》（青山剛昌）。

《名偵探柯南》在臺灣據說也廣受歡迎，知道的讀者應該不少，作品中可見許多承襲江戶川亂步之處。光是主角・江戶川柯南的名字便是取自亂步，毛利小五郎也是源於亂步筆下的名

註　VOCALOID為雅馬哈公司所開發的電子音樂軟體，可藉由輸入旋律與歌詞，讓電子語音演唱歌曲。不少網友透過該軟體創作歌曲，逐漸形成獨特的次文化。以該軟體創作的歌曲即為VOCALOID樂曲，其中一些知名樂曲也成功打入主流樂壇。

偵探・明智小五郎。柯南就讀的小學有個小孩組成的團體叫「少年偵探團」，這也是取自亂步作品。此外，柯南的對手・怪盜基德也近似怪人二十面相，還有一些更加刁鑽的致敬，例如工藤新一母親的假名與明智小五郎夫人名字同為「文代」。

其實在前述的問卷調查中，有個項目要作答者回答他們第一次接觸的推理作品與年齡。最多人回答的作品是《名偵探柯南》（不區分漫畫或動畫），較早約在三、四歲時接觸，晚一點的人也在十歲左右認識這部作品，達成與推理作品的初次接觸。這是現代學生的典型樣貌。正因為學生們有這樣的背景，也不難明白為何他們得知江戶川亂步的事蹟以後會感到訝異。畢竟他們這才發現，自幼如家常便飯般接觸的作品，竟然也受過亂步的影響。換言之，藉由了解「亂步」這個源頭，他們開始能以其他角度看待自己以往接觸的作品。

筆者也有類似的經驗。一九七七年出生的筆者，自然無法在第一時間同步追蹤亂步作品。但在我沉迷於以綾辻行人《殺人十角館》（一九八七年）為首的「新本格」推理作品時，我發現亂步的名字三不五時會出現；實際觸及作品，調查亂步經歷的過程中，我逐漸得知他的各種事蹟。在此我同時了解到亂步對日本推理影響之巨，也赫然發現，透過我以往接觸的推理作品，我已經大量體驗過具有亂步風格的創作。

在這種意義下，現在的「亂步體驗」已不僅只是閱讀作品所受的衝擊。藉由閱讀亂步，甚至能大大轉變讀者對過往所閱讀的推理作品的觀點。我們很遺憾地無法同步享受亂步作品。但另一方面，我們生活的世界存在著許多受他影響的作品與事物。正因如此，了解亂步這個「源頭」，在自其衍生的潮流整體的意義產生變化那刻，讀者即可享有眾多體驗。

筆者曾在本文開頭說過：「接下來將初次接觸江戶川亂步的讀者真令人羨慕。」理由不單只是因為他們能在沒有預設立場的情形下首度品味亂步作品。他們接下來能體會到的樂趣，也包含讀過亂步後對推理小說改觀的體驗，才是真正「令人羨慕」之處。這想必會是終生難忘的「亂步體驗」。

聽說現在臺灣積極引進日本推理，還有因此步入文壇的作家，想來其中也必定能瞥見亂步的身影吧。我極為期盼閱讀本作品集的體驗，能進而轉變諸位臺灣讀者對推理小說的觀點，成為最棒的「亂步體驗」。

引用與參考文獻

權田萬治著，新保博久監修，《日本ミステリー事典》（東京：新潮社，二〇〇〇）。
蔓葉信博，〈江戸川乱歩と新たな猟奇的エンターテインメント〉，《ユリイカ》（東京，二〇一五年八月號）：一七〇～一七六。
野村宏平《乱歩ワールド大全》（東京：洋泉社，二〇一五）。

本文作者簡介

諸岡卓真

一九七七年在福島縣出生。專精文學研究，畢業於北海道大學後，現任北海道情報大學准教授。二〇〇三年，以推理評論〈九〇年代本格推理小說的延命策〉入選第十屆創元推理評論獎佳作。著作多冊，包括《現代本格推理小說研究》（二〇一〇），並與人共編《閱讀日本偵探小說》（二〇一三）。

推理大師．江戶川亂步的業績

（編按：此文為二〇一〇年舊版亂步作品集所附之總導讀，由推理評論家傅博所撰）

●編輯《江戶川亂步作品集》緣起

筆者於二〇〇三年，策畫過一套《江戶川亂步作品集》，欲與江戶川亂步著作權繼承人平井隆太郎商量在臺灣出版事宜時，日本傳來江戶川亂步在中國的簡體字版版權有糾紛，暫時不宜談臺灣之繁體字版版權，於是這問題一時擱置。到了〇八年夏，這問題才獲得解決。

這年九月，筆者訪日時，拜訪過亂步孫子平井憲太郎，談起往事，希望授權筆者在台灣編輯一套臺灣獨特之《江戶川亂步作品集》，獲得允許。今（〇九）年四月，再度訪日時與獨步文化總編輯陳蕙慧，再次拜訪憲太郎，提交並說明我們的策畫內容，包括卷數、收錄作品的選擇基準與內容、附錄等，獲得肯定。

卷數為十三集，這數字是取自歐洲古代的緩刑架階梯數之十三。在歐美、日本之推理小說裡或叢書卷數，往往會出現這數字。

江戶川亂步的作家生涯達四十餘年，創作範圍很廣，推理小說的比率相當高，為了讓讀者了解江戶川亂步的全業績，少年推理與評論等也決定收入。但是與其他作家合作的長篇或連作，約有十篇，視為亂步之非完整作品，不考慮收。

收錄作品先分為戰前推理小說、戰後推理小說、少年推理小說與隨筆、研究、評論等四類。戰前推理小說再分為短篇與極短篇，一共有三十九篇，全部收錄，視其類型分為三集。中篇只有四篇，合為一集。長篇有二十九篇，選擇七篇分為五集，其中兩集是兩篇合為一集的。

戰後推理小說不多，只有兩長篇、七短篇而已，從其中選擇一長篇、五短篇合為一集。少年推理小說長篇共有三十四篇，選擇兩篇分為兩集。隨筆、研究、評論等很多難計其數，選擇三十九篇為一集。

以上為全十三集的各集主題。除了正文之外每集有三件附錄。每集卷頭收錄一幅不同時代的肖像。卷末收錄三十多年來，在日本所發表之有關江戶川亂步的評論或研究論文之傑作一篇，以及由筆者撰寫之「解題」。這種編輯方針是在日本編輯「作家全集」時的模式，目的是欲讓讀者從不同角度去了解該作家與作品。可說是出版社對讀者的服務之一。

《江戶川亂步作品集》共十三集的詳細內容是：

01、《兩分銅幣》：收錄一九二三年四月發表處女作，至二五年七月之間所發表的本格或準本格推理短篇和極短篇共計十六篇。包括處女作〈兩分銅幣〉、〈一張收據〉、〈致命的錯誤〉、〈二廢人〉、〈雙生兒〉、〈紅色房間〉、〈日記本〉、〈算盤傳情的故事〉、〈盜難〉、〈白日夢〉、〈戒指〉、〈夢遊者之死〉、〈百面演員〉、〈一人兩角〉、〈疑惑〉以及出道之前的習作〈火繩槍〉。

02、《D坂殺人事件》：收錄江戶川亂步筆下唯一名探明智小五郎之系列短篇八篇。包括〈D坂殺人事件〉、〈心理測驗〉、〈黑手組〉、〈幽靈〉、〈天花板上的散步者〉、〈何者〉、〈兇器〉、〈月亮與手套〉。

03、《人間椅子》：收錄一九二五年九月至三一年四月之間所發表之本格與變格推理短篇十五篇。包括〈人間椅子〉、〈接吻〉、〈跳舞的一寸法師〉、〈毒草〉、〈覆面的舞者〉、〈飛灰四起〉、〈火星運河〉、〈花押字〉、〈阿勢登場〉、〈非人之戀〉、〈鏡地獄〉、〈旋轉木馬〉、〈芋蟲〉、〈帶著貼畫旅行的人〉、〈目羅博士不可思議的犯罪〉。

04、《陰獸》：收錄一九二八至三五年間發表的變格推理中篇四篇。包括〈陰獸〉、〈蟲〉、〈鬼〉、〈石榴〉。

05、《帕諾拉馬島綺譚》：收錄一九二六年發表的較短的長篇兩篇。包括〈帕諾拉馬島綺譚〉與〈湖畔亭事件〉。

06、《孤島之鬼》：原文約二十二萬字長篇，一九二九至三〇年作品。

07、《蜘蛛男》：原文約二十一萬字長篇，一九二九至三〇年作品。

08、《魔術師》：原文約十九萬字長篇，一九三〇至三一年作品。

09、《黑蜥蜴》：收錄較短的長篇兩篇。包括一九三一至三二年發表的〈地獄風景〉、一九三四年發表的〈黑蜥蜴〉。

10、《詐欺師與空氣男》：收錄一九五〇至六〇年發表的五篇短篇與一篇長篇。包括〈斷崖〉、〈防空壕〉、〈堀越搜查一課長先生〉、〈對妻子失戀的男人〉、〈手指〉、〈詐欺師與空氣男〉。

11、《怪人二十面相》：第一部少年推理長篇，原文約十三萬字，一九三六年作品。

12、《少年偵探團》：第二部少年推理長篇，原文約十二萬字，一九三七年作品。

13、《幻影城主》：收錄非小說的傑作三十九篇，分為三部門，自述十六篇、評論十一篇、研究十二篇。《幻影城主》是臺灣獨特的書名，江戶川亂步生前曾以幻影城的城主自居。每卷除了收入上述作品之外，卷頭收入一張不同時代的亂步肖像或家族照。卷末選錄一篇有關亂步的評論或研究論文。亂步逝世至今已四十多年，這期間由評論家、研究家以及推理文壇外人士所發表的評論、研究、評介達數百篇之多。本作品集收錄的十三篇是從這群文章中挑選出來的傑作。

●江戶川亂步誕生前夜

江戶川亂步是日本推理文學之父，名副其實的推理文學大師，其作品至今仍然受男女老幼讀者喜愛的國民作家。

為何江戶川亂步把這麼多榮譽集於一身呢？其答案是：時勢造英雄、英雄再造時勢的結果。話從頭說起。

日本自從一八六八年的明治維新之日本文化的全面西化以後，以文學來說，最先是從翻譯或改寫歐美作品做起，大約經過二十年時光，才出現模仿西歐之創作形式的作家，之後，才漸漸理解歐美的文學本質、創作思潮、寫作原理學。而至大正年間（一九一二～二六）才確立近代化的日本文學。

這段期間，明治維新以前之江戶時間（一六〇三～一八六七）的庶民之通俗讀物，到了明治以後，雖然漸漸有所改良，基本上還是保留傳統的寫作形式與內容。到了大正年間，才與純文學同步，步步確立新的大眾文學。

日本之近代大眾文學的原點是一九一三年，中里介山所發表的大河小說《大菩薩峠》。當時還沒有「大眾文學」這個文學專詞，稱為「民眾文藝」、「讀物文藝」、「通俗讀物」、「大眾讀物」等。

「大眾文藝」或「大眾文學」之名詞普遍被使用是，一九二六年一月創刊之雜誌《大眾文藝》，以及於一九二七年，平凡社創刊之《現代大眾文學全集》以後之事。

當初的大眾文學是，指以明治維新以前為故事背景，具有浪漫性、娛樂性的小說，又稱為時代小說（狹義大眾小說）。但是，後來把當代為故事背景，具有浪漫性的「現代小說」以及「偵探小說」也被歸納於大眾文學（廣義的大眾小說）。之後至今，時代小說、現代小說、偵探小說鼎足而立。

「清張（五六年）以前」的偵探小說包括奇幻小說和科幻小說。現在三者雖然鼎足而立，其關係很密切，合稱為「娛樂小說」，而偵探小說於「清張以後」改稱為推理小說，現在兩者並用。

話說回來，對日本來說推理小說是舶來文學，但是從歐美引進推理小說的時期很早，明治維新十年後之一八七七年，由神田孝平翻譯荷蘭作家克里斯底邁埃爾之《楊牙兒之奇獄》為始，比柯南道爾發表「福爾摩斯探案」早十年。

之後，明治期三十五年，翻譯作品不多，而黑岩淚香為首的「翻案（改寫）推理小說」成為大眾讀物之主流。此外，也有些作家嘗試推理小說的創作，但是除了黑岩淚香之〈無慘〉具有文學水準之外，沒有什麼收穫，可說推理創作的時期還未成熟。

進入大正年間，時期漸漸成熟，幾家出版社有計畫地出版歐美推理小說叢書，其數約有十種。

又因近代文學的確立，大正期崛起的谷崎潤一郎、芥川龍之介、佐藤春夫等幾位作家的取材範圍，比以往作家為廣，其某些作品就具有濃厚的推理氣味。又，戲劇作家岡本綺堂於一九一七年，開始撰寫模仿福爾摩斯探案之「半七捕物帳系列」，共計六十八話，是以明治維新以前之江戶（現在之東京）為故事背景，推理與人情、風物並重的時代推理小說，當時卻不被視為推理小說，被歸類於時代小說。

至於一九二〇年一月，明治大正期之兩大出版社之一的博文館，創刊了綜合雜誌《新青年》月刊，主要內容是刊載鼓勵日本青年向海外發展的文章，附錄讀物選擇了在日本開始被讀者接受的歐美推理短篇。而且也同時舉辦了推理小說的創作徵文，雖然於四月發表第一屆得獎作品，其品質與歐美作品比較還有一段距離，其最大理由，就是徵文字數限定於四千字，作品不能充分發揮其才能。

《新青年》雖然不是推理小說的專門雜誌，卻是唯一集中刊載推理小說的雜誌。

翌年八月，主編森下雨村編輯出版了「推理小說特輯」增刊號，獲得好評。（之後每年定期發行推理小說增刊二期至四期，內容都是歐美推理小說為主軸。）

在這樣大環境之下，機會已成熟，一九二三年四月，《新青年》刊載了日本推理小說史上的里程碑，江戶川亂步〈兩分銅幣〉。

●江戶川亂步確立日本推理小說之後

江戶川亂步，本名平井太郎，另有筆名小松龍之介。筆名江戶川亂步五字是從世界推理小說之父艾德格·愛倫·坡的日文拼音以漢字表示而來的。一八九四年十月二十一日生於三重縣名賀郡名張町，父親平井繁男，為名賀郡公所書記，母親平井菊。兩歲時因父親轉換工作，全家移居名古屋市。

七歲進入白川尋常小學，識字後便耽讀巖谷小波之《世界故事集》。十一歲進入市立第三高等小學，二年級時開始閱讀押川春浪的武俠小說，黑岩淚香的翻案推理小說。十三歲進入愛知縣立第五中學，因為討論賽跑和機械體操，時常曠課。亂步的推理作家夢，萌芽於此時，他對於現實世界的歡樂不感興趣，喜一個人在黯淡的房間，靜靜地空想虛幻的世界。

一九〇七年，父親開設平井商店做生意。二年中學畢業，平井商店破產，亂步放棄升學，六月亂步跟家族移居朝鮮，八月單獨上京，於本鄉湯島天神町之雲山堂當活版排字實習生。之後，考進早稻田大學預科，但是為了生活，很少去上課，其間當過抄寫員、政治雜誌編輯、圖書館出租員、英語家教等，但是都為期不久。

一九一二年春，外祖母在牛込喜久井町租屋，亂步搬去同居，因此不必去打工，可專心上學。八月預科畢業，進入政治經濟學部。翌年春，與同學創刊回覽式同仁雜誌《白虹》，醉心愛倫・坡與柯南道爾之福爾摩斯探案，亂步堅信純粹的推理小說，必須以短篇形式書寫這種創作思想。爾後，他在自己的作品實施。亂步為了研究歐美推理小說，除了大學圖書館之外，還去上野、日比谷、大橋等圖書館閱讀，這年把閱讀的筆記，自己裝訂成書，稱為《奇譚》。

一九一五年，父親從朝鮮回來，定居於牛込，亂步搬去同居，這年撰寫推理短篇〈火繩槍〉，為亂步之實際上的推理小說處女作。翌年大學畢業，計畫到美國撰寫推理小說賺錢，但是欠缺旅費，只好留在日本找工作，這年到大阪貿易商社加藤洋行上班，翌年五月辭職，之後數個月，到各地溫泉流浪。回來後在三重縣的鳥羽造船所電氣部上班，之後改為社內雜誌《日和》編輯。此後五年內更換工作十多次，如巡迴說書員、經營古書店、雜誌編輯、市公所職員、新聞記者、工人俱樂部書記長、律師事務所職員、報社廣告部職員等。

一九二三年，撰寫了〈兩分銅幣〉與〈一張收據〉兩篇推理短篇，最先寄給曾經發表過推理文學評論的文藝評論家馬場孤蝶，請他批評並介紹刊載雜誌，但是，一直沒有回應，亂步索回改投《新青年》，主編森下雨村閱讀後，疑為是歐美作品的翻案，請當時在《新青年》撰寫法醫學記事的醫學博士小酒井不木（之後也撰寫推理小說）鑑定。

於是一九二三年四月，〈兩分銅幣〉與小酒井不木的推薦文同時被刊出，獲得好評，繼之七月，〈一張收據〉也被刊載，從此，亂步的人生一帆風順。

亂步的登場，證明了日本人也有能力撰寫與歐美比美的推理小說，由此，欲嘗試的挑戰者或追隨者相繼而出，不到幾年，以《新青年》為根據地，在大眾文壇確立一席之地，與時代小說、現代小說鼎足而立。

但是，《新青年》所刊載的推理小說，以現在的眼光分類，非屬於本格推理的為多，如重視結尾的意外性的準本格，現實生活中的非現實奇談等等，這些作品有其共同特徵，就是故事的耽美性、傳奇性、異常性、虛構性、浪漫性。

話說江戶川亂步，一九二四年因工作繁忙，只在《新青年》發表兩篇短篇，十一月為了專心推理創作，辭去大阪每日新聞社工作，翌二五年一共發表了十七篇短篇與六篇隨筆，為亂步最豐收的一年，也是亂步在大眾文壇確立不動地位之年。

之後，亂步執筆的主軸，從短篇漸漸轉移到長篇，而於三六年開創長篇少年推理小說。四〇年至四五年日本敗戰之間，日本政府全面禁止推理小說創作，亂步只發表了合乎國策的三篇冒險小說。

戰後，亂步的創作量激減，其活動主力是推理作家的組織化，培養新人作家與推理文學的推廣，而確立了戰後推理文壇。例如：

二次大戰結束，因戰後疏散到鄉村的作家紛紛回京，翌四六年六月十五日星期六，亂步主持了一場在京推理作家座談會，向在場作家講述了時達兩小時的〈美國推理小說近況〉，介紹了美國推理小說的新傾向，勉勵大家共同為戰後之推理小說邁進。

這次聚會之後，決定每月第二個星期六定期舉辦一次聚會，稱為「土曜會」（星期六在日本稱為土曜日）。

一年後，土曜會為班底，成立「偵探作家俱樂部」，選出江戶川亂步為首屆會長。五四年十月，偵探作家俱樂部與關西偵探作家俱樂部合併，改稱為「日本偵探作家俱樂部」。六二年，由任意團體組織改組為社團法人（基金會），改稱為「日本推理作家協會」。

偵探作家俱樂部成立時，為了褒獎年度優秀作品，設立偵探作家俱樂部獎，之後跟著組織的更名，獎的名稱也更改，現在稱為日本推理作家協會獎。

一九五四年十月三十日，慶祝江戶川亂步六十歲誕辰會上，亂步為了振興日本推理小說，向日本偵探作家俱樂部提供一百萬圓日幣為基金，設立了江戶川亂步獎，最初兩屆頒獎給對日本推理文壇的功勞者，從第三屆起更改為長篇推理小說徵文獎，鼓勵新人的推理創作。

亂步除了推行這些組織性的活動之外，還積極地撰寫介紹歐美推理作家與其名著，以及推理小說的理論與研究文章。前者結集為《海外偵探小說作家與作品》，後者的代表作為《幻影城》與《續・幻影城》。

江戶川亂步對日本推理文壇的貢獻，日本政府於一九六一年十一月，授與「紫綬褒章」。一九六五年七月二十八日，亂步因腦出血而逝世，享年七十一歲。日本政府再度授與「正五位勳三等瑞寶章」紀念其功勞。

二〇一〇年一月七日

本文作者簡介

傅博

文藝評論家。另有筆名島崎博、黃淮。一九三三年出生，臺南市人。於早稻田大學研究所專攻金融經濟。在日二十五年以島崎博之名撰寫作家書誌、文化時評等。曾任推理雜誌《幻影城》總編輯。一九七九年底回臺定居。主編《日本十大推理名著全集》、《日本推理名著大展》、《日本名探推理系列》以及日本文學選集（合計四十冊，希代出版）。二〇〇九年出版《謎詭·偵探·推理——日本推理作家與作品》（獨步文化），是臺灣最具權威的日本推理小說評論文集。

兩分銅幣

上

「真羨慕那個小偷。」當時，兩人已窮困潦倒到出現這樣的對話。

位於偏僻地區窮酸木屐店二樓，僅有六張榻榻米大的房間內，寒酸地放著兩張一閒張（註一）破桌，松村武（註二）和我鎮日無所事事，唯有天馬行空的想像力特別旺盛。走投無路、一事無成的兩人，被現實逼到絕境，反倒是對當時轟動社會的大盜巧妙的犯案手法羨慕了起來。

由於那起竊盜案與這個故事的主題大有關係，且容我先略述一二。

那是芝區某大型電器工廠（註三）員工發薪日當天發生的事。十幾名薪資計算員，根據將近一萬張的員工打卡單，計算每位員工當月薪資，忙著往堆積如山的薪水袋裡一一放進剛從銀行

註一　一種漆器，貼上紙後再塗漆的工藝品。

註二　亂步自鳥羽造船所時代就認識的好友，名叫松村家武，除了同時期創作的〈一張收據〉外，他的作品中常見姓松村的人物登場。此外，野崎和井上也是取自朋友的姓氏。

註三　東京芝浦製作所，可能是現今的東芝工廠。

領出、連容量最大的支那皮箱（註一）都能塞得滿滿的二十圓、十圓、五圓紙鈔。就在計算員揮汗如雨的當下，一名紳士出現在事務所玄關。

女接待員詢問來意，對方自稱是朝日新聞社的記者，要求見經理一面。於是，女接待員立刻拿著印有「東京朝日新聞（註二）社會部記者」頭銜的名片向經理通報此事。

巧的是，這位經理對於如何與新聞記者應對一向非常自豪。不僅如此，難得有機會在新聞記者面前大肆吹噓一番，自己所說的話還會被當成某某名人談而刊登在報紙上，明知這樣的心態有點幼稚，但誰能夠斷然拒絕成名的機會？因此，自稱社會部記者的男人馬上被迎進經理辦公室。

戴著玳瑁粗框眼鏡，蓄著整齊的小鬍子，一身時髦的黑色禮服，搭配流行的摺疊式公事包的男人，以極為老練穩重的架式，在經理面前坐下。然後，他從菸盒裡取出昂貴的埃及紙卷菸，以俐落的手勢點燃放在桌上菸灰缸旁的火柴，對著經理的臉呼地噴出一縷青煙。

「我想請教經理，關於員工待遇問題（註三）您是否有什麼意見。」男人以新聞記者特有的咄咄逼人，卻略帶一點一無所悉、平易近人的語氣，如此開口問道。

於是，經理針對勞動問題，以接近勞資協調、溫情主義之類的內容大發議論起來，但這部分與故事無關，在此略過。在經理辦公室待三十分鐘左右後，這位新聞記者趁著經理結束談話、說聲「失陪一下」去上廁所的期間，竟消失無蹤。

經理頂多覺得這記者實在很沒禮貌，倒也沒放在心上。正值午餐時間，他逕自前往員工食堂享用附近西餐廳外送來的牛排，沒想到，會計主任突然一臉蒼白地衝到他面前報告：

「員工薪水不見了。被偷了。」

經理驚訝地當場將午餐一扔，迅速來到據稱是遺失現金的現場查看。面對這場突如其來的竊案，我們大致可想像出的發展如下。

由於工廠的事務室正在改建，本該在門窗緊閉的特殊房間進行薪資計算工作，臨時改在經理辦公室隔壁的會客室進行。只是，到了午餐時間，不知是哪方面出差錯，會客室竟大唱空城計。事務員彼此都認定會有人負責留守，不約而同地安心前往食堂吃飯，空留那塞滿皮箱的成疊鈔票在沒上鎖的房間裡被晾了半個小時。肯定是某人乘機偷偷潛入，拿走那筆巨款。而且，裝進薪水袋的鈔票及零鈔，竊賊完全沒動，僅帶走皮箱內成捆的二十圓和十圓鈔票。即使如

註一　原本產自中國而得名，木製，外層貼有白皮或紙。

註二　明治十二年（一八七九）年創辦的《大阪朝日新聞》，於二十一年收購《目覺新聞》改名為《東京朝日新聞》，昭和十五年（一九四〇）統一正名為《朝日新聞》迄今，總社位於東京數寄屋橋畔。

註三　成為作家前的大正十年（一九二一），亂步在技師組成的工人俱樂部擔任祕書，當時全國各地發生勞動爭議，亂步編纂了《工人》會刊的特輯〈最近勞動爭議紀錄輯〉。

此，損失金額依然高達五萬圓。

經過多方調查，之前來訪的新聞記者最可疑。打電話到報社一問，果然，對方說社內並沒有這個人。於是，廠方連忙打電話報警，然而薪水也不能不發，只好重新請銀行準備二十圓和十圓兩種面額的鈔票，整個過程鬧得人仰馬翻。

那名自稱新聞記者、哄騙毫無戒心的經理大發議論的男人，正是當時報紙尊稱為「紳士大盜」的人。

管區分局的司法主任等人來到現場調查後，並未發現任何線索。竊賊連報社的名片都有備而來，自然不是普通的毛賊，更不可能留下什麼證物。唯一能夠確定的，就是對方留在經理記憶中的樣貌，但那其實也很不可靠，因為衣服隨時都能替換。至於焦急的經理認為的有力線索，無論是玳瑁框眼鏡或小鬍子，不過是喬裝時最常使用的道具，根本算不上是重要證據。

無奈之下，警方只好盲目搜索，向附近的車夫、香菸攤老闆娘、路邊小販等人逐一打聽，是否對類似外型的男人有印象？若有印象，對方是往哪個方向逃逸？市內各派出所都收到嫌犯的肖像。一天、兩天、三天，各種調查手段用盡，車站也派人盯梢，甚至拍電報給各縣市警局尋求協助。縱使大動作布下天羅地網，還是沒有任何斬獲。

轉眼過了一週，竊賊依舊逍遙法外，警方已然絕望。除了等待竊賊犯下其他案件被捕之外，似乎沒有其他相應措施。廠方事務所對於有關當局怠慢的態度相當不滿，天天打電話向警局詢問辦案進度，導致局長像自己有罪般極為苦惱。

在絕望的氛圍下，一名隸屬該分局的刑警正鎖定市內的香菸鋪，一戶一戶耐心打聽。當時，市內號稱備齊各式進口菸草的香菸鋪，在各區多則幾十戶，少則有十戶左右。這名刑警幾乎全數走遍，如今，只剩下地勢較高的牛込和四谷區內尚未查訪。

今天查完這兩區仍沒獲得任何線索，只能徹底死心。抱定此一念頭的刑警，就像摸彩等待宣布中獎號碼的時刻，既期待又害怕地四處巡訪。他不時在派出所前止步，向巡查打聽香菸鋪的位置，一邊繼續往前邁進。當時刑警的腦中只有FIGARO、FIGARO、FIGARO……（註）這個埃及香菸的牌子。

就在他從飯田橋的電車站前往神樂坂下，打算查訪牛込區神樂坂的某家香菸鋪時，刑警在一幢旅館前倏然停步。若非細心的人根本不會注意到，旅館前兼作下水溝蓋子的御影石板上掉了一根菸蒂，而且竟與刑警到處尋找的埃及香菸是同一個牌子。

於是，刑警根據這根菸蒂循線調查，難纏的紳士大盜總算淪為階下囚。不過，從菸蒂到逮

註　羅倫斯公司製造的一種埃及香菸，昭和初年，金濾嘴的一包一百支要價十八圓。

捕竊賊的過程頗有幾分推理小說的味道，甚至引起當時某報紙以連載的方式，報導某某刑警立下的功勞——我這篇記述，其實也是根據那篇報導而來——為了趕緊繼續說下去，很遺憾只能將案情的發展簡單帶過。

讀者大概想像得到，這位令人敬佩的刑警，根據竊賊留在工廠經理辦公室的罕見菸蒂逐步進行搜查，幾乎跑遍各區的大型香菸鋪。縱使是埃及貨，當時銷售過相對滯銷的FIGARO的店鋪根本寥寥無幾，因此店家到底賣給何處的何人都能交代得一清二楚，顧客的身分沒有什麼值得懷疑的。

即使如此，也是到了最後這一天，刑警才偶然在飯田橋附近的旅館前，發現同一個牌子的菸蒂。其實，他不過是抱著僥倖的心理走到旅館附近碰碰運氣，沒想到真的成為逮捕犯人的契機。

事實上，投宿那幢旅館的香菸主人，與警方從工廠經理口中聽來的竊賊外貌截然不同，偵辦過程費盡工夫，歷經種種辛苦，總算從香菸主人房間的火盆底部，找出犯案用的禮服及其他服裝、玳瑁框眼鏡、假鬍子，這下鐵證如山，所謂的紳士大盜終於束手就擒。

之後，根據這名竊賊接受偵訊時的供詞，犯案當天——當然，他早就知道那是發薪日才會登門造訪——趁著經理不在，潛入隔壁的臨時計算室偷走那筆錢後，立刻取出摺疊公事包中的風衣與鴨舌帽，再把紙鈔放進去，並拿下眼鏡，摘掉鬍子，穿上風衣遮住禮服，以鴨舌帽取代西式軟呢帽，找一個與來時不同的出入口，若無其事地離開現場。令人好奇的是，那麼多小額紙鈔匯集成的五萬圓，為何能在無人起疑的情況下從容帶走？對於這個問題，紳士大盜洋洋得意地奸笑道：

「像我們這種人，全身上下到處都是口袋。要是不信，不妨檢查一下扣押的禮服。乍看之下是西式禮服，其實如同魔術師的表演道具，到處縫有暗袋，藏個區區五萬圓現金一點也不難。中國魔術師甚至還能把裝了水的大水缸藏在身上。」

如果竊案就此落幕可沒意思，後來有一個和普通竊案不同的意外發展，而且，跟我的故事主題大有關係。

這名紳士大盜對於五萬圓藏在何處一字也不願透露。即便經過警察、檢察官、法院三大關卡，遭各種方法輪番審問，得到的答案還是只有一句「不知道」。最後，他甚至胡扯起來，宣稱在短短一週內就把錢揮霍一空。

站在辦案者的立場，只能透過偵查的力量，竭盡所能尋找那筆錢的下落，可說是搜查得相當徹底，可惜依然一無所獲。由於藏匿五萬圓罪加一等，那名紳士大盜被處以相較一般竊盜犯還嚴重的刑罰。

只是，苦的仍是受害的工廠。對工廠來說，當然更希望找到五萬圓。縱然警方不可能因抓到竊賊而停止搜索那筆錢，但廠方總覺得警方辦事不力。出於無奈，身為工廠負責人的經理公開宣布，任何人找到那筆錢，將可獲得五萬圓的一成做為報酬，也就是懸賞五千圓。

接下來我要說的，便是竊案演變到這個地步時，發生在松村武與我之間的小小趣事。

中

正如這個故事開頭曾略微提及的，當時松村武和我待在偏遠地區，一家木屐店二樓的六張榻榻米大的小房間裡，由於走投無路、一事無成，只能在窮困的最底層苦苦掙扎。

不過，在最窩囊的窘境下，勉強稱得上幸運的是正值春天。這是窮人才懂的謀生方式——利用冬末到夏初時節，其實可以大賺一筆。不，是感覺賺到了。唯有天冷需要的外套或衛生衣——更慘的情況，甚至包括寢具、火盆之類，都可送進當鋪的庫房。拜這段期間的天候所賜，不必在意明天該怎麼辦、月底要從哪弄錢繳房租等等將來的煩惱，至少眼前拮据的生活暫且獲得舒緩。於是，不僅能去好一陣子不敢光顧的澡堂，還能去剪髮，上飯館也不用像往常一樣寒酸地以味噌湯和醃菜配飯，總算可揮霍一下，點份生魚片。

某日，洗完澡後渾身暖熱鬆軟，我悠然自澡堂回來，一屁股坐在傷痕累累、幾乎快要解體的漆桌前。剛才獨自留在房內的松村武，卻帶著莫名亢奮的表情問：

「喂，在我桌上放兩分銅幣（註）的是你吧？這玩意你是從哪弄來的？」

「對呀，是我放的。之前買菸找的零錢。」

「是哪家香菸鋪？」

「飯館隔壁那家，一個老太婆開的，生意似乎很差。」

「嗯……是嗎……」

松村莫名陷入苦思，半晌後，又繼續執拗地追問那兩分銅幣。

「喂，那時……我是說你買菸時，有沒有看到其他客人？」

「好像沒有。沒錯，不可能有，因為那時老太婆在打瞌睡。」

聽到這個回答，松村一副總算安心的樣子。

「不過，那家香菸鋪除了老太婆之外，還有些什麼人？這你知不知道？」

「我跟那個老太婆交情不錯。她那冷冰冰的臭臉，正好對上我與一般人完全不同的品味，

註　明治六、七、十五年鑄造的一四・二六公克大型銅板，直徑三一・八一公釐，厚二・三公釐。這種銅板的確很大，但要像本文那樣加工恐怕相當困難。

算是聊得來，所以，我很清楚香菸鋪的情況。除了老太婆之外，只有比老太婆的臉更臭的老頭子。不過，你問這些做什麼？哪裡有問題嗎？」

「噢，沒什麼。只是一點小事。既然你很熟，可不可以再多說一些那家香菸鋪的事？」

「嗯，好啊。老頭子和老太婆有個女兒，我見過一、兩次，姿色還不錯，聽說是嫁給監獄的送貨員。由於送貨員的收入不差，在女兒不時拿錢補貼孝敬下，生意冷清的香菸鋪才能屹立不搖，勉強支撐到現在，老太婆有一次是這麼告訴我的……」

當我敘述起香菸鋪的狀況時，要求我詳細說明的松村卻一副聽不下去的樣子，不耐地站起。在狹小的房間內，他像動物園的大熊般緩緩踱步。

我們都算是比較隨興的人，話說到一半倏然起身，並不是什麼稀罕事。但是，松村這時的態度卻怪得令我說不出話，因為他在房間裡來來回回走了大約三十分鐘之久。我能做的，只是帶著好奇默默旁觀。若有人看到這幕景象，肯定會覺得我們瘋了。

松村若有所思地來回踱步之際，我漸漸餓了起來。正值晚餐時間，洗完澡似乎更餓。於是，我問還在瘋狂打轉的松村要不要一起去飯館，他卻回答：「抱歉，你一個人去吧。」我只好無奈地順從他。

飽餐一頓後，回來一看，真是稀奇，松村竟然找來按摩師。那是以前我倆都很熟的盲啞學校（註）年輕學徒，眼前的他抓著松村的肩膀，同時發揮天生的饒舌本領兀自喋喋不休。

「喂，你別以為我奢侈，這是有原因的。總之，你別說話，先在一旁待著，到時自然會明白。」

松村倒是先發制人地開口，像要防備我的指責。就在昨天，我們好不容易說服當鋪的掌櫃，幾乎是強取豪奪才弄到二十圓。這筆共有財產的壽命正遭索費六十錢的按摩縮減。在這非常時期，確實是奢侈的消費。

而我，面對松村這些不尋常的舉動，反倒萌生一股難以言喻的興趣。於是，我默默在桌前坐下，假裝看著自舊書店買來的通俗話本之類的書籍，偷偷觀察松村的一舉一動。

按摩師離開後，松村也在他的桌前坐下，似乎正專心讀一張紙上的內容，接著從懷裡取出另一張紙放在桌上。那紙極薄，大小約只有兩寸見方，上面寫滿細小的文字。他全神貫注地比較兩張紙。隨後，他拿起鉛筆在報紙空白處寫上什麼又立刻擦掉，持續塗塗寫寫好一陣子。

這段期間，街燈亮起，賣豆腐的喇叭聲經過門前，前往廟會的人潮絡繹不絕。過了好一會

註　明治十一年，京都率先設立盲啞院，之後各地紛紛成立盲啞學校。東京於十三年設立樂善會訓盲院，二十年改組為東京盲啞學校，四十年召開第一屆全國盲啞學校教職員會議，向文部大臣提案盲啞教育各自獨立，四十二年設立東京盲校，翌年，東京盲啞學校廢校改設東京聾啞學校，成為盲啞教育各自獨立的先驅。大正十二年頒布盲校及聾啞學校令，其他學校遂相繼將盲啞分離。

兒，等到人群都走遠，中國拉麵店淒切的笛音傳來，不知不覺夜已深。松村連飯都忘了吃，依舊埋首於不明所以的工作。我沉默不語，鋪好自己的被窩隨即倒頭躺下，雖然無聊，但除了把看過一次的通俗話本拿起來重讀，也沒其他事可做。

「喂，你有沒有東京地圖？」松村突然這麼問著，轉身面向我。

「應該沒有吧，你去問問樓下的老闆娘。」

「嗯，說得也是。」

他旋即起身，吱呀作響地走下樓梯。不久，他借來一張折疊處磨損破裂的東京地圖，再次坐下專心研究。我益發好奇地望著他認真的樣子。

樓下的鐘聲響了九次，松村的研究似乎總算告一段落。他從桌前起身，坐到我枕畔，有些難以啟齒地說：「喂，你能不能給我十圓？」

面對松村一連串莫名其妙的舉動，我不禁懷著目前無法向讀者揭曉、只有自己才明白的濃厚興趣。因此，對於給他十圓——等同我們全部財產一半的巨款，我毫無異議。

松村從我手中接過十圓鈔票後，立刻穿上舊夾袍，戴著皺巴巴的鴨舌帽，不發一語地出門，留下我不停揣想他之後的行動。

我暗自偷笑著，不知不覺中，昏昏沉沉踏入夢鄉。恍惚間，我察覺松村回來過，但在那之後，我渾然無所感，呼呼大睡到天亮。

大概到了十點左右吧，貪睡的我睜眼一看，枕旁立著的怪玩意著實嚇我一跳。眼前，竟然有個身穿條紋和服、紮男用腰帶、披深藍色前褂，看似商人的男子，揹著不小的包袱佇立。

「你幹麼一臉驚嚇的樣子？是我啦。」

令人訝異的是，那個男人居然以松村武的聲音如此說道。仔細一看，的確是松村武沒錯，只是打扮完全改變，以至於一時之間，我真有點摸不著頭緒。

「怎麼回事？你幹麼揹著包袱？還有，你那是什麼打扮？我還以為是哪家的掌櫃。」

「噓、噓，小聲一點。」松村雙手比出制止的動作，囁聲說：

「我帶回不得了的禮物。」

「這麼一大早，你去哪裡？」

受他反常的舉動影響，我不由得跟著壓低嗓門問。於是，松村的臉上滿是極力壓抑卻止不住的賊笑，兀自湊到我耳邊，以比之前更低、更若有似無的聲音吐露：

「兄弟，在這包袱中，裝著五萬圓的巨款呢。」

下

讀者想必已料到，松村武把那名紳士大盜藏匿的五萬圓，不知從哪裡弄回來了。如今還給電器工廠，可得到五千圓懸賞金。但是，松村不打算這麼做，理由如下：

他說，傻傻地把這筆錢交出去不僅愚蠢，也非常危險。連專業的刑警耗費一個月四處搜尋都找不到的錢，默默全部私吞，誰會懷疑我們？更何況，對我們而言，五萬圓不是比五千圓更好？

再者，我們必須留意紳士大盜可能的報復，這才是最恐怖的。他寧願選擇延長刑期也要藏匿這筆錢，一旦得知遭人半路攔劫，那個在做壞事方面堪稱奇才的傢伙絕不可能放過我們——松村以敬畏大盜的語氣這麼說——光是保持沉默都有危險，遑論把錢送交失主，貪圖那五千圓獎金。到時松村武的名字肯定會上報，不就等於特地通知大盜敵人在哪裡嗎？

「可是，至少現在我贏過他了。看吧，兄弟，我贏了那位天才大盜。此時此刻，能得到五萬圓固然是喜事一樁，但更令我開心的，是這種勝利的快感。我實在太聰明，至少你得承認我比你聰明太多。引導我走向這個大發現的，是你昨天買菸找回來放在我桌上的銅幣。你沒注意到那兩分銅幣的某個細節，我卻注意到了。而且，僅憑那枚銅幣，我就尋得五萬圓。喂，兄弟，是兩分的兩百五十萬倍，五萬圓哪。這證明什麼你知道嗎？比起你的聰明腦袋，我厲害多了吧。」

兩個多少算是知識分子的青年一起生活在斗室，無意間互相較量起誰聰明，乃是人之常情。松村武與我閒來無事，經常展開論戰，甚至聊到興頭，不知不覺天色大白的情形時有所見。松村和我總是互不相讓，堅持自己比較聰明。所以，他才會試圖藉這次立下功績——那可是非比尋常的大功——證明我們之中誰才是真正的贏家。

「知道了、知道了，你就別再炫耀，說說拿到這筆錢的經過吧。」

「你先別急。比起說明整個過程，我寧願多想想怎麼花這五萬圓。不過，為了滿足你的好奇心，簡單談談我絞盡腦汁的經過吧。」

實際上，那不只是為了滿足我的好奇心，更是為了滿足他自己的虛榮。總之，他娓娓道出耗費多少心力。我則是安靜地窩在被子裡，仰望他一臉洋洋得意，一邊聽他敘述。

「昨天你前往澡堂後，我一直把玩著那枚銅幣，一會兒後，竟在銅幣周圍發現一條線。我覺得有點奇怪，仔細檢查一下，竟發現那枚銅幣被剖成兩半。你看。」說著，他從桌子抽屜取出那枚銅幣，像旋轉寶丹（註）的容器蓋子般將銅幣分成兩半打開。

「喏，中間是空心的。這是以銅幣做成的某種容器。你瞧做工有多精巧，乍看與普通的銅幣根本沒兩樣。發現這件事後，我忽然靈光一閃。以前我聽過越獄高手專用的鋸子，是將懷表的發條弄成鋸齒狀，很像小人國的軟鋸，再分別把兩枚銅幣磨薄合在一起做成容器藏匿軟鋸，這麼一來，就算是銅牆鐵壁的牢房柵欄，只要有耐心也能鋸斷，順利越獄逃走。據說原本是外國小偷傳來的手法，於是，我想像這枚銅幣，或許是在某種意外下，不慎從盜賊的手中流出。但是，古怪的不止如此。比起銅幣本身，從銅幣裡找出的一張紙片更激發我的好奇心。喏，就是這張紙片。」

那正是昨晚松村拚命研究的小小薄紙。那張兩寸見方、薄如葉片的日本紙上，以細小的字體寫著以下這段莫名其妙的內容。

陀、無彌佛、南無彌佛、阿陀佛、彌、無阿彌陀、無陀、彌、無彌陀佛、無陀、陀、南無陀佛、南無佛、陀、無阿彌陀、無陀、南佛、南陀、無彌、無阿彌陀佛、彌、南阿陀、無阿彌、南陀佛、南阿彌陀、阿陀、南彌、南無彌佛、無阿彌陀、南無彌陀、南彌、南無彌佛、無阿彌陀、南無陀、南無阿、阿陀佛、無阿彌、南阿、南阿佛、陀、南阿陀、南無、無彌佛、南彌佛、阿彌、彌、無彌陀佛、無陀、南無阿彌陀、阿陀佛、

「這段看似和尚囈語的內容令我頗為納悶。起初，我以為是誰惡作劇亂寫的。也許是痛改前非的盜賊，為了消弭業障才抄寫這麼多『南無阿彌陀佛』。抄寫完後，再放進取代越獄工具的銅幣裡。然而，若真是這樣，沒有連續書寫『南無阿彌陀佛』未免太奇怪。雖說『陀』或『無彌佛』，都算是『南無阿彌陀佛』六個字的範圍內，卻沒有一組是完整的六個字。有的少一個字，也有少四字、五字的。我當下認為，這恐怕並非普通的胡亂塗鴉。

「正巧就在這時，傳來你自澡堂回來的腳步聲。我急忙把銅幣和紙片藏起來。為什麼要藏起來？我自己也不是很明白，大概是想獨占這個祕密吧。然後，等一切真相大白再告訴你，好向你炫耀一番。沒想到，在你上樓梯之際，我的腦中赫然閃過一道人影，就是那名紳士大盜。雖然不清楚他把五萬圓鈔票藏在何處，但總不可能平白把錢放著，直到服刑期滿為止。我想，他身邊一定有手下或搭檔替他保管那筆錢。萬一他被捕時不小心出了意外，根本來不及將五萬圓的藏匿地點通知搭檔，該怎麼辦？以他的情況衡量，只能利用案子尚未判決前、待在拘留所的期間，設法與同黨取得聯繫。倘若，這張來歷不明的紙片就是他們的通信……

「這個想法倏地掠過我的腦海。當然，這只是空想，卻是有點甜美的空想。所以，我才會

註　專治胃酸過多及胃脹氣的藥粉，文久年間（一八六一～一八六四）根據荷蘭醫師的處方調配販售，明治四年成為官方許可的第一號藥品。

向你打聽這枚兩分銅幣的來源。沒想到，你竟然說出香菸鋪的女兒嫁給監獄送貨員這件事。待在拘留所的大盜若想與外界通信，透過送貨員是最快的方式。然而，由於某種原因出了差錯，使得那封信原原本本地留在送貨員手上。除了經送貨員的老婆轉手到娘家之外，還能怎麼解釋？於是，我全神貫注地思考起紙上的文字。

「假如這張紙上看似毫無意義的文字真是某種暗號，解開暗號的鑰匙會是什麼？我在房裡走來走去，努力思考。要破解暗號的確相當困難，即便全部一一檢視，還是只有『南無阿彌陀佛』六個字和標點符號。到底這七個符號可以組成怎樣的文句？

「對於暗號，我以前稍有研究。雖非福爾摩斯，但我好歹知道一百六十種左右的暗號寫法。（參照〈Dancing Men〉）（註一）

「於是，我立刻將知道的暗號標記法在腦中一一回想，並努力尋找類似這張紙上記載的暗號，費了好一番工夫。依稀記得你好像還邀我一起去吃飯是吧？我當下拒絕了你，拚命動腦筋，最後，只發現兩種有點相似的暗號。

「一種是哲學家培根（註二）發明的two letter暗號法，僅用a和b兩個字母便可組合成任何文句。例如，想要表達fly這個單字時，就用『aabab，aabba，ababa』組合而成。

「另一種是查爾斯一世時期的暗號，經常用於政界機密文件的撰寫。主要是以一組數字取代英文字母。比方——」

松村拿起桌邊的紙張，寫出如下的暗號。

A　B　C　D　……

1111　1112　1121　1211……

「換言之，以一千一百一十一代表A，一千一百一十二代表B。我想像手上這組暗號或許跟這些例子的邏輯一樣，是利用『南無阿彌陀佛』這六個字的不同組合方式來代表五十音。

「說到破解的方法，如果是英文、法文或德文，只要像愛倫・坡的〈黃金蟲〉（註三）那樣找出e就行了，但我傷腦筋的是，這組暗號顯然是日文。慎重起見，我還是試了一下愛倫・坡式的歸類法（註四），可惜依舊無法破解。我在這裡走進死胡同。

註一　即柯南・道爾的「福爾摩斯系列」短篇〈跳舞人偶〉（一九〇三）。在這篇故事中，福爾摩斯曾說：「我很熟悉暗號文的形式，也寫過這方面的小論文。在那本書中分析了一百六十種暗號記法。」（延原謙譯，新潮文庫出版）。

註二　法蘭西斯・培根（Francis Bacon，一五六一～一六二六），貝魯蘭男爵兼聖奧爾邦茲子爵，英國哲學家、政治家，曾活躍於伊莉莎白一世、詹姆斯一世當政時期，晚年失勢後便專心著述。

註三　愛倫坡以暗號為主題的偵探小說〈Gold Bug〉（一八四三）。

註四　英文最常出現的字母是E，因此將替換式暗號中最多的符號假定為E，第二多的字母……以這種方法一一破解暗號。

「六個字的組合、六個字的組合……我腦中盤旋著這個念頭，再次起身繞著房間打轉。我認為六個字這點或許帶有某種暗示，於是盡量回想能夠以『六』這個數目組成的字詞。

「就在我胡亂拼湊六這個數字的組合方式之際，驀地，我想起通俗話本中曾提到真田幸村（註一）的旗印六連錢（註二）。這條線索和暗號理應一點關係也沒有，但不知怎地，我在口中不斷喃喃咕噥著『六連錢』。

「這一刻，宛如電光一閃，從我的記憶中竄出某種東西。那是把六連錢直接縮小的形式，也就是盲人用的點字。我不禁大叫『漂亮！』畢竟，這可是牽涉到五萬圓的問題。

「我對點字並不瞭解，只知道是六個點的組合。心急之下，我才會立刻叫來按摩師請他教我。這就是按摩師告訴我的點字字母。」

松村說著，從抽屜裡取出另一張紙。上面並排寫著點字代表的五十音、濁音、半濁音、拗音、促音、長音、數字等。

「現在，先把『南無阿彌陀佛』這六個字從左開始，三字為一組排成兩行，就變成跟點字一樣的雙行配列。『南無阿彌陀佛』的每個字正好搭配點字的各點。這樣一來，點字的ア（a）就是南，イ（i）就是南無，由此類推。套用這個規則解謎就對了。於是，這就是我昨晚解開暗號後的結果。最上方那列是把原文的『南無阿彌陀佛』像點字一樣排成兩行，中間那一列是與其對應的點字，至於最下面那列，是把點字解碼出來。」

松村說著，隨手又取出那張紙片。

「『自五軒町正直堂領取玩具鈔領收人之名為大黑屋商店』（註三），也就是叫同黨去五軒町（註四）的正直堂領取玩具鈔票，領取人的名義是大黑屋商店。意思很明白，可是，為什麼要去領什麼玩具鈔票？於是，我再次動起腦筋。不過，這個謎題倒是輕易解開。我深深佩服那名紳士大盜的頭腦，既聰明又敏捷，還具備小說家的機智。喏，你說說看，玩具鈔票這招是不是很高明？

「我就是這麼推論的，而且幸運地完全猜中。紳士大盜為了預防萬一，事先必定準備了一個最適合藏匿贓款的安全地點。全世界最安全的藏匿方法，就是不藏。公開在眾人眼前，任誰也不可能發覺的藏匿方式才是最安全的。

「那個聰明至極的傢伙非常理解這不變的法則。以上，是我的想像。於是，他想出玩具紙

註一　一五六七～一六一五年期間，江戶時代的小說及話本中被描述成率領真田十勇士迎戰大敵的天才軍師。

註二　將沒有紋路的銅幣兩兩並列排成三行的圖案。

註三　原文為ゴケンチョーショージキドーカラオモチヤノサツヲウケトレウケトリニンノナハダイコクヤショーテン。

註四　明治五年至昭和三十九年的町名，因該地有五棟大名豪宅而得名，明治十一年劃歸神田區，昭和二十二年起改為千代田區，昭和三十九年成為現今的外神田六丁目，附近多為印刷業及出版社。

南無佛	陀	彌陀無阿	無陀	南佛	南陀	彌無	彌陀無阿佛	彌	南陀阿	彌無阿	南陀佛	南彌陀阿
キ	符號濁音	ド	ー	カ	ラ	オ	モ	チ	ヤ	ノ	サ	ツ

南阿	南阿佛	陀	南陀阿	南無	彌無佛	南彌佛	彌阿	彌	彌無陀佛	無陀	南彌無陀阿	陀阿佛
ナ	ハ	符號濁音	ダ	イ	コ	ク	ヤ	シ	ヨ	ー	テ	ン

鈔這個巧妙的障眼法。暗號中提到的正直堂一定是出產玩具鈔票的印刷工廠——這我也猜對了，果然，他以大黑屋商店的名義事先訂購一批玩具鈔票。

「最近，與真鈔分毫不差的玩具紙鈔在花街柳巷似乎相當流行。這是聽誰說的來著？啊，對了，是你有一次無意間提到的。與驚奇箱或實物一模一樣，以黏土捏製而成的點心、水果、還有假蛇玩具，都是嚇唬女孩取樂的風雅玩家使用的道具。換言之，就算紳士大盜訂購一批與真鈔一樣大小的紙鈔也不會受到絲毫懷疑。

「事先做好準備，等順利偷出真鈔，再找機會潛入那間印刷工廠，將真鈔和訂購的玩具假鈔掉包。如此一來，在訂購者取貨前，五萬圓這批天下通用的紙鈔就被當成玩具鈔票，安全地放在

陀	彌無佛	南彌無佛	陀阿佛	彌	彌陀無阿	無陀	彌	彌陀無佛	無陀	陀	南無陀佛
⠐	⠪	⠫	⠴	⠈	⠞	⠒	⠈	⠺	⠒	⠐	⠳
符號濁音	ゴ	ケ	ン	チ	ヨ	ー	シ	ヨ	ー	符號濁音	ジ

陀阿	南彌	南彌無佛	彌陀無阿	南彌無陀	南彌	南彌無佛	彌陀無阿	南無陀	南無阿	陀阿佛	彌無阿
⠔	⠉	⠫	⠞	⠛	⠉	⠫	⠞	⠓	⠇	⠴	⠎
ヲ	ウ	ケ	ト	レ	ウ	ケ	ト	リ	ニ	ン	ノ

印刷工廠的倉庫裡。

「這或許只是我的想像。不過，這是極有可能具體實現的想像。我下定決心，無論如何都要去碰碰運氣。我在地圖上尋找五軒町，原來是在神田區內。接下來，總算要去領取玩具鈔票時，卻遇上難題，因為，我不能讓任何人對我有印象。

「如果一不小心留下蹤跡，那個凶殘的惡人不知會怎麼報復，光是想像，膽怯的我就渾身發抖。總之，必須盡可能讓人以為那不是我，我才會喬裝成你剛剛看到的樣子。我花了十圓從頭到腳換一身行頭。瞧瞧，你不覺得是個不錯的主意嗎？」

說著，松村得意地露出整齊的門牙。方才我就注意到有顆金牙在他嘴裡閃閃發光。他沾沾自喜地以指尖取下金牙，遞到我眼前。

「這是夜市賣的，在鐵皮上鍍金的貨色（註），不過是套在牙齒上的假玩意。雖是區區二十錢的鐵皮，用處可不小。金牙這種東西特別搶眼，日後倘若有人想追查我的下落，勢必會以這顆金牙當線索吧。一切就緒後，今天一大早我出發前往五軒町。我唯一擔心的，是那筆玩具假鈔的印製費用。為了防止印刷行轉賣給別人，那名大盜應該會預先結清款項，萬一他還沒付錢，恐怕需要二、三十圓吧，一時之間我根本不可能湊出那麼多錢。但誰怕誰，我心想到時再設法蒙混過去就好，便依計畫出門——果然，印刷工廠對於錢的事隻字未提，二話不說就把玩具鈔票交給我——於是，我不費吹灰之力奪取五萬圓……接下來，該談談用途了。如何？你有什麼好主意？」

松村表現得如此亢奮、滔滔不絕是很少見的事。我為五萬圓的巨大魅力深深驚歎。我懶得一再形容，然而，松村敘述這段耗費心思的過程時，那種志得意滿的模樣實在太生動。儘管他努力不讓臉上流露出太過自滿的神情，但不管再怎麼努力，仍無法掩飾從腹部最底層滾滾湧起、難以形容的開懷笑顏。

他在談話間不時露出賊笑，那種難以描述的瘋狂笑容甚至讓我感受到一股淒楚的氛圍。不過，我曾聽聞一則描述窮人摸彩中一千兩獎金而發狂的故事，想想松村為了五萬圓便喜不自勝也是情有可原。

我只願他的喜悅能永遠持續下去。為了松村著想，我如此祈求。

然而，對我來說，松村的這段經歷卻存在著一個我無力挽回的事實。聽完他的描述，我意外爆出想遏止卻無法遏止的大笑。我不斷責備自己不該在不適當的時機大笑，但我心中那個喜歡小小惡作劇的惡魔卻不肯罷休，一股勁地拚命搔我癢。我不禁提高嗓音，一副看到最滑稽的搞笑劇般放聲大笑。

松村一時愣住，看著捧腹大笑的我，露出彷彿撞上怪東西的表情問：

「喂，你是怎麼了？」

我勉強按捺笑意回答：

「你的想像力實在精采，能完成這麼艱巨的任務真不簡單。今後我一定會比以前加倍尊敬你的聰明才智。誠如你所言，要比聰明我不是你的對手。只是，你果真相信現實會這麼浪漫嗎？」

松村沒回答，反倒疑惑地逼視我。

註　戰前金牙被視為財富象徵，流行在門牙鑲金，甚至有人明明牙齒很健康也刻意裝上金假牙。此處應是模仿那種金牙的玩具。

「換句話說，你真以為那名紳士大盜如此機智？我承認，你的想像就小說的題材而言無懈可擊，但這個社會比小說實際多了。若要針對小說的情節討論，我倒想稍微提醒你一點。那就是，這篇暗號文難道沒有其他解讀方式嗎？我的意思是，你的譯讀沒有再次譯讀的可能性嗎？例如，是不是可以把這篇內容每隔八字讀出來？」

說著，我把松村寫的暗號翻譯文加上記號如左。

自五軒町正直堂領取**玩**具鈔領收人之名為**大**黑屋商店（註一）

「開玩笑（註二）。老兄，你曉得這『開玩笑』三個字是什麼意思嗎？莫非只是巧合？會不會意味著是某人的惡作劇？」

松村不發一語地站起，隨後，將他認定是裝著成捆五萬圓鈔票的包袱拿到我面前。

「不過，要怎麼解釋五萬圓這筆巨款？這可是無法從小說中誕生喔。」

他的聲音蘊含著決鬥時的認真。我突然害怕起來，對於自己的小小惡作劇引發預期以外的效果，不得不感到後悔。

「我做了很對不起你的事，請你原諒。你那麼慎重地拿五萬圓回來，其實不過是玩具鈔票而已。不信的話，你大可打開仔細檢查。」

松村像在黑暗中尋找物品般，以一種盲目搜索的手勢（看他那樣，我益發內疚）耗費很長的時間才解開包袱。包袱中，放著兩個以報紙包裹的四方形物體，其中一個的報紙已撕開，露出裡面的紙鈔。

「我在回來的途中打開，親自檢查過。」

松村以彷彿喉嚨鯁住的聲音說著，將報紙完全拆開。

那是幾可亂真的假鈔，乍看之下像是真的。不過，若再仔細一瞧，便會發現那些鈔票的表面清清楚楚印著「團」，而非「圓」。不是二十圓、十圓，而是二十團、十團。

松村難以接受，不斷進行確認。漸漸地，他臉上的笑容消失無蹤，僅留下深深的沉默。此刻，我心裡滿是歉疚，只好一一解釋自己玩得過火的惡作劇，松村卻充耳不聞，整天都像啞巴一樣不發一語。

到這裡，這個故事已說完。不過，為了滿足各位讀者的好奇心，我必須對自己的惡作劇稍加說明。

註一　原文為ゴケンチョーショージキドーカラオモチャノサツヲウケトレウケトリニンノナハダイコクヤショーテン。

註二　在原文中，以上幾字的日文發音即為開玩笑之意。

正直堂這間印刷工廠，其實是我的遠親所經營。某天，我在走投無路之下，想起那個我多次借錢未還的親戚，暗忖或許運氣夠好能再借到一點錢，即使深感愧疚，仍在暌違多日後登門造訪——當然這事松村毫不知情。借錢的事果真如預料碰了釘子，但那時，我不經意瞥見店裡與真鈔分毫不差、正在印製的玩具鈔票。我還聽說，是大黑屋這家多年來的老主顧訂購的貨品。

我把這個發現與我們每天當作閒談話題的紳士大盜聯想在一起，靈機一動，想出這齣無聊的惡作劇，當下決定來演一場戲。會如此盤算，是因我和松村一樣，平時就熱中尋找各種事實，以證明我的聰明才智凌駕在他之上。

那篇狗屁不通的暗號文當然是我捏造的，不過，我不像松村那麼通曉外國暗號史，只是一時興起而已。香菸鋪的女兒嫁給監獄送貨員的說法也是我瞎編的。基本上，那家香菸鋪的店主夫婦有沒有女兒都還是個問題。

不過，在這場惡作劇中，我最擔心的不是種種戲劇化的情節，而是最現實，但以整體來說極其瑣碎、略為驚險刺激的某個橋段。那就是我相中的玩具鈔票，在松村領取前是否尚未交給訂購者，好端端地留在印刷工廠裡？

至於玩具鈔票的費用，我一點都不擔心。我的親戚與大黑屋每隔一段期間才會結款，更有利於我的是，正直堂一向以極為原始、大而化之的態度經營生意，因此，松村就算沒出示大黑屋老闆的提貨單，應該也不至於露出馬腳。

最後，關於一開始被視為障眼法的兩分銅幣，很遺憾必須在此略過說明。我擔心一旦處理得不夠妥善，日後，把那枚銅幣交給我的人會遭受無妄之災。各位讀者不妨當作我是偶然得到的吧。

〈兩分銅幣〉發表於一九二三年

一張收據

上

「唉，我也略有耳聞。先來說說這件事，那可是近來罕見的奇談。流言蜚語甚至在社會上喧騰一時，不過，想必還是沒人比你清楚。你願意聊一聊嗎？」

一名年輕紳士開口問，叉起一塊滴著鮮血的肉送進嘴裡。

「那麼，我就略述一二吧。喂，服務生，再來一杯啤酒。」

長相端正卻頂著蓬鬆亂髮的年輕人娓娓道來。

「時間是大正某年十月十日清晨四點，地點在某某町的僻靜處。富田博士宅邸後方的鐵軌，就是案件的舞臺。請想像一下，在冬天（不，或者該說是秋天嗎？算了，這不重要）天色未明之際，第〇號上行列車劃破寂靜駛來。這時，突然響起尖銳的警笛，列車旋即煞車，可惜還是遲了一秒，來不及停止，一名婦人慘遭輾斃。我第一次目擊命案現場，感覺真的很不舒服。

「死者是之後引起軒然大波的博士夫人。接到車掌的緊急通報，有關當局立刻派員到現場瞭解狀況，吸引不少看熱鬧的人群。當中有人聯絡博士家，震驚的博士與傭人飛奔趕來。一陣混亂中，如你所知，出門前往某町遊玩的我依慣例一大早便隨處悠閒散步，恰巧撞見。警方一抵達現場，貌似法醫的男人立刻檢視傷口，著手驗屍。大致檢視完畢，屍體旋即抬回博士家。由旁觀者看來，過程似乎沒有任何不妥之處。

「我只目睹這些情況，其餘是根據報紙的報導，加上個人的想像形成的論述，必須先向你聲明。依法醫在現場的觀察，初步判定死因是輾斃。右大腿從根部遭到切斷，足以說明事發原因的有力線索，則是在死者懷中發現。寫給博士丈夫的遺書中，夫人表明因長年罹患肺疾，不僅自身痛苦，更拖累周遭親友，再也無法忍受，於是決心自殺。內容大致如此，算是常見的案件。若沒有一位名偵探出現，故事想必會到此結束，博士夫人的厭世自殺只不過是報紙社會版角落的一小塊文章。幸好真有名偵探登場，此刻才有精采的話題可聊。

「這位受到報社記者大力讚揚的刑事巡查名叫黑田清太郎，是個異於常人的奇男子。傳聞他戲劇化的辦案過程媲美偵探小說，不過，這當然是外行人的想像。案件發生後，黑田如同國外偵探小說中的描寫，和狗一樣趴在附近地上到處檢查。接著，他進入博士宅內，向主人及傭人提出種種問題，並拿放大鏡將每個房間鉅細靡遺、滴水不漏地看過一遍，唔，姑且視為最新的搜查手法吧。不料，這名刑警竟在長官面前表示：『看樣子，恐怕有必要再仔細勘查。』在場眾人俄然色變，決定先進行解剖。大學醫院某博士執刀解剖後，發現黑田名偵探的推斷果然沒錯。死者遭到輾斃前，有服用毒藥的跡象。言下之意，是有人毒殺夫人，再搬運至鐵軌偽裝成自殺，其實是一起駭人聽聞的凶殺案。當時，報紙以『殺人凶手是誰？』這樣聳動的標題大大挑起人們的好奇心。於是，負責承辦此案的檢察官找來黑田刑警，命他搜索證據。

「刑警煞有介事取出的證物中，第一項是一雙短靴，第二項是用石膏採集的腳印模型，第三項則是幾張皺皺的廢紙。聽起來是不是有點推理小說的氛圍？根據三項證物，黑田主張，博士夫人並非自殺，而是遭到殺害。更讓人驚愕的是，殺凶手居然就是她的丈夫富田博士。怎麼樣，這個故事挺有趣的吧？」

口若懸河的年輕人露出狡黠的微笑望著對方，隨後從西裝暗袋取出銀色菸盒，俐落拈起一根歐克斯佛德（註），啪一聲闔上蓋子。

「是的。」聆聽的年輕人替敘述者點燃火柴，應道：「目前為止的情況，我大致都已聽說。只是，姓黑田的男人怎麼發現凶手的，我倒想進一步瞭解。」

「過程猶如推理小說。依黑田的說明，他之所以懷疑死者遭到殺害，是因法醫曾不解地表示，死者傷口的出血量出乎意料地少。疑心起自此一枝微末節。過去發生在大正某年某月某日

註　美國普洛達克斯公司製造的紙卷菸，昭和初年一包十支要價三圓四十錢。

某町的老婦命案，也曾出現相同的情形。凡有可疑之處就要懷疑，並將可疑之處盡可能逐一綿密搜查——據說這是偵探術的準則。黑田刑警看來是這項準則的忠實信徒，當下假設：某個身分不明的男人或女人，先讓夫人服下毒藥，再將屍體大老遠搬到鐵軌上，等待火車輾碎一切。那麼，鐵軌附近應該會留下搬運屍體的痕跡——他如此推斷。極為幸運的是，案發前一晚下過雨，地面清晰烙著各種腳印。同時，這也表示，唯有在前一晚雨停後，至案發的清晨四點幾十分之間行經附近，才會留下腳印。因此，刑警像小狗般趴在地上搜索。說到這裡，不妨看一下現場地圖。」左右田——這是說故事的年輕人姓氏，隨即從口袋掏出小筆記本，拿鉛筆迅速畫出草圖。

「鐵軌略微突起地面，兩側斜坡盡是草地。鐵軌與富田博士家的後門之間，有一大塊（對了，面積差不多相當於一座網球場吧）寸草不生、只有泥土夾雜碎石子的空地，留下腳印的地點就在這裡。鐵軌另一邊，也就是博士家的後門，面對整片水田，遠處只見某工廠的煙囪，算是偏遠地區常見的荒涼景色。朝東西延伸的某町西郊，除了博士家之外，僅有幾戶文化村式（註一）的住宅。不妨試著想像，博士家附近幾乎是沿著鐵軌平行蓋一整排房子。至於趴在地上的黑田刑警，在博士宅邸與鐵軌之間的空地上，究竟嗅出什麼？其間交錯著超過十種以上的腳印，集中在輾斃現場附近，乍看之下肯定瞧不出名堂，經分門別類、逐一調查發現，應是拖鞋、木屐及皮鞋的足跡。將現場人數與腳印種類加以比對，果然多出一種腳印。換言之，找到一雙身分不明的腳印，還是皮鞋印。那天一早，穿皮鞋的只有警方出動的那批人，期間沒有任何人離開現場。這就有點奇怪了，仔細一查，可疑的鞋印竟是沿著博士家而來。」

「你真清楚啊。」聆聽的年輕人，也就是松村，禁不住插嘴。

「哎，只能對紅色小報（註二）甘拜下風。自從案發後，他們就帶著獵奇的心態持續追蹤報導，有時倒也能派上用場。話說回來，警方又調查起往返博士家與轢斃地點之間的腳印，共發現四組不同腳印。第一組是前面提到的，身分不明的鞋印；第二組是博士趕來現場的拖鞋印；第三和第四組則是博士家傭人的腳印，完全找不出死者一路步行到鐵軌的足跡。博士夫人應該套著小巧精緻的足袋（註三），現場卻沒發現類似的腳印。難不成，死者是穿男人的鞋子走上鐵軌？若非如此，唯一的可能，就是某個鞋印符合的人將博士夫人抱至鐵軌。前者絕不可能，第二種推斷大致不會錯。那組鞋印有奇妙的特徵，後跟深深陷入地面。只要是同一組鞋印，都有相同特徵，足以證明鞋印主人必定拿著重物走路。而且，是手中物品的重量導致鞋跟深陷地

註一　在都市郊外，有計畫地建築整批紅瓦白牆玻璃窗、屋內是全套西式家具、院子鋪滿草皮的文化住宅。
註二　以八卦腥羶報導為主的低俗報紙，由於是用泛紅的紙張印刷因此而得名。
註三　穿和服時搭配的袋狀襪套。

面，刑警如此判斷。針對這一點，黑田在紅色小報上大大吹捧自己的專業知識，認為人的腳印能夠傳達許多訊息，例如，那個腳印是跛足，這個腳印是盲人，那個腳印是孕婦……總之，他大肆發表一篇〈腳印推理法〉。要是有興趣，可以看看昨天的紅色小報。

「話題扯遠了，細節暫且略過不談，總之，黑田刑警根據腳印苦心調查後，果真從博士家的內室緣廊下，找到一雙與可疑鞋印吻合的短靴。很不幸地，經傭人證實，那正是著名學者富田博士常穿的鞋子。除此之外，還發現許多細部證據。傭人房與博士夫妻的寢室相隔甚遠；當夜傭人（兩個女人）熟睡到早上事情鬧開才醒來，對夜裡發生的事一無所知；博士當晚難得在家留宿，而且，彷彿要替鞋印這項證據背書，博士的家庭狀況意外透露出一些內情。所謂的內情，即富田博士（你應該也知道）是已故富田老博士的女婿。換言之，夫人是招贅的嬌蠻千金，不僅患有肺結核的痼疾，容貌亦不出色，加上有強烈的歇斯底里症狀。任何人都不難想像，夫妻倆關係每況愈下。博士確實暗地金屋藏嬌，頗為寵愛某個藝伎出身的女人，但我不認為會影響博士本身的地位。一般來說，歇斯底里這種毛病通常會激得丈夫禁不住抓狂，恐怕是不愉快的關係日漸惡化，引發那起慘劇——以上的推論完全合乎邏輯。

「可是，仍有一道難題尚待解決。一開始我曾提及，從死者懷中找到一封遺書。經多方調查後，確定是博士夫人的筆跡。但夫人為何寫出如此言不由衷的遺書？對黑田刑警來說，這是一大難關。刑警也表示，遺書上的筆跡著實令他傷透腦筋。所幸，耗費一番心力搜索，發現幾張皺巴巴的廢紙，而且是練習用的草稿，由此斷定，那些是博士撿回夫人打完草稿丟棄的廢紙，再依上面的字反覆練習夫人的筆跡。其中一張，正是博士出外旅行期間，夫人寫給他的信。博士以此為範本，模仿起妻子的筆跡。犯罪手法算是相當深謀遠慮。據說，那封草稿信是在博士書房的字紙簍中尋獲。

「於是，刑警得出結論：面對形同眼中釘、愛情的絆腳石，難以招架又瘋狂的夫人，博士決定讓她永遠消失，而且，要以無損自身名譽的方法執行。幾經深思，博士以服藥為藉口，誘使夫人吃下毒藥，待夫人斷氣，便扛起屍體，套上那雙短靴，從後門運往附近的鐵軌，接著，將事先準備的假遺書塞進斷氣的夫人懷中。等屍體被發現，膽大心細的凶手再一臉驚愕地趕往現場。這就是犯案過程。至於博士為何不向夫人要求離婚，鋌而走險出此下策？某報導（大概是記者的想像）是這麼寫的：第一，基於對已故老博士的情誼，擔心遭到社會批判。第二，狠心下毒手的博士，主要是貪圖博士夫人繼承父親的財產（或許這才是主因）。該報導明白列舉出這兩項理由。

「最後，博士遭到逮捕，黑田清太郎大出鋒頭。在報社記者眼中是意外的收穫，在學界看來則是一大醜聞。如你所言，至今坊間仍對此案議論紛紛。倒也難怪，這的確是一樁有些戲劇化的案件。」

左右田語畢，拿起面前的杯子一口喝光。

「只是湊巧撞見案發現場，意外挑起興趣，虧你調查得這麼透徹。黑田刑警倒是與一般員警形象不符的聰明人。」

「唔，算是小說家的一種吧。」

「咦？也對，是優秀的小說家。精采的創作甚至遠勝小說。」

「不過，他也僅止於當個小說家罷了。」左右田一手伸進背心口袋摸索，露出嘲諷的微笑。

「這話是什麼意思？」吸吐香菸的繚繞煙霧中，松村眨著眼反問。

「我是指，黑田可能是小說家，但不配當偵探。」

「為什麼？」

松村頓時愣住。像期待著精采又意外的奇蹟，他直視對方的雙眼。左右田隨後從背心口袋取出一張小紙片，往桌上一放，繼續問：

「這是什麼，你知道嗎？」

「有什麼好問的，不就是ＰＬ商會（註）的收據嗎？」松村一臉莫名地反問。

「沒錯，是三等急行列車出租枕頭的費用四十錢的收據。這是我在案件現場無意中撿到的。據此，我主張博士是清白的。」

「別鬧了，你在開玩笑吧？」松村並非全然否定，語氣半信半疑。

「基本上，根本無需在意證據，博士本來就是無辜的。像富田博士地位那麼高的大學者──沒錯，博士是世界級的名人，是舉世屈指可數的偉大學者，怎麼可能為了區區一名歇斯底里的女人葬送前途？天底下有哪個傻瓜，會想出這種餿主意？松村，老實講，我打算搭今天下午一點半的火車，趁博士不在造訪他家，向看家的人打聽一些事。」

左右田瞄一眼手表，拿下餐巾，隨即起身離席。

「博士想必能為自己辯護，同情博士的眾多律師也會為博士辯護。然而，我掌握的證物是其他人沒有的。要我解釋？你忍耐一陣子，不深入調查就無法結案。我的推理還有一些漏洞，在將漏洞補好前，恕我失陪。我該出發了。服務生，麻煩替我叫車。那麼，我們明日再會。」

註　正確名稱應為PL公司，自大正九年八月起，在東海道線等夜行列車的三等車廂經營出租輕便枕頭的業務，後來員工強迫推銷的態度引起爭議，遂於十五年八月中止。但在民眾的強烈要求下，改以國鐵直營的方式，自昭和四年九月再度實施，直到九年三月為止。

下

翌日，號稱某市發行量最大的某報社晚報上，刊登一篇標題「證明富田博士無罪」的投書，投書者署名為左右田五郎。

與這篇投書內容相同的書面報告，我已呈交負責審理富田博士一案的初審法官（註）某某氏。光是繳交那份書面報告應該已足夠，不過，我擔心萬一法官誤解或其他原因，導致身爲一介書生的我這篇陳述暗中遭到湮滅。況且，我的陳述等同推翻之前某權威刑警證明的事實，即使獲得採用，我也憂慮當局是否會將尊敬的富田博士蒙受的冤罪公諸於世，爲了喚起輿論關注，特地寄上本文。

我與博士之間毫無恩怨，只不過是拜讀博士的著作後，深深尊敬博士的一介平民。關於此一案件，眼看學界巨擘將因錯誤的推斷鋃鐺入獄，我深信唯有因緣際會在場，並找到些許證物的自己才能拯救他。基於理所當然的義務，不得不做出此舉，還請各位不要誤會。

然而，我是根據什麼理由堅信博士無罪？一言以蔽之，司法當局僅憑刑警黑田清太郎的調查就判定博士犯罪，未免太不周全，甚至可說是充滿幼稚的戲劇化色彩。若將大學者那明察秋毫、透徹無比的頭腦，與所謂的犯罪事實相較，身爲局外人的我們會有何感想？想必面對兩者思想深度的天壤之別，不得不報以苦笑。警方眞以爲博士會笨到留下拙劣的鞋印，留下僞造的模仿筆跡，甚至留下裝毒藥的杯子，好讓黑田某人大出風頭？另外，如此博學的嫌犯，怎麼可能沒料到中毒的屍體會殘留毒素？就算我沒提出相關證據，我也確信博士是無辜的。但我沒莽撞到根據上述推測，便貿然主張博士無罪。

如今，刑警黑田清太郎功勳赫赫，大放異彩，世人甚至推崇他是日本的福爾摩斯。要將春風得意的他瞬間推落無底深淵，我相當不忍心。實際上，我相信黑田是本國警察人員中最優秀的辦案高手。這次的失敗，肇因於他比其他人聰明。他的推理方法沒錯，只是辦案時觀察得來的佐證有所缺失。也就是說，在縝密周到方面，略遜於我這一介書生，我爲他深感惋惜。

避開這件事不談，我提供的證物是以下兩項非常普通的小東西。

一，我在現場找到一張PL商會收據（三等急行列車配備的枕頭租金收據）。

二，當局視爲證物扣押的博士短靴鞋帶。

註　隸屬地方法院，根據檢察官的預審請求，向被告尋問並調查證據，判定是否需要交付公審，唯一的例外是大逆罪、內亂罪及皇族犯罪時由大審院審理，因此事前會進行預審。實際上，預審乃依循檢察官的搜查報告，因此檢察官的方針對其有極大影響。

僅此而已。在各位讀者看來，兩項證物或許毫無價值，但內行人應該清楚，連一根頭髮都可能成爲重大犯罪的證據。

坦白講，我的出發點是基於偶然的發現。事發當天湊巧在場的我，得以在一旁觀看幾位驗屍官進行調查。無意間，我注意到坐的石塊底下露出白紙一角。若沒看到蓋在那張紙片上的日期戳印，我可能不會起疑。幸運的是，紙片上的日期戳印猶如某種啓示，烙印在我眼底。那是大正某年十月九日，即事發前一天的日期戳印。

在好奇心的驅使下，我立即搬開約有五、六貫（註）重的石頭，撿起遭雨淋濕破損的紙片。那就是ＰＬ商會開出的收據。此一意外的發現，激起我的好奇心。

在現場搜證的黑田，疏忽了三個重點。

其一，自然是我僥倖拾得的ＰＬ商會收據。除此之外，他至少還忽略兩點。若黑田的警覺性夠高，不必像我這樣誤打誤撞，也能即時發現那張收據。原因在於，壓著那張收據的石頭，一看便知是博士家後方半完工的下水道溝渠邊堆積如山的石塊之一。在案發現場，只有那塊石頭放在離下水道工地有段距離的鐵軌旁，對於黑田這類具高度警覺性的人來說，原本就有特殊意義。不僅如此，我還把那張收據拿給現場一名員警過目。那名對我的好意不屑一顧，甚至嫌我礙事，叫我滾一邊去的員警，即使事發至今已過一段時日，我仍能從當時在場的數名員警中指認出來。

第二點，所謂犯人的腳印，是從博士家的後門一路延伸到鐵軌，然而，並未發現從鐵軌走回博士家的足跡，不知黑田如何解釋？關於此一重大疑點，粗心的報社記者沒有隻字報導，我無從得知任何相關說明，但黑田大概認定凶手是將死者放上鐵軌後，在某種情況下，沿鐵軌再繞其他路回家。實際上，只要稍微繞一段路，的確不難找到不留下腳印亦可折返博士家的途徑——至於和腳印吻合的短靴在博士家搜出後，就算沒有回家的腳印，刑警也會認定足以做爲回家的證據吧。儘管是很合理的想法，不過，是否仍有待商榷？

第三點，是大部分的人不會注意到、目擊現場的人往往不會特別留意的證據。那就是現場附近布滿一隻狗的腳印，尤其還與所謂犯人的腳印並行。爲何會注意到狗的腳印？在有人慘遭輾斃的情況下，狗曾在附近出現，加上腳印也是在博士家後門消失，可見那必定是死者的愛犬。然而，當時牠卻沒待在死者身旁，未免太反常。

以上，我毫無保留地舉出證據。敏銳的讀者想必已猜出我接下來想說的話。在這些讀者眼中或許是畫蛇添足，但我還是必須寫完結論。

註　明治至昭和年間採用的重量單位，一貫約為三．七五公斤。

那天回家時，我其實還沒有任何想法，對於前述三個疑點也未深入思考。在此是爲了喚起讀者的注意才刻意有條理地記述，但當天在現場時，我並沒有這麼多想法。直到隔天、再隔一天，透過每天的早報得知，警方將我尊敬的博士當成嫌犯逮捕，再讀到黑田刑警的搜查甘苦談後，根據本文開頭述及的常識判斷，加上目擊到的種種現象，我堅信黑田刑警的偵查必然有誤。針對其他疑點，今天我特地造訪博士家，向看家的人打聽一番，總算找出本案的眞相。

截至目前爲止，按照順序，將我推理的過程詳記如下。

如前文所述，我的出發點是PL商會的收據。事發前日，想必是在前一晚的深夜從急行列車車窗掉落的這張收據，爲何會壓在重達五、六貫的大石頭下？這是我的第一著眼點。唯一的可能，就是前一晚掉落PL商會收據的列車駛過後，某人才將那塊石頭搬到該處。從石頭的位置，可確定收據並非從火車鐵軌或載運石塊經過的無蓋貨車上掉落。那麼，這塊石頭是從哪裡搬來的？石塊相當重，原本的位置不可能太遠。單是從石頭削成楔形，便可確認是博士家後方爲了修築下水道放置的成堆石塊之一。

換言之，那塊石頭是在前晚的深夜，至當天清晨發現屍體期間，自博士家遭某人搬至案發現場。如此說來，應該會留下此人的腳印。前一晚下過小雨，半夜雨已停，腳印不至於被雨水沖刷掉。可是，根據聰明人黑田的調查，所謂的腳印，除了那天早上在場者之外，唯一多出的想必就是「凶手的腳印」。但是，依我的推論，搬石頭的一定就是那名「凶手」。歸結出與黑田截然不同結論的我，苦惱著不知如何賦予「凶手」搬石頭的可能性。之後，發現凶手是如何運用巧妙的障眼法時，我不禁大吃一驚。

抱著人走路的腳印，與抱著石頭走路的腳印，肯定相似到足以矇騙老練探員的眼睛。我赫然發覺這個驚人的障眼法——某人企圖讓博士背負殺人罪名，於是穿上博士的鞋子，以石頭做為夫人的屍體，一路製造腳印直到鐵軌旁。除此之外，沒有其他的解釋。說到這裡，若真是這個可惡的障眼法致使某人留下那些腳印，那麼，遭到輾斃的當事人，也就是博士夫人，如何走到鐵軌上？這下又少了一個人的腳印。根據以上的推理，我遺憾地得出唯一結論，博士夫人就是詛咒丈夫的可怕惡魔。她簡直是令人戰慄的犯罪天才，我的腦海浮現一個嫉妒成狂，同時罹患肺結核這種不治之症(註)的陰沉女子。長久的病痛折磨，導致患者的思緒極端到接近病態的地步。一切，都是黑暗的。一切，都是陰濕的。在那黑暗與陰濕中，雙眼釋放出淒厲精光的慘白女子，累積幾十日、幾百日的幻想，及幻想的實現……想到這裡，我不禁毛骨悚然。

姑且略過病人的心理狀態不談，再來看第二個疑點。腳印沒回到博士家，該如何解釋？倘

註　在當時尚無藥可治，因而如此認定。

使單純看待，既是死者的腳印，沒往回走也是理所當然。只是，我認爲有必要稍作深思。若博士夫人眞是思慮周延的犯罪天才，爲何會忘記讓腳印從鐵軌回到博士家？此外，萬一PL商會的收據並未偶然從火車窗口掉落，現場仍找得到足以暴露博士夫人計謀的線索嗎？

針對這個疑點，賜予我解決之鑰的，竟是適才第三個疑點裡舉出的狗腳印。我把那隻狗的腳印，與「博士夫人沒製造回程腳印」這唯一的漏洞聯想在一起，露出會心一笑。原本，想必夫人穿著博士的鞋打算在住家與鐵軌之間往返，再另擇一條不會留下腳印的路前往鐵軌，可笑的是，偏偏殺出一個程咬金，也就是夫人的愛犬約翰——約翰這個名字，是我今天從博士家的傭人那邊打聽來的。對於夫人的反常行爲，單純的約翰立刻眼尖地發現，來到夫人身邊狂吠。這下不能慢條斯理地行動，夫人擔心狗叫聲吵醒家中的人，導致自己的行徑曝光。即使沒吵醒家中的人，約翰的叫聲惹得附近的狗跟著狂吠也很麻煩。情急之下，夫人機靈地反過來利用這個困境，想出既能趕跑約翰，又可遂行計畫的妙策。

根據我今天打聽的結果，約翰受過訓練，與主人同行時，會幫忙叼著東西一路送回家，而且通常會將東西放在內室。造訪博士家時，我有另一個發現。從後門要前往內室的緣廊，一定會經過環繞內院的木牆那道門。那道木門仿造西式房間的門裝了彈簧，只能往內側開啓。

博士夫人便是巧妙利用這兩點。瞭解狗的人想必不會否認，在這種情況下，口頭上趕狗離開是沒用的，必須向狗下達指令，例如，將木片扔得遠遠的，命令狗撿回來。如此一來，狗便會乖乖聽話。利用這種動物心理，夫人將鞋子交給約翰，命令牠叼回家，並暗自祈求那雙鞋至少會放在內室緣廊邊——當時緣廊的遮雨窗想必關著，以至於約翰無法依慣例將鞋子放進內室。同時，祈求狗會被順利擋在無法從內側向外推開的木門邊，不會再次折返現場。

以上所述，不過是我將沒找到返家的鞋印、狗的腳印，及博士夫人的犯罪天分聯想在一起後，再發揮個人的想像得到的結論。關於這個結論，我擔心有人會批評過於穿鑿附會。然而，對照黑田刑警的推論，我認爲命案現場找不到返家的鞋印，其實只是夫人一時疏忽，而狗的腳印恰巧足以證明，夫人打一開始就計畫好如何處理鞋子，此一想法或許更接近事實。不過，不管夫人是早決定好返家路線，還是靈機一動指使約翰，都不會動搖我企圖主張的「夫人犯案」論。

好，這裡出現一個疑點：一隻小狗要怎麼同時叼著一雙，也就是二隻鞋？能夠解開這個疑點的，就是前面舉出的兩項證物中，我尚未說明的「做爲證物由警方扣押的博士鞋帶」。我耗費一番工夫，才從博士家的傭人記憶中，打聽出那雙鞋遭扣押的情形。與劇場的專業管理員保管鞋子的方式相同，博士的兩隻鞋被人用鞋帶綁在一起。不知黑田刑警是否注意到這個細節？或許他發現證物一時大喜過望，忽視鞋帶綁著鞋子的情形。好吧，就算沒忽視，頂多也是稍加推測，認爲凶手是基於某種原因將鞋子綁在一起，再放到緣廊下就安心了。若非如此，黑田刑警不可能做出那種結論。

一切安排就緒後，可怕的詛咒魔女服下事先準備好的毒藥，躺在鐵軌上，幻想著丈夫從至高地位被推落谷底身敗名裂，在牢獄中無助呻吟的一幕。她帶著猙獰的微笑，靜候急行列車輾過自己的身體。至於裝毒藥的容器，我不得而知。好奇的讀者若在鐵軌的附近仔細尋找，想必會從水田的爛泥中發現什麼吧。

至於從夫人懷中找到的遺書，目前爲止我都沒提及，但顯然跟鞋印等物證一樣，是夫人備妥的僞證。我沒機會親眼見到遺書，這純粹是推測。不過，若是請求筆跡鑑定專家協助，必能查出是夫人刻意以「疑似某人模仿自己筆跡的方式」寫好，而且，信中內容句句屬實。其餘的細節，我就不再逐一提出反證，加以說明。透過以上的敘述，各位讀者應可自行判斷事實。

最後，關於夫人自殺的理由，讀者也想像得到，答案極爲簡單。根據我向博士的傭人打聽來的消息，正如那封遺書提示的，夫人是重度肺病患者。這豈不已道盡夫人的自殺原因？換言之，夫人相當貪心，想透過一死，達到厭世自殺和報復丈夫外遇的雙重目的。

我的陳述到此結束。如今，僅企盼初審法官某某氏能夠盡快傳喚我出庭作證。

在與前一天同一家餐廳裡的同一張桌位，左右田與松村相對而坐。

「你一夕成為當紅炸子雞呢。」松村不禁讚美起友人。

「我只是很高興能對學界有小小的貢獻。倘若將來富田博士發表震驚全球學界的巨作，要求博士在署名處附上『左右田五郎共著』這一行金字，應該也不為過吧。」左右田五指箕張，像梳子般伸進蓬亂的長髮中。

「不過，我沒想到你竟是這麼優秀的偵探。」

「請把偵探這個字眼改為空想家好嗎？我的空想上天下海，沒有邊界。舉個例子，假使那名嫌犯不是我崇拜的大學者，或許我會幻想富田博士就是殺死夫人的凶手。說不定，還會將我認為最有力而提出的證據逐一推翻。老兄，你懂了嗎？我努力列舉的證據，要是仔細審視，根本不是那麼不動如山，全是換個角度也能想像出的曖昧證物。唯一具有可信度的，是那張ＰＬ商會的收據。然而，連收據都不牢靠。倘若我根本不是在那塊石頭下撿到，其實是在石頭旁邊撿到的呢？」

左右田望著對方一頭霧水的表情，別有深意地露出奸笑。

〈一張收據〉發表於一九二三年

致命的錯誤

「我贏了，我贏了，我贏了……」

北川的腦中，唯有「我贏了」這個念頭如風車不斷旋轉，除此之外容不下其他念頭。此時此地，他連自身走在何處、打算去哪裡都沒概念。基本上，他根本沒意識到自己在走路。

往來行人疑惑地望著他特異獨行的步伐。以一個醉漢而言，他的臉色倒是很正常，若說是病人，又顯得太有精神。

What ho! What ho! This fellow is dancing mad! He hath been bitten by the tarantula.（註）

他那瘋癲的步伐，不禁令人想起愛倫．坡這段瘋狂的文句。北川並非真的遭毒蜘蛛咬傷，不過，眼下的他已被比毒蜘蛛更可怕的執念俘虜。

他全身沉醉在復仇的快感中。

「我贏了，我贏了，我贏了……」

帶著輕快的節奏，惡毒的勝利囁語沒完沒了持續著，彷彿盤旋打轉的煙火，教人目眩神迷

註　本篇初刊以來因誤植造成混亂，創元推理文庫收錄〈算盤傳情的故事〉時，確認過這是愛倫．坡〈黃金蟲〉的卷頭語，這才改正拼字錯誤。

的閃亮物體在他腦中自由地來回奔馳。

從今天起，他總算能夠擺脫在片刻不得休息的一生中、在漫長的一生中，無從挽救的痛苦折磨。掙脫莫可奈何的煩悶後，他總算熬出頭。

這只是我的心理作用？怎麼可能！是真的、是真的，我甚至能拍胸脯保證。聽我說了老半天後，他不是承認失敗嗎？當下，他不是一臉鐵青，低頭認輸嗎？這不是勝利是什麼！

「我贏了，我贏了，我贏了……」

在單調、沒有思考力的漩渦之間，思緒斷片如同電影字幕般，在他腦中忽隱忽現。

夏空宛如陰翳混濁的病眼，烏雲密布，連一絲微風也沒有，家家戶戶的門簾與遮陽篷好似雕刻靜物，文風不動。往來人群彷彿預感到難以言喻的噩兆，紛紛疾行而過。沒有任何聲響，死寂覆蓋周遭。

北川身處其中，像孤獨的異鄉人持續瘋狂步行。

走了又走，依舊看不到盡頭，閃著鈍光的道路在前方綿延不絕。

在徬徨不知何去何從的人眼中，東京市是座永無止境的迷宮。

小路、大路、直路、彎路，一條接一條串聯延伸。

「然而，這是何等精緻、又何等深刻的復仇。他所做的一切，肯定算得上是非常高明的復仇。可惜，相較於他的復仇計畫，我的報復手法是多麼高段啊。這是天才與天才的決鬥，是天衣無縫的藝術。這是他在上半場獨領風騷，由我獨撐下半場的一大藝術品。不過，不管怎麼說，勝利終究屬於我……我贏了、我贏了，我狠狠擊垮他了。」

北川的鼻頭布滿汗珠，在豔陽天下毫不厭倦地繼續前行，酷暑根本不是問題。慢慢地，隨著時間流逝，那極端的、讓他無法思考的狂喜一點一滴沉澱，他逐漸恢復意識。

北川的腦海裡，終於有多餘的空間細細品嘗回憶的甜美滋味。

——那是暌違三個月的拜訪。在事發前夕見過一面後，直到今天兩人才重逢。野本最多只寄一封信表達對那場橫禍的慰問，連北川的新居都沒造訪的意願，更讓他的心頭起了疙瘩。

北川也好不到哪去，受到野本尷尬的心情影響，光是跨過野本家的門檻就不快得差點吐出來。

兩人根本是天生的死對頭。

即使讀同一所學校、同一科系，還同桌而坐，北川就是不喜歡野本。想必野本也視他為眼中釘，北川一向如此深信。

兩人曾是情敵的事實，更助長北川的反感。打那時起，只是瞄到野本的背影，北川都會萌生一股連身體都痙攣扭曲、難以形容的不快。在此種狀況下，又發生這次的事，兩人之間搖搖欲墜、勉強保持平衡的脆弱關係於是破裂。

北川深信，到了這個地步，除非以命相搏、鬥個你死我活，別無其他化解恩怨的方法。時機尚未成熟前，北川盡量對今天造訪的真正目的隱而不宣。不過，敏感的野本似乎早已察覺，帶著難耐恐懼的眼神，不時偷覷北川。

兩人對坐在嶄新的皮製坐墊上，眼前放著先前送上的冰啤酒。打從開始的瞬間，周圍就瀰漫著令人窒息的詭譎暗雲。

「我很清楚你不願提起那樁事件的原因。面對事發後首度重逢的我，你著實害怕談及那樁不幸，甚至一句慰問都說不出口。」交換一陣無關痛癢的寒暄之詞，北川按捺不住，驟然挑起戰火。

野本赫然一驚，倉皇撇開眼。

北川堅信，當時他之所以臉色發青，絕對不只是轉過臉時，恰巧映上滿園青青翠色。

「我開的第一槍，準確貫穿他的心臟。」北川在陌生的偏僻街道上大步邁進，繼續沉湎於甘美的回憶。

就像反芻動物會把吃進胃裡的食物吐出再次咀嚼、反覆享受，北川也把今天與野本的會晤，鉅細靡遺地斟酌每個字句的細節，邊慢條斯理地一次又一次回想。快意遠勝事實本身的回想魅力，北川不由自主沉迷其中。

「我察覺到那一點，是最近的事。當下，我只覺得難受到欲哭無淚。說來丟人，其實我迷戀妙子。正因迷戀，妙子在世時，我才能拚命工作到讓你和其他友人都驚訝的地步。之所以能夠如此專心投入工作，全是妻子露出單邊酒窩的可愛笑容，柔順地坐在我身旁帶來的安心感。

「她過世後頭七的那天早上，我永遠難以忘懷。我不經意在報紙文藝版的角落，讀到生田春月（註）的譯詩『不知終將有彼日，魂縈夢繫念亡妻』。從孩提時期到目前為止，好不容易忘記如何哭泣的我，不禁悲從中來，淚水奪眶而出，無法遏止。直到妻子逝去，我才明白自己有多愛她……你大概壓根不想聽我說這種廢話吧。我也不想多說，尤其不想在你面前表達對她的愛意。可是，我必須讓你徹底瞭解，妻子的死讓我多麼傷心、又是如何毀掉我的一生，再怎麼不情願，我也得勉強自己說出來。」北川不勝感傷，娓娓道來。

然而，誰能想像得到，這番乍聽沒出息的冗言贅語，其實是震驚世人的可怕報復行動的第

註　生田春月（一八九二～一九三〇），詩人，本名生田清平，代表作有〈靈魂之秋〉、〈感傷之春〉等。

一步？

「隨著時間流逝，即使很緩慢，悲傷終究會漸漸淡去。不，悲傷的本質不變，只是心裡不再局限於悲傷。原本只會哀慟哭泣的我，總算有點心思注意其他事。於是，一想起過去被悲傷占據注意力、不該遺忘卻遭到遺忘的疑惑，我猛然抬起頭……如你所知，妙子奇特的死法，始終是我無法解開的謎團。」

北川從一開始就對妻子的死抱持懷疑。連小孩都救出來，為何只有妙子葬身那場火災？這是他百思不得其解的謎團。

那是三個月前的暮春時節發生的事。

當時北川住在頗具地位象徵的雙拼式出租公寓。某日，同棟的住家半夜失火，他家也在當下付之一炬。

這場大火延燒五戶才熄滅，或許是風力太強，火苗的擴散速度快得令人難以招架。眾人忙著搶救貴重物品、保護小孩，置身唯有此種情況才能體會的緊迫感與心慌意亂中，即使時間漫長也覺得不過是短暫一瞬，而那氣勢大得驚人，宛如巨蛇之舌的「火焰」，舔舐摧毀人類住宅的速度如此迅速，實在教人瞠目。

北川最先搶救的是幼兒——他抱著出生未久的幼子，迅速送往相隔一段距離的友人家。把哭叫的孩子託給友人的妻子後，他請求友人一起返回火場，協助搶救家中物品。

穿著睡衣、心神慌亂的北川，彷彿退化回人類尚不知如何言語的原始時代，毫無意義地喃喃囈語，一邊氣喘吁吁地來回奔跑。

在他與友人家之間的兩、三町（註）距離奔波兩趟後，火勢延燒的範圍愈來愈大，別說是搬運物品，反應不及的話，連性命都有危險，他只好暫且在友人家安頓下來。由於口渴到疼痛的地步，他二話不說，接連灌下幾杯開水潤喉。

驀地回神，他才發現一直沒見到妙子。

之前明明看到她跑出去，而且，她應該知道北川會到這名友人家中避難，卻不見蹤影。不管怎樣，北川無法相信妙子會衝回熊熊燃燒的火場，只能姑且茫然地等候衣衫凌亂的她出現在友人家門口。

在行李、文書盒、文件等各式物品雜亂堆滿一地的友人家玄關，友人夫妻與北川，及抱著孩子發抖的年輕女傭，陷入情緒崩潰前的詭異沉默，不時面面相覷。

註　一町約等於一〇九公尺。

屋外，火場的騷動清晰可聞。

「喂」、「哇」或「啊啊啊……」之類的噪音，及穿越馬路的倉促腳步聲，還有站在友人家附近的鄰居，一群人帶著睡意卻又緊張害怕的話聲混在一起，像是與北川自身毫不相干的音樂般莫名襲來。

四處傳來帶著戲劇化音色的火災警笛聲，像非把人搞得心神不寧才甘心，既淒厲卻帶有一種快感，此起彼落響個不停。

相較之下，他們幾個人雖安全待在屋內，卻是一片死寂，簡直到了匪夷所思的地步。不知經過多久，在漫長的等待中，他們依然定定維持靜默。

連身上著火般不斷哭叫的幼兒，都完全陷入沉默。

過一會兒，友人的妻子刻意閒話家常般慢條斯理開口：

「嫂子不知是怎麼回事……你說對吧，老公？」

「是啊，都過了這麼久，真奇怪。」友人仔細打量北川，一邊深思著應道。

好一陣子後，等他們出去尋找妙子時，原本猛烈的火勢漸漸欲振乏力。

然而，在火災現場附近找來找去，就是不見妙子的身影。他們挨家挨戶向熟人打探，當所有人都感到束手無策時，天微微亮了。北川累得筋疲力竭，只好先回到友人家，暫時打地鋪躺下。

翌日，負責清理火場的專業拆除工人，從北川家挖出一具女屍。這才確定，妙子不知為何衝入熊熊燃燒的家中，葬身火窟。

這實在太讓人難以置信。

妙子根本沒有任何理由冒著生命危險撲向火海。自遠方趕來參加喪禮的親戚之間，甚囂塵上地流傳著「一定是過度驚恐導致神智失常，才會一時精神錯亂」的說法。

「我認識的某位老太太說過，明知發生火災，她卻一時慌了手腳，莫名跑到米缸前，仔細量米裝入桶中，大概當下真的覺得米是最重要的吧。這種時候，平常再精明能幹的人，也會不知所措。」妙子的母親幾欲哽咽，強忍著以濃厚的鼻音悲傷地表示。

「心愛的妻子年紀輕輕，留下出生不久的孩子就這麼死了。單是這樣便足夠對一個男人造成致命打擊。更何況，還是那種慘不忍睹的死法……真想讓你也看一看妙子的遺容。如果眼前放著她的遺骸，我還能跟你平靜地陳述這些事，不知會是何等深刻、戲劇化的畫面？

「她的遺體不過是一團烏黑的焦炭。與其說不忍卒睹，毋寧說是令人作嘔。接到通知趕到現場時，躺在面前的竟是我有生以來從未見過的扭曲景象。說什麼我也無法相信，那團烏黑的焦炭是陪伴在我身旁三年的妻子。乍看之下，甚至瞧不出是一具人類的屍體。不必提眼睛或鼻子，連手腳都無法分辨，只是一團漆黑，伴隨著黑色表皮破裂，露出鮮紅血肉。

「不曉得你是否看過，以望遠鏡拍下的火星照片？你可知所謂的火星運河，那種帶著奇異表現派風格的網紋圖案？妻子的遺容就像那樣。漆黑的團塊表面，彷彿火星表面般龜裂，交錯著駭人的鮮紅血紋。完全不像個人，頂多只能說是來歷不明的恐怖物體，我甚至懷疑真的是妙子嗎？司空見慣的現場人員似乎察覺我的懷疑，指著那團黑炭的某處要我確認。仔細一看，一枚妙子昨天還戴著的白金細環戒指兀自發光，顯然已不容置疑。

「此外，我後來得知，除了妙子之外，當晚沒有其他人下落不明。

「不過，這種死法並不是沒發生過，我可以想像這種死法的慘狀。然而，比起那些外在因素，更重要的是，妙子滿是疑點的死因著實困擾著我。她沒有非死不可的理由。無論在物質或精神上，我都難以想像她會有什麼非得尋死的煩惱。再者，她不是會被突發意外嚇到心智失常的軟弱女子。她外表柔弱，其實相當沉穩幹練，這點你應該很清楚。好吧，就算退一步，假設她真的心智失常，也不至於貿然衝入火場中。

「其中一定有什麼原因。讓一個女人甘冒生命危險衝入火場的重大理由，究竟會是什麼？這個令人喘不過氣的疑問，不分日夜在我腦中盤旋不去。縱使曉得死因，事到如今也無法挽回妻子的生命，我依然無法停止思考，耗費很長的時間思索各種可能的情況。

「由於將貴重物品遺忘在家中，為了取出來，才貿然衝回火場——這是我最先想到的可能原因。

「可是，她有什麼貴重物品？對於妙子的生活細節，我向來不會太過留意，她到底擁有哪些東西，我壓根沒概念。不過，她應該沒有比生命寶貴的物品吧。於是，我又幻想起其他各種理由，卻都缺乏可能性。最後，我終於覺悟必須放棄這個與死人一起永遠埋葬的疑問。英文有個說法叫dead secret，妙子的死因正是名副其實的dead secret。

「你應該聽過所謂的盲點吧？我認為，再沒有比盲點作用更可怕的事。通常一提到盲點，多半是指稱視覺上的現象，但意識上其實也有盲點，就是『腦髓的盲點』。有時看似無關緊要的事會不經意忘記，有時我們居然怎麼都想不起最要好的朋友姓名。說到世上什麼最可怕，我想應該沒有比這個更可怕的了。一想到腦髓的盲點，我就會坐立不安。比方，我要發表頗富創見的學說，萬一『腦髓的盲點』忽然在精心擬定的學說中發揮作用怎麼辦？一旦產生盲點，除非有機會得以擺脫，否則自己根本無法意識到錯誤。對於從事學術研究的我們，盲點的作用尤其可怕。

「話說回來，我漸漸察覺，妙子的死因似乎和我的『腦髓的盲點』有關。在我深感不可思議的背後，某人在我腦中不斷低語：還有比這更明顯的事實嗎？有個模糊的、面目不清的幻象在我腦中安坐如山，彷彿在暗示『我就是你老婆的死因喔』。可是，當我追蹤到差一點就要捉住時，便再也想不起任何事。」

北川按照預定計畫，仔細地娓娓道來。他按捺住焦躁，盡量拖延抵達結論的時間，並且帶著如同孩童虐殺蛇般的快感，冷眼觀察野本的苦悶掙扎。他先試一寸，再試五分，一次又一次朝野本的要害戳刺。

他很清楚，這段彷彿在發牢騷、言不及義的長談，對野本是多麼殘酷的攻擊武器。野本僅默默聽他敘述，起初還會附和「嗯」或「原來如此」，慢慢地再也不吭聲，一副聽膩無聊的樣子。

然而，北川堅信，野本是出於恐懼才陷入沉默。他知道野本是擔心萬一貿然開口，說不定會化為驚恐的叫聲，索性保持緘默。

「有一天，越野來找我。越野就住在我家附近，不僅在失火時幫忙，還讓我們借住他家度過難關，非常照顧我。那天，他針對妙子的死因，帶給我重大提示。越野告訴我，是從某個目擊者口中聽來的。據說，妙子當時大聲嚷嚷著，在熊熊燃燒的屋前來回奔跑。由於四周太嘈雜，目擊的男人聽不清她到底在叫嚷什麼，但確定妙子是為某件非常重要的事焦急。在現場忙著救火的人正冒死奮鬥，沒人注意到妙子的異常舉動，過一陣子，不知從哪裡冒出一名男子，朝妙子走去。」

北川說著，凝視野本的雙眼。他意識到對方聽到這番話會陷入恐懼，更是以毒蛇在暗穴中定睛瞄準獵物的眼神，目不轉睛地盯住野本。

「目擊者以為那名男子會走到妙子身旁，沒想到他驟然右轉，折回來時的方向跑走。接著，妙子態度轉為震驚，杏眼圓睜，彷彿要求助般四下張望。但那只是瞬間的遲疑，下一秒，她已衝進陷入火海的屋裡……目擊者沒多想之後的情形，他做夢也沒料到舉止不太正常的女人會被活活燒死，所以沒夾雜在人群中觀望後續發展。聽說翌日從火場挖出的是越野友人的妻子時，他滿懷遺憾地道歉，早知如此，當時一定會立刻通知越野。

「聽了這番話，我心想，妙子果然沒有精神錯亂。她的確是基於某種重大原因，才會貿然衝進火場。

「『話說回來，那個走到妙子身旁，轉眼又消失的男子，到底是什麼人？』我這麼一問，越野竟壓低嗓門，神情嚴肅地說：『關於這點我倒有個想法。』……事發時，越野慌忙扛著我的行李奔跑，曾和一個男子擦身而過。他倉皇地轉身試圖確認，對方已鑽入大批看熱鬧的人群中，消失無蹤。越野告訴我那個男子的名字，你猜是誰？那是跟我和越野都非常親密的多年老友……那傢伙，為何碰到舊識越野連聲招呼也不打，就逃命似地不知去向？為何我家房子失火，他卻沒慰問一句就逕自離開？關於這些情況，不曉得你有什麼看法。」

北川的敘述漸漸觸及核心。

野本依舊不發一語，以一種異樣的表情，出神盯著北川滔滔不絕的嘴巴。雖然打一開始就不停自斟自酌，喝了不少啤酒，但他的臉色與起初對坐時相較，簡直蒼白得判若兩人。

情勢占了上風，北川看到野本的轉變，益發口若懸河，像在演講一般，無法自拔地繼續說下去。

野本緊張得雙頰發燙，冷汗卻浸濕腋下。

「不過，光聽到這謎樣的事實，我依然無從判斷。的確，我已逼近事實的真髓。只是，所謂的真髓，看似即將揭曉，偏又毫無答案。即使逼近到無限小的距離，仍是絕對無法觸及本體，我不禁焦躁難耐。比焦躁更嚴重的，便是恐慌。那一瞬間，我忽然明白，這分明是『腦髓的盲點』，不住渾身打顫。就這樣，兩天、三天地過去。

「沒想到，由於一樁小事，這個盲點猛然破裂。我猶如大夢初醒，一切水落石出。當下，我氣得拔身跳起。那傢伙，越野告訴我的那個男子，就是我恨了又恨、怎麼也恨不夠的渾蛋。我恨不得馬上衝進他家，活活掐死他……抱歉，我太激動了，應該冷靜慢慢敘述……此時，我凝望妙子娘家派來的新奶媽抱在懷裡的孩子。孩子對新奶媽還很陌生，口齒不清地喊著『媽媽、媽媽』，無助地吵著要找死去的母親。孩子的天真著實讓我心疼。

「然而，留下這麼可愛的孩子離開人世……不，是遭到殺害的母親更可憐。想到這裡，我依稀聽見初為人母的妻子，在另一個世界聲聲呼喚『寶寶、寶寶』。

「這一定是妙子死不瞑目的冤魂，在某處向我心頭私語吧。想像著妙子喊『寶寶、寶寶』，我霎時受到強烈的震撼。對了，肯定是那樣沒錯……除了『寶寶』，沒有其他強大到足以令妙子奮不顧身奔向火海的誘因……一旦打破盲點，長期遭到遏阻的思緒，如海嘯般滾滾湧出。

「當時，我先帶著孩子逃到朋友家避難，妙子或許完全不知情。火災現場的情況太緊急，的確可能發生這樣的事。我一跳起來，立刻抱著孩子衝出去，一邊對剛從被窩爬起、慌張穿衣服的妻子大吼：『快逃，小孩我帶走！』不過，我不確定手忙腳亂的妙子是否聽見我的吶喊。說不定她根本無暇多想，憑著本能逃到屋外後才想起孩子。所以，她不停喊著『寶寶、寶寶』，焦急無助地在屋前轉來轉去。在那種非常狀況下，的確會產生與平時截然不同的心理作用。最好的證據就是，我第二趟搬行李跑向越野家時，還一再自己嚇自己，想著：『咦，孩子到哪去了？』」

北川略微打住，彷彿要確認效果般窺視野本。發現野本臉色益發蒼白，甚至緊咬牙根，他滿意地點點頭，將敘述推向關鍵點。

「假設有個執念很深的男人，對某個女人懷恨在心。男人想盡辦法，找機會要報復深仇大恨，卻意外碰上女人的家中失火。由於某種機緣，男人恰巧在場，幸災樂禍地旁觀女人一家慘遭祝融的景象，發現女人在門口倉皇徘徊，嚷著『寶寶、寶寶』。男人靈機一動，認為是大好機會。

「他湊近女人身旁，像要施展催眠術般告訴她：『寶寶啊，在內室睡覺喔。』說完，他隨即離開。這是何等令人錯愕的完美復仇，若是平常，誰也不會輕易受這種暗示左右。可是，若想殺害一名心急如焚、擔憂孩子安危到幾近瘋狂的母親，這是萬中選一的障眼法。雖然憤怒，卻不得不佩服此人的機智。

「過去，我一直認為，天底下不可能有絕對不留下證據的犯罪手法，但這傢伙巧妙的計謀該如何解釋？恐怕再嚴謹的法官，也無從制裁。除了已逝的人，誰也沒聽見的那句耳語，能當成什麼證據？或許，的確有幾名目擊者發現他的舉止怪異，留下印象。只是，那又能怎樣？為了慰問友人的妻子家逢不幸，到她身旁講幾句話，原本就是人之常情。縱使退一步，真的有誰聽見那句耳語，這傢伙想必也有恃無恐。『當時我是真的相信寶寶在裡面，才會那樣說。就算嫂子因此投身火海，命喪火窟，也不關我的事。難道你以為，我能預料到她會過度反應，做出那種瘋狂行為？』事後，他這麼辯解不就能推得一乾二淨？何等殘忍的陰謀啊，這傢伙確實是殺人天才。野本，你說是嗎？」

北川再次停頓，像在強調接下來總算要正式展開復仇，焦躁得頻頻舔唇。他好似一隻貓，思索著如何逗弄奄奄一息的老鼠，虎視眈眈地以淒厲的眼神，定定打量著野本。

當初北川會認識野本，一方面自然是兩人同校，更重要的是，這群年輕人瘋狂仰慕同一名女子，正所謂物以類聚。身為其中一員，看對方眼紅卻又密切交往，懷著一定要得到芳心的強烈動機。

這個團體中，除了北川和野本之外，還有兩、三名年紀相當的年輕人。發生火災時，收留北川一家避難的越野也是其中一員。那是七、八年前的事，當時的年輕人，如今各自躋身為頗有成就的小資產階級，但他們難忘昔日情誼，依舊保持聯繫。

那麼，處於這個團體中心的幸福女子是誰？她就是日後的北川夫人妙子。

妙子是出身東京山手地區傳統名門望族的千金小姐。年輕貌美的她，絕對有資格被稱為某地西施，以女人的標準來看，剛畢業於教育方式頗為傳統的技藝學校（註）的妙子，理解能力比一般女性高。加上受到守舊的母親教養影響，妙子的舉止溫婉，不若時下年輕女孩，簡直是完美無缺的少女。

北川算是妙子家的遠親，求學期間寄宿在妙子家，自然而然地，這群仰慕妙子的年輕人不時聚集在北川的書房。

北川當時的個性就有些古怪孤僻，在研究學問方面雖然不比其他人遜色，卻不擅長應酬交際。即使如此，他的書房依舊高朋滿座。因為只要來找他，儘管不能一起談笑，至少有機會趁著妙子出來招呼或端茶時一睹芳容。說穿了，這群朋友積極拜訪北川，不過是名義上的藉口。最常出入他書房的就是野本、越野及其他兩、三人。這幾個人之間的暗鬥，激烈到非同小可的地步，但終究僅止於檯面下。

其中，野本的行動最積極，容貌也最俊秀，在校成績更是屬於優等生。此外，他還是長袖善舞、很會看場合說話的交際家，野本理所當然抱著捨我其誰的自信……不僅他本身如此確信，其他競爭者雖感扼腕，卻不得不承認他的條件優越。那段期間，北川書房的談笑永遠是以野本為核心。妙子偶爾會出席，若野本不在場，氣氛就會有點尷尬；但若野本在場，連她也能輕鬆地加入對話。只有野本在場時，她才會開懷大笑。過一段時間，野本不費吹灰之力便如願接近妙子。當年，所有人都認為野本會是最後勝利者。在種種機緣與無言的默契下，野本同樣深信，只差還沒求婚。

兩人的關係進展到這個階段時，暑假來臨。野本滿懷勝利者的喜悅，興沖沖地踏上返鄉之路，深信勝券在握的安心感，令他對自己與妙子的短暫別離反倒樂觀其成。屆時，僅僅透過來自遠方的魚雁往返，兩人的感情必定會更上一層樓，野本帶著期盼離開東京。

沒想到，在野本返鄉期間，局勢驟然逆轉。野本堅信芳心早屬於他的妙子竟一句話也沒交代，就嫁給所有人都不看好、根本沒放在眼裡的孤僻怪人北川。

與北川的喜悅恰成對比，野本簡直氣炸。與其說是憤怒，說是驚愕或許更為貼切，而且是遭深信不疑的人事物背叛帶來的驚愕。這意外的發展擺明是要給他難堪，讓他在朋友面前無地自容。

然而，他和妙子並未明確許下婚約，根本無從抗議，他們甚至還沒交換任何足以控訴妙子變心的承諾。懷著無處發洩的憤慨，野本在剎那間完全變了。

從此他顯得沉默寡言，不再像以往那樣不時拜訪朋友。他能做的僅有專心投入學問，聊以排遣無奈的失戀悲懷。北川比任何人都清楚這些內情，認為野本至今未娶妻，正足以證明當年

註　明治三十二年四月以前，以教授各種技藝為主的工業學校。

的失戀帶給他的打擊有多慘痛。此後，他和野本頂多維持表面的來往，實際上已尷尬無言。

考慮到這段過往恩怨，便可理解野本何以採取那樣的復仇手段。北川會突然對他起疑，也絕非空穴來風。

好了，提到北川，正如前面稍微提過的，他個性十分古怪孤僻。

對於社交上必須應付的辭令、談笑或閒聊，他徹底無能應對，壓根沒辦法理解何謂幽默。然而，一旦議論起嚴肅的話題，他倒是顯得辯才無礙，一副不達目的絕不罷休的態度。相對地，只要認定什麼，他就會心無旁騖地勇往直前。當初追求妙子時，除了心中既定的目標之外，他完全陷入盲目的狀況。由於這種執著的個性，他在研究學問方面有很大的成就，最後連最不拿手的戀愛也手到擒來。

北川天生無法一心二用。

在贏得妙子前，北川根本無暇顧及妙子以外的事。與妙子結婚後，他熱中學問，甚至將苦苦追求到的妙子冷落在一旁，執著於研究。事發至今，面對妙子的過世，除了「可憐的妙子」這個念頭，他沒心思顧及其他事。此時，他瘋狂投入對野本的報復計畫，在目的達成後陷入無法遏抑的狂喜。

北川的一切都是從極端衝向極端。

他的內在充斥著走錯一步就可能陷入瘋狂的特質。不，如今，他對妙子死因的各種突發奇想、對野本那令人措手不及的報復，不就瘋狂到教人難以相信他的心智處於正常狀態嗎？然而，北川堅信他的想像是正確的，此刻他的執念獲得證實。他一心報復的野本徹底陷入網中，在他眼前暴露出醜陋的苦悶掙扎。

北川的敘述終於結束漫長的前提，正式進入復仇的主題。

「這個男人的殘忍復仇，幾乎完美無瑕。縱然推理出一切都是他的報復手段，卻無法踰越一切不過是推理的事實。即使責問他是否犯下大罪，一旦他堅持不承認，還是難以將他定罪。我只能佩服他的機智，除了按兵不動外，我沒有其他辦法。當然，對方很清楚此一狀況，我甚至沒辦法指責他。天底下有更痛苦、更矛盾的立場嗎？不過，野本，你放心吧。我最終仍找到能夠擊垮那男人的武器。只是，對我來說，那又是多麼殘酷的武器。

「我發現的事實，在折磨那男人的同時，也折磨著自己。以此做為復仇手段，我不先品嘗到與對方同樣的痛苦，這武器就派不上用場。我不由得想起，古代忠臣為了讓仇敵吃下毒饅頭，必須豁出去先吃下一小塊毒饅頭的故事。想殺死仇敵，自身也得面對死亡。自己不先死，就無法如願殺了對方。這是多麼可怕的瘋狂復仇啊。

「不過，古代的忠臣還算幸運，一旦打消復仇的念頭，就沒必要犧牲生命。可是，我的情況並非如此，無論要不要報復，那個讓人難以直視的事實，一刻比一刻鮮明地朝我逼近。起初模模糊糊、似有若無的疑問，慢慢地，真的是慢慢地，愈來愈像是事實。如今，不容我再以『像』這個字眼來形容，成為火焰般明白的事實。之前一直棄置在心中的疑問，由於發現具體的證物，反倒成為無可動搖的事實。反正不管怎樣，我都得品嘗這種痛苦。既然是必要的痛苦，索性讓應該會比我受到的打擊多上數倍的仇人也獲知這個事實。然後，我再來旁觀他痛苦掙扎的模樣吧。我如此下定決心。

「那陣子，我每天除了針對此人，思考絕無僅有的巧妙復仇計畫外，無法顧及其他。我有時憤慨，有時佩服，腦中只有唯一的念頭。沒想到，有一天，彷彿地平線遙遠彼方突兀浮現的一抹烏雲，我腦中忽然冒出一個出人意表的想法。的確，那男人以無懈可擊的手法完成報復。可是，如果妙子並不像那男人以為的那麼討厭他呢？不，萬一妙子一直深愛著他，那他會做何感想？……當然是不可能的，純粹是我無法遏止的妄想。我簡直瘋了。傻瓜，怎麼可能會有這種事。問題在於，真的完全不可能嗎？這種荒謬的妄想，為何會莫名浮現在我的腦海？我不禁顫抖。如果……如果，妙子在婚後仍深愛著那男人……

「我的思緒自然而然轉移到與妙子結婚時的情景。在婚前的我眼中，那男人是可怕的勁敵。不僅我暗地裡如此相信，那男人及他周遭的人，恐怕壓根沒想過妙子會跟我結婚。而且，他們必然深信，唯有那男人才有資格成為妙子將來的夫婿。由此可見，那男人曾如何占據妙子的芳心。倘若沒有特殊情況發生，妙子終究會投入他的懷抱吧。那男人雖是情敵，卻具備一切完美的條件。反觀我自己，根本沒有絲毫足以吸引女性關注的優點。不過，我倒是有一項特別的武器。我和妙子不僅有遠親關係，追溯過往歷史，我家還是妙子一家的主家（註）。基於這層關係，一旦我率先開口求婚，以妙子父母守舊傳統的思想，自然二話不說，甚至會備感榮幸，一口答應。不僅是基於人情義理，我拘謹的個性也贏得他們的信任，認定我是『最佳人選』。再加上，不知該說幸或不幸，妙子本身是絕不可能違抗父母之命的傳統女性。即使有深愛的意中人，她也不會隨意表現出來。我就是看準這點，才會強求這段婚姻。好吧，就算不是這麼處心積慮，難道在我內心深處，不曾隱約意識到我的優勢嗎？

「然而，如同人人皆有的，我也具備不遜於人——不，恐怕比別人更嚴重的自戀心態。婚事進展得意外順利，以至於與妙子結婚後，背叛朋友的自責、心虛在不知不覺中消失。妙子視我為最重要的依靠，對我十分忠貞。『我以為她真心喜歡的是那男人，原來是我瞎疑心啊。』我這個天真的傻子，從此深信不疑。

註　江戶時代相當於主君的一族。妙子家是傳統名門世家，主家是德川將軍家，但北川並非德川一族，應是類似幕府時代御先手組（警衛隊）那類組頭與組下的關係，也就是上司與部下的關係。

「如今回憶起來，除了妙子之外，沒和其他女人交往過的我，縱然沒有任何判斷依據，仍察覺所謂的戀愛似乎不該是那樣。我和妙子與其說是情侶，恐怕更像主從關係。仔細想想，我自小就是個大少爺。結婚已屆三年，居然一點都不瞭解妻子的心思——實際上，我甚至沒想過要試著瞭解妻子的感受。我單純地認定，一旦結了婚，所謂的妻子當然只能愛丈夫一人，於是毫不猶豫地全心投入我的專業領域工作。

「可是，這次的事件逼著我睜開雙眼。事後回溯，妙子平常的舉止有太多可疑之處。在某些時候真的深愛丈夫的妻子應該不會怎樣的種種瑣碎跡象，絡繹不絕地浮現腦海。妙子的確對我這個丈夫不太滿意。在我粗心冷落她後，她心底一直藏著昔日情人的身影。不，不只在心底。說來可悲，她豐滿溫熱的胸懷，確實抱著那男人的『身影』。

「剛剛提過，我發現一項不可動搖的證物。瞧，就是這條墜子。你也很清楚，是妙子打單身時期便珍藏的物品。

「直到幾天前，我才無意中發現，她細心將這條墜子裝在天鵝絨袋子裡，並藏在好不容易從火場搶救出的文書盒底部。你猜，在妙子珍藏的墜子中，到底放了什麼？野本（就是越野在火場撞見的男人，殘忍地間接燒死妙子的男人，而且，還是妙子始終深愛的男人）的照片，被當成護身符貼在墜子裡。可是，如果是妙子婚前貼上的照片，婚後一直忘記撕下倒也罷了，問題是她跟我結婚時，我清楚記得她是貼上我的照片。曾幾何時，居然換成那男人的照片，你說到底暗示著什麼？」

北川伸手入懷，取出一條金製鍊墜放在掌心，倏地舉到野本眼前。

野本似乎承受不了過度的刺激，哆嗦著接過，定睛注視墜子表面的浮雕圖案。

這一刻，北川緊張莫名，彷彿皇國興廢在此一戰（註）。所有神經集中在雙眼，竭力避免錯過野本表情變化的任何細節。死寂在兩人之間迴盪。

野本花了很長時間凝視墜子。

他並未掀開蓋子檢視裡面的照片。因為根本無須如此，野本已大受打擊……他的表情愈來愈顯空虛，尤其是他的雙眼，雖然視線膠著在墜子上，卻出神般想著其他事，一臉恍惚失焦。過了許久，他的頭緩緩垂下。最後，他終於趴倒在矮桌上。那一瞬間，北川以為他會痛哭失聲，一度震驚失措，沒想到他並未流淚。

野本像是過度心痛一蹶不振，趴伏在矮桌上，動也不動。

北川覺得，這樣已足夠。

註　引用自日俄戰爭中的日本海海戰（明治三十八年五月二十七日），東鄉平八郎聯合艦隊司令官掛在旗艦三笠號桅杆上的信號旗「皇國興廢在此一戰，全員務須加緊奮鬥努力」。

勝利的快感瞬間幾乎堵塞喉頭，沒必要再繼續說下去。就算還有話要說，北川也無法開口。他掙扎著起身。

然後，他對依舊趴在桌上的野本置之不理，迅速走出房間。不知情的幫傭阿婆，慌忙替他取來木屐。他雀躍地步下玄關門口的踏板，砰一聲，猝然發出巨響。

北川癱倒在阿婆身上。過度亢奮下，他甚至沒意識到雙腿已麻痺。

「就這樣，我贏了。」北川滿心歡喜地走著。

「野本永遠擺脫不掉那個墜子帶來的後悔。就算想扔，也沒辦法扔掉。不，縱使扔掉墜子，但在他的腦中……永遠……永遠……恐怕就算他死後進了墳墓，墜子依舊會宛如主人的化身般縈繞不去。『對於一個這麼愛我的人，我竟用最殘酷的手段燒死她。』這個無法挽回的失策，勢必會令他往後天天悲嘆苦惱。天底下還有比這更痛快的報復嗎？這是何等完美的手段啊。不愧是北川，真厲害。你的頭腦，就像你平時深信的那樣，實在太聰明了。」

北川的歡喜，在轉為勝利者的悲哀與空虛那一瞬間，達到前所未有的高潮。

此刻，他邊走邊如棒球比賽的啦啦隊叫嚷「加油、加油，某某隊！」那樣亢奮激動。然後，他像瘋子般淌著口水，咯咯大笑。大量汗水濕透薩摩上布（註）製成的襯衫，充血通紅的臉龐滴滴答答滑落汗珠。

「哇哈哈哈哈哈哈哈哈！怎會有這麼愚蠢、騙小孩的詐術？野本老師完全上當了啊。你知道嗎？野本老師！」北川不斷咆哮著。

北川向野本敘述的，其實只有前半段是真的，後半段是為了報復編織出的騙術。妙子的死亡帶給他的無限悲傷，遠比他向野本告白的沉痛許多。

自妙子死後已過半個月，北川連學校也不去（那可是他的工作），徹夜不眠地哭泣，與無時無刻不嚷著「媽媽、媽媽」尋找母親乳房的幼兒一起哭泣。

在越野——就是失火時幫了北川不少忙的越野，還沒來到北川的新居暗示妙子的死因前，他根本無心追究，鎮日沉浸在無以名狀的哀傷中。

然而，聽到越野提供的訊息，北川馬上振作起一條路鑽到底的死脾氣，迅速將悲傷拋到腦後，全心投入復仇計畫。不分日夜，他滿腦子都是殘酷的復仇計畫。

這是何等艱巨的任務啊。不提別的，首先對方是誰都還不清楚。北川說越野曾在火場遇見野本，其實是北川自己杜撰的。越野的確遇見一個眼熟的男子，並描述對方是如何畏懼他的目光，一溜煙消失在人群中。可是，那究竟是誰，越野根本來不及看清楚。

註　在薩摩藩的統治下，琉球所生產的麻織品。現今冠上地名稱為宮古上布、八重山上布等。

「我只知道，那是學生時代經常往來的友人之一。畢竟，在那種混沌狀況下，思緒已夠慌亂，我不敢斷定，但我認為應該是野本、井上或松村，總之是當年經常聚集在你書房的成員。依稀是野本，又好像是井上。話說回來，我也無法斷言不是松村……一定是他們之中的某人，可惜我就是想不起來。」越野這麼表示。

首先，北川必須試探對方。萬一搞錯報復的對象，會鑄下無可挽回的大錯。況且，就算找出對方，由於對方的手段實在萬無一失，恐怕也沒轍。正如北川向野本招認的，那是絕對沒有證據的犯罪，純屬心理策略。換言之，眼前橫亙著雙重難關。

全心投入、苦思多日後，北川的腦海驀然浮現一個好主意。當然不是訴諸法律，也不是透過暴力動用私刑。他想到的方法，復仇者絕對安全，而且，比起政府的牢獄或動用私刑的皮肉之痛，會帶給對方更深、更沉痛的打擊。不僅如此，最完美的是，執行那個方法時，不必刻意找出真凶，僅須在所有嫌犯身上如法炮製即可。這個方法將會造成真凶莫大的痛苦，對別人卻是不痛不癢。

妙子遺留的金墜子，與學生時代同班同學合照的四開照片，就是他需要的材料。

北川先命人仿製兩條金墜子。順利取得三條一模一樣的墜鍊後，再將合照中野本、井上、松村的臉部分別剪下貼在墜子裡。

準備工作何其簡單，憑藉此物居然就能報復那深仇大恨。

「不過，相較之下，對方的犯罪手法豈不是更簡單自然？在這世上，一些為人忽視的細故，往往會招致嚴重的後果。誰能夠斷言這條不起眼的墜子與剪下的舊照片，無法發揮偉大的力量，左右一個人的命運呢？

「不管是野本、井上或松村，應該都不可能忘記這條金墜子。尤其這蓋子表面的維納斯浮雕，凡是當年來過我書房的朋友都很熟悉。他們私下談論妙子時，一向不直呼其名，而是根據墜子上的圖案為她取了『維納斯』的綽號。一旦他們之中的某人，得知妙子珍藏在文書盒底層的墜子裡，竟貼著自己的照片，不曉得會驚訝到什麼地步。萬一恰恰是陷害妙子葬身火海的人，他又會何等悲痛。」

實際上，越野提供的名單中，北川最懷疑野本，但也不能斷定另外兩人是無辜的。於是，北川決定把嫌疑重大的野本留到最後，率先在井上、松村身上，試驗他深信極為完美的墜子騙術。

可惜，根本用不著取出墜子試探，井上與松村就擺明是無辜的。

聽完北川的敘述，他們都面露同情，真心安慰他：「看來，驟然痛失愛妻的你，心情必定相當紊亂。怎麼可能會有這麼荒唐的事嘛，冷靜一點。好了、好了，別再說那種無聊話，先喝一杯。」

兩人的表情，絲毫沒有犯罪者的疑懼。

北川很是失望。

「我的想法，真有那麼瘋狂嗎？該不會真如他們所言，不過是無憑無據的妄想罷了。好在還有野本，我不是打一開始就鎖定他嗎？無論如何，我必須堅持到最後。」

所以，北川今天才會來找野本，並且得到預期的驚人效果，難怪他的反應會如此瘋狂。

北川滿身大汗地行走兩個多小時。一看手表，漫長的夏日離天黑還有一段時間，但也早過了晚餐時間。他恍然回神，鎖定某個方向邁步前進。

拖著亢奮一整天，此刻筋疲力竭的身體，北川搭上郊外電車，好不容易回到家，便提不起勁再做任何事。他立刻鋪床，渾身無力地躺下，不久，酣暢的鼾聲從為今天的勝利大感滿足的喉頭緩慢流瀉。

翌日，北川醒來時，已接近十點。熟睡的爽快倦怠感，讓他的心情格外輕鬆。起床後，他穿著睡衣走進書房，提供甜美回想的材料在書房等著他。與他留在野本手上的墜子分毫不差的兩條墜子，安安靜靜在書桌抽屜中等待。

他取出墜子，愛撫般細細打量。

起初的計畫，不只是針對野本，也打算在井上和松村手裡留下墜子。萬一無法判斷三人中誰才是犯人，乾脆給每人都留下墜子。基於這樣的盤算，他才會命人仿造兩條昂貴的贋品。可是，前面提過，野本以外的兩人，甚至不用取出墜子就洗清嫌疑。北川只好把小心藏在腹兜中的墜子，原封不動地帶回來。眼下，他打量著兩條完全沒派上用場的墜子。

「野本那傢伙，八成做夢也料不到會有這種騙局。嘿嘿嘿，怎麼樣，我的騙術很高明吧？不如來揭曉謎底。請看，騙術的玄機就在兩條金墜子上。你曉得裡面究竟放什麼嗎？猜不到？告訴你吧，一個放的是松村老師的照片，另一個是井上老師的照片。至於野本老師的照片已不在這……」

北川倏然打住自言自語，感覺心臟猛然衝上喉頭。他的臉色蒼白如紙，本欲掀開鍊墜蓋子，卻湧現莫名的恐懼，戛然中止。

他那耐不住恐懼的眼眸，定定凝視空中。

「不管是任何細節，我自認都再三注意。可是，怎會這麼不安？難不成犯下什麼嚴重過失？你怎麼也想不起最關鍵的地方吧？去野本家時，你真的把裝有野本照片的墜子帶去了嗎？

「好了，振作點。仔細想想，萬一不幸你交給野本的墜子，裝的是松村或井上的照片，會有什麼後果？你該不會在害怕吧？瞧，你該不會是在發抖吧？難道，此刻你才想起那個致命的錯誤嗎？」

他搖搖晃晃起身，彷彿再也按捺不住，邁步朝房門口走去。這時，女傭拿著一封信走進他的書房。

「老爺，野本先生派人送信來。」

類似打嗝的苦悶，瞬間湧上北川心頭。某種預感宛如哭鬧的孩子，竭力阻止他看這封信。可是，他總不能永遠不動，與女傭一直對視下去。

他好不容易下定決心，接過信拆封。野本寫在紙上的秀麗字跡，如烙印般刺痛北川的雙眼。

讀著讀著，北川的嘴角浮現淒厲的笑容，笑意逐漸擴散。

只見他倏然舉起拿信的雙手，下一秒已把信紙蒙在臉上，隨後，爆發似地狂笑。

「哈哈哈哈……嘿嘿嘿嘿嘿……呵呵呵呵……」

他捧腹笑個不停，像〈朝顏日記〉（註）中誤喝笑藥的壞醫生，沒完沒了地笑。

可憐的北川瘋了。他發瘋的原因是什麼，至今我們仍無法判斷。

不過，妙子的意外死亡是最主要的遠因，野本的信顯然是最主要的近因，這個推斷應該不會錯。野本寫的那封信，內容如下：

昨日意外舉止失當，失禮之處還請見諒。

實因連日來極度繁忙，徹夜埋頭工作，睡眠不足，以致在您面前失態，連您說的話也不復記憶。至於您何時離開，更是毫無印象。當著您的面肆無忌憚地陷入熟睡，實在不知該如何陪罪才好。雖然意識朦朧，但依您昨日所言，對於嫂夫人之死似乎抱持疑問。根據常識判斷，這應是不可能之事，想必是驟失愛侶悲痛過度。在此謹致上萬分同情，還請不要過度鑽牛角尖，否則對您的身心健康亦非好事。不如換個地方安神靜養，此乃老友誠摯的忠告。

總之，再次爲昨日的失禮鄭重致上歉意。

又，隨函附上您忘記帶走的金墜子。您說裡面貼的照片主人就是駭人的凶手，但小弟實在難以相信，與吾等親密往來的松村會是那樣的極惡之人。

註　淨琉璃義太夫的表演段子〈生寫朝顏話〉。文化九年（一九八二），奈河晴助為二世澤村田之助將雨香園柳浪的讀本〈朝顏日記〉改編為歌舞伎腳本，進而又改編為淨琉璃。在「笑藥」的段落中出現的壞醫師，企圖讓駒澤次郎左衛門服下麻藥，卻被德右衛門換成笑藥而不自知，壞醫師雖覺得摻了藥的茶怪怪的，但他仗著有麻藥的解毒劑因此放心喝光，之後才知那是笑藥，結果笑個不停，這個蒙古大夫就是萩野祐仙。

信封裡除了信紙之外，還以白紙包著金墜子。不知是怎麼弄錯的，墜子裡貼的並不是野本，而是松村的照片。這封信是出自野本的真心話，抑或是他趁著墜子拿錯，急中生智？除了野本自己，恐怕是任誰也無從得知的永久祕密。

最後，促使北川發瘋的直接原因，竟是此一致命又可笑的失誤。這正是他成天掛在嘴上，所謂「腦髓的盲點」的作用。

〈致命的錯誤〉發表於一九二三年

二廢人

兩人泡完溫泉，對弈一局後點燃香菸，喝著苦澀的煎茶，邊像往常一樣有一搭沒一搭地閒聊。平穩的冬日陽光透過紙門，將八張榻榻米大的房間烘得暖洋洋。巨大的桐木火盆上，從銀壺內傳來誘人昏睡的聲響，兀自沸騰。這是個悠然如夢的冬日溫泉場午後。

無意義的閒聊，不知不覺轉為懷舊憶往。來客齋藤談起參與青島戰役（註）的實況。屋主井原輕輕伸手遮在火盆上方取暖，默默傾聽那血腥話題。黃鶯幽遠的啼聲彷彿在附和，周遭情景倒是頗適合把酒話當年。

齋藤傷痕累累的面孔，看起來非常適合談論這類英勇事跡。他指著砲彈碎片造成的右臉傷疤，歷歷在目地道出當時戰亂的情況。除此之外，身上也有數處刀傷，每到冬天便隱隱作痛，所以才會來泡溫泉，說著他索性脫下浴衣露出舊傷。

「別看我這樣，年輕的時候頗有野心。可惜，變成這副德性後全完了。」齋藤結束這段漫長的實戰話題。

井原彷彿回味著那席話的餘韻，沉默半晌。

（此人被戰爭毀了一生。我們都成為廢人，但他至少還贏得名譽聊以安慰，而我呢……）

註　青島是中國山東半島南部的城市。一八九七年被德國占領，翌年成為租借地。第一次世界大戰期間，日本攻破此地並占領。

井原再次觸及舊傷，不禁心頭一寒。相較之下，為了肉體上的舊傷苦惱的齋藤至少幸福許多。

「接下來，不如聽我說個懺悔的故事吧。雖然接在你英勇的戰爭事蹟後，或許太過晦暗。」換了新茶，抽根菸後，井原意味深遠地開口。

「那我當然要洗耳恭聽。」齋藤回答，果真擺出一種嚴陣以待的姿態瞄向井原，旋即若無其事地垂下眼。

那一瞬間，井原暗暗起疑，剛才齋藤的表情似曾相識。他與齋藤打第一次見面——其實不過是十天前，兩人之間就像上輩子約好，有股異樣的吸引力。隨著時日過去，那種熟悉的感覺愈來愈強烈。否則，住處不同、身分迥異的兩人，不可能在短短數日內變得益發投契，井原禁不住暗忖。

（真不可思議，這個男人我的確在哪裡見過。）可惜，想來想去卻是一點線索也沒有。

（難道這個人和我，在很久很久以前，例如在懵懂的孩提時代曾是玩伴？）這麼一想，的確有這種可能。

「哎，想必是非常有意思的故事吧。經你這麼一提醒，今天似乎是個適合追憶往昔的好日子。」齋藤不由得催促道。

井原從未將羞於見人的身世告訴其他人，甚至可說是盡其所能隱瞞，自己更是努力試圖忘記。可是，今天不知吹的是什麼風，他忽然很想試著說出來。

「這個嘛，該從何說起才好……我是某町裡有點歷史的商家長子，或許是父母過度溺愛保護，自小體弱多病，耽誤一、兩年才進學校就讀。除此之外，倒沒出過什麼大狀況，從小學到中學，而後順利進入東京的某大學，雖比別人晚了幾年，但稱得上平平順順長大。到了東京，我的身體也算健康，分發到專業學科後對課業漸漸產生興趣，慢慢交到一些好朋友，不自由的住宿生活反倒過得十分開心，無憂無慮地度過學生時期。如今想想，當時確實是我一生中最美好的時光。不料，就在我搬到東京一年左右，一個意外的發現無情地擊倒我。」

說到這裡，井原不知為何全身微微發顫。齋藤把剛抽了兩口的菸卷丟進火盆，專注聆聽。

「某天早上，我正在盥洗更衣準備上學，住同一宿舍的室友走進我房間，邊等我換衣服邊嘲諷：『昨晚你好大的氣焰啊。』可是，我根本不明白他的意思。『氣焰？你是說，我昨晚口吐火焰？』我一臉疑惑地反問，室友捧腹大笑，調侃道：『你今早一定還沒洗臉吧？』我再仔細一問，才曉得前一晚深夜，我闖進室友的房間，將室友吵醒後大發議論，滔滔不絕什麼柏拉圖（註）與亞里斯多德的婦人觀比較論，講完想講的話，也不聽室友的意見，便斷然離去，簡直讓人一頭霧水。『你才是在做夢吧？昨晚我很早就躺進被窩，一直睡到剛剛醒來，怎麼可能有那種事？』我一反駁，室友立刻激動地堅稱：『我有證據證明那不是夢。你走後我睡不著，看了好一會兒的書。要是不信，你瞧，這張明信片就是你當時寫的。沒人會在夢中寫明信片。』

「在一問一答間，真相依然不清不楚，我索性去上學。進教室等老師之際，室友帶著深思的眼神看著我，問道：『你以前有說夢話的習慣嗎？』我一聽，像撞上什麼可怕的東西，悚然一驚……我的確有這習慣。從小我似乎就會說夢話，只要有人趁我說夢話，故意捉弄我，即使我仍在睡夢中，依然能夠對答如流，而且早上醒來後毫無印象。由於情況實在罕見，甚至在鄰里造成轟動。不過，那是小學的事，長大後說夢話的情況改善，久而久之，我完全忘了這麼一回事。室友突然一問，我才驚覺，小時候的毛病與昨晚發生的事，彷彿有脈絡可尋。於是，我告訴室友。『可見一定是復發了，這也算是一種夢遊症。』室友一臉同情地說著。

「好了，這下我不禁緊張。夢遊症到底是什麼毛病？我當然不是很清楚，但夢中遊行、離魂病、夢中犯罪等毛骨悚然的名詞卻浮現腦海。其他情況就算了，單是我年紀輕輕，竟會在睡夢中做出一些反常的行為就夠丟臉的，萬一這種事一再發生怎麼辦？想到這裡，我憂心不已。經過兩、三天，我終於鼓起勇氣詢問熟識的醫生。沒想到，醫生的說法竟是『看來應該是夢遊症，不過才發作一次，不必這麼緊張。否則神經過度緊繃，反倒容易導致病情惡化。盡量保持平靜，悠哉地規律生活，把身體鍛鍊得健康一點，自然會康復。』聽起來非常樂觀，我只好死心離開。不幸的是，我天生神經質，一旦發生那種丟臉的事，一門心思只會惦念著同一件事，連書都念不下去。

「那陣子我整天提心弔膽，只求那難以啟齒的毛病千萬不要發作，好在之後的一個月平安度過。剛如釋重負地鬆一口氣，你猜怎麼著？沒想到那僅是片刻的僥倖，我很快又發作。情況比上次還嚴重，我竟在睡夢中偷別人的東西。

「早上醒來一看，我的枕頭底下，居然放著我從未見過的懷表。正納悶的時候，聽到住在同一宿舍、任職某公司的男人嚷嚷著：『表不見了，表不見了！』我才恍然大悟。可是，這種情況實在太尷尬，我根本拉不下臉道歉，只好拜託之前那名室友證明我是夢遊患者，再把表還給他，才擺平這次事件。從此，『井原是夢遊患者』的消息一下傳開，甚至在教室內蔚為話題。

「我不惜透過任何方法也要治好這丟人現眼的毛病，因此買了大量探討夢遊的書籍，試過

註　柏拉圖（Plato，西元前四二七～三四七），古希臘哲學家。創辦學院作育英才。主要著作有《蘇格拉底的申辯》、《理想國》、《會飲篇》等。亞里斯多德（Aristotle，西元前三八四～三二二），希臘哲學家、科學家。著有《形而上學》、《自然學》等邏輯學、倫理學、政治學、詩學、博物學等多樣作品。柏拉圖認為，男女具有同樣的理性，女性若跟男性接受同樣的教育應該能發揮所長；相較之下，亞里斯多德則認為，女性是「不完全的男性」，應該為男性服務。

各種健康療法，看過無數醫生，可以說能做的我全做了，只是病情毫無起色，每況愈下。每個月起碼會發作一次，嚴重時甚至兩次，夢遊的範圍逐漸擴大。每當發作時，不是拿走其他人的東西，就是把自己的東西遺失在其他人房裡，否則或許還不至於被室友發現，糟糕的是，偏偏通常都會留下證據。而且，說不定其實我發作過許多次，只是沒留下證據才沒任何人發現。不管怎樣，連我自己都惶恐不安。有一次，我居然半夜跑出宿舍，在附近墓地徘徊。不巧，住同一宿舍的上班族應酬回來，行經墓地旁的馬路，透過低矮的樹籬隱約瞥見我的身影。由於天色太黑看不清楚，他便到處叫嚷著那邊鬧鬼，之後發現原來是我，事情一下鬧大。

「從此，我成為所有人的笑柄。的確，在旁人眼中，這或許是一齣媲美曾我迺家（註）的喜劇，但當時的我，不知多麼痛苦、多麼害怕。那種心情，恐怕只有當事人才能體會。起初，我時時提心弔膽，擔心今晚會不會又闖禍、今晚會不會又夢遊？久而久之，竟害怕起睡眠。不，甚至出現『不管睡不睡，一到晚上都得躺進被窩』的消極念頭。到了這個地步實在可笑，只要看到寢具，即使不是自己的，也會產生難以言喻的不自在。一般人一天最安寧的休息時刻，卻是我最痛苦的時候。這是何等不幸的人生啊。

「而且，打這個毛病發作以來，我就很擔心一件事。這齣滑稽喜劇若能永遠持續下去，最多不過成為其他人眼中的笑柄。那也就算了，要是哪天造成無法挽回的悲劇，才是我真正恐懼的。之前提過，我盡可能搜集關於夢遊症的書籍，翻來翻去看很多遍，其中描述許多夢遊患者的犯罪實例，也介紹許多令人戰慄的血腥事件。懦弱的我不知有多害怕，難怪我單是看到棉被都會反胃噁心。我再也無法繼續忍受下去，決定乾脆休學返鄉。於是，某日，距離第一次發作大概過了半年多吧，我寫一封長信跟父母商量。不料，等待回信期間，你猜發生什麼事？我最恐懼的噩夢終於成真，毀掉我一生的致命悲劇發生。」

面前的齋藤文風不動地洗耳恭聽，但他的眼神，不像只是被故事挑起強烈興趣，彷彿也在傾訴著什麼。早已過了新年假期的溫泉場，往來的客人寥寥無幾，四周靜悄悄，了無聲響，連小鳥的啁啾聲都消失。在遠離現實社會的世界裡，兩名廢人異常緊張地面對面。

「那是距今恰恰二十年前，明治某年的秋天，已是很久以前的往事。某天早上我一醒來，發覺住處一反常態，鬧哄哄的。心虛的我當下興起一股不祥的預感，懷疑自己又闖禍。持續躺著思考的過程中，我逐漸感到這次的情況非同小可，一種無法言喻的可怕預感悚然竄上背脊。我忐忑不安地環視房內，打量了半天，總算發覺有點不對勁。臥房內似乎和我昨晚睡覺前不太

註　曾我迺家五郎、十郎於明治三十七年從大阪出發，以曾我迺家一座為始的大阪喜劇，在人情喜劇中帶有特色鮮明的通俗教訓，如今的松竹新喜劇就是繼承了這種風格。其中曾五迺五九郎於明治四十年進軍東京淺草，成為東京的喜劇王之一，根據《偵探小說四十年》記載，五九郎曾參與演出亂步參加的合作集團「耽綺社」寫的劇本。

一樣，我連忙起身仔細檢查，果然，某件陌生的東西映入眼簾。房門口居然放著一個我從沒見過的小包袱，我腦中頓時一片空白，莫名抓起小包袱塞進壁櫥。我關緊壁櫥，像小偷般四下張望，鬆一口氣。這時，紙門無聲拉開，一名室友探進頭小聲說：『喂，不得了。』他煞有介事地低語，我只怕剛才的舉動被他發現，完全無心回話。『老頭被殺了。昨晚有小偷闖入，你快來看。』室友說完便轉身離開。我一聽，彷彿喉頭卡著異物，半晌無法動彈，好不容易勉強振作，走出房間探看情況。接著，您猜我看到什麼、聽到什麼？……當時心裡那種難以形容的戰慄與不安，即使在二十年後的此刻，依舊如昨天般歷歷在目。尤其是老人家猙獰的遺容，無論是睡是醒，沒有片刻離開我的眼前。」井原似乎難耐恐懼，機警地環視四周。

「我將事情經過簡單扼要地說一次吧。前一晚，正巧兒子夫婦前往親戚家過夜，老房東獨自睡在玄關旁的臥房。一向早起的房東這天一直沒起床，女傭覺得不對勁，於是進房一看，只見老人仰臥在被褥上，遭人以他睡覺時習慣裹著的法蘭絨圍巾勒斃，屍身早已冰涼。經調查發現，凶手殺害老人後，還從老人的提袋裡取出鑰匙，打開櫃子，從手提保險箱偷走許多債券和股票。為了深夜晚歸的房客方便，宿舍向來不鎖大門，想當然耳，竊賊若有心潛入，完全不費吹灰之力。不過，相對地，遇害的老房東警覺性特別高，宿舍基本上安全無虞，大家都很放心。現場似乎沒發現特別有力的線索，只有老房東枕下遺留一條髒手帕，已送去鑑定。

「一會兒後，我站在自己房間的壁櫥前，伸出手又縮回來，心慌意亂，不知該不該打開。壁櫥中，你知道的，正放著那個包袱。萬一打開一看，裡面真的裝有遇害老人的財產⋯⋯請嘗試感受我的心情，真的是生死關頭。好長一段時間，我懷著幾近氣絕的緊張感，說什麼也無法打開壁櫥，只是呆呆站著，最後，好不容易下定決心，打開包袱檢查。在查看的當下，我不禁感到頭暈目眩，甚至失去意識片刻⋯⋯找到了，債券和股票果然都在包袱中⋯⋯事後也確定，現場遺落的手帕是我的。

「於是，我當天就出面自首。經過多名員警一次又一次偵訊，我被關入光是回想就不寒而慄的拘留所，彷彿在光天化日下做了一場噩夢。由於夢遊患者的犯罪很少見，期間還接受專業醫生的鑑定，及進行多名宿舍房客的證詞對照等頗費工夫的調查，加上我是豪門之子，完全沒有謀財害命的動機，友人也證實我是夢遊患者。同時，父親特地自家鄉趕來東京，聘請三位律師大力奔走。第一個發現我有夢遊症的室友——此人叫做木村，代表所有同學熱心地為我請命。總之，種種事證都對我有利。度過漫長的拘留所生活，好不容易獲判無罪。即使如此，畢竟留下殺人的事實，這是何等詭譎的立場。我早筋疲力竭，沒心思為無罪獲釋感到欣慰。

「一獲得釋放，我立刻隨父親返鄉。跨進家門，之前已是半個病人的我，這下真的病倒，足足在病床上躺了半年⋯⋯這次事件毀了我的一生。父親的事業改由弟弟繼承，此後二十年的漫長歲月，我年紀輕輕便過起隱居生活，好在最近我終於不再為這些事煩悶。哈哈哈……」

以無力的笑聲結束這段漫長的親身遭遇，井原拉過茶具，勸道：

「這麼無聊的故事，你一定聽得很悶吧。來，趁熱再喝一杯。」

「是嗎？乍看之下，你過得頗為順遂，聽了你的故事，才深覺你也是不幸的人。」齋藤意味深長地嘆氣，「不過，你那夢遊的毛病完全康復了嗎？」

「說也奇怪，鬧出那場殺人風波後，一切像被忘得一乾二淨，再也沒發作。醫生認為，可能是當時受到太大的刺激。」

「那名朋友……你說他是木村先生對吧……他是第一個發現你毛病的人嗎？後來，接連發生懷表事件、墓地鬧鬼事件……此外，宿舍裡還發生過異常的事嗎？要是還有印象，能不能請你說說看？」齋藤突然有點結巴地提出奇怪的要求，雙眼甚至發出異樣光芒。

「這個嘛，都是差不多的情形。除了那起殺人事件，就數在墓地徘徊印象最深刻。其餘的狀況，大多是闖入宿舍房客的房間。」

「每當發生這些事，都是你拿走別人的所有物，或在某人房裡不小心遺落自己的東西，才被發現嗎？」

「是的。不過，其他情形或許發生過許多次。搞不好，不只墓地，我曾跑到更遙遠的地方徘徊。」

「除了事發當初，與姓木村的友人討論過，及在墓地被上班族撞見，其他時候都沒被發現嗎？」

「不，很多人都曾看到。有人半夜聽見我在宿舍走廊來來回回的腳步聲，也有人親眼目睹我走進別人房間。不過，你為什麼會問這種問題？一副在調查我的樣子。」井原面露單純的笑容，心裡著實不自在。

「啊，真抱歉，我絕無此意。只是，像你這樣的人，就算會夢遊，我也不相信你會做出那麼可怕的事。況且，有一點我覺得相當可疑。請不要生氣，冷靜聽我說。我身患殘疾，不得不遠離塵囂，反倒容易變得疑神疑鬼……不過，不知你是否認真想過，所謂的夢遊患者，本人絕對不會發現自己有類似的跡象。即使半夜到處亂走或說夢話，早上醒來都會忘得一乾二淨，只有從其他人口中聽聞，才會發現『原來我是夢遊患者啊』。照醫生的說法，似乎也會出現各種肉體上的徵兆，但其實都很難界定，頂多是等發作後才能判斷。是我太多疑嗎？總覺得你未免太輕易相信自己有病。」

井原漸漸感到一股難以言喻的不安。與其說，這股不安來自齋藤的看法，不如說是對方令人害怕的外貌，及那外貌背後的隱情所引起。但他勉強壓下內心的忐忑，回答：

「的確，我第一次發作時也懷疑過，甚至暗自祈求，希望只是一場誤會。可是，好長一段期間我一再發作，此後，再也無法輕鬆地認為，那不過是一場誤會而已。」

「問題在於，你似乎忽略一個重要的關鍵，就是親眼目擊你發作的人並不多。不，嚴格追究起來，其實只有一個人看過。」

井原赫然發現，對方正在天馬行空地想像。盤旋在對方腦中的，是一般人做夢也想不到的駭人念頭。

「只有一個人？不，絕非如此。剛剛我提過，很多人都看到我闖進別人房間的背影，或聽見走廊傳來的腳步聲。還有發生在墓地的事，那個上班族（名字我忘了）的確親眼見到，甚至跟我描述當時的情形。避開這些不談，每次發作後，一定會有其他人的物品留在我房間，或我的東西遺落在意想不到的遠處，如此推論下，還有什麼好懷疑的？東西又不可能長腳移動位置。」

「不，每次發作一定會留下證據，這件事實在太過反常。你想想看，那些東西不見得是你自己拿的，別人也可以趁你睡著時偷偷調換位置。還有，你說有許多目擊者，可是無論是墓地那次，抑或是有人看到你的背影，聽起來都有曖昧不明的疑點。即使這些人撞見的是別人而不是你，但由於先入為主地認為你是夢遊患者，只要深夜看到可疑的人影就認定是你。反正就算認錯人的事傳開來，也不用擔心會被怪罪，況且，能夠發現另一個新事證就像自己立了功勞，這樣的反應也是人之常情。好，如此看來，無論是聲稱目擊你發作的那幾個人，或是那許多證物，有可能全都是出自一個男人的詭計吧。那是非常純熟的詭計。但是，就算再怎麼純熟，詭計終究是詭計。」

這推論似乎嚇到井原，他一臉怔愣，呆望著對方，像是打擊過大，以致無法整理思緒。

「我的看法是，這或許是你朋友木村計畫良久編造出的障眼法。基於某種理由，他想暗地除掉老房東。可是，不管用多巧妙的方法，一旦殺了人，都必須找出凶手才能了事，所以，他得找人代替自己扮演凶手，而且盡量不會帶給對方麻煩……如果，我是說如果喔，木村處於這樣的立場，將容易相信別人、個性軟弱的你設計成夢遊者，刻意安排一場好戲，豈不是天衣無縫的妙計？

「我們不妨先這麼假設，再逐一確認理論上是否成立。好，假設木村找到機會，對你揑造那番假話。正巧你童年時代的確有說夢話的毛病，這個試驗果真如木村所願，收到意外的效果。接著，木村從其他房客的房裡偷出懷表與其他物品，放在你的寢室，或趁隙偷走你的東西，再拿到其他地方，甚至偽裝成你的模樣在墓地、宿舍走廊徘徊，運用各式各樣的手段日益加深你的錯覺。同時，對你周遭的人大肆宣傳，以便取信於他們。久而久之，你和身邊的人完全相信你有夢遊症，木村再找個最適當的時機，親手殺害他視為仇敵的老人，將老人的財產悄悄放進你房間，並在命案現場留下從你房裡偷走的手帕。這般推論，你不覺得很符合邏輯嗎？應該找不出任何不合理之處吧。最後，你出面自首。對你來說，那是相當痛苦的折磨，但在刑罰上，雖不可能獲判無罪，至少能確定刑責會較輕。就算多少得受點刑罰，那也只是生病意外犯下的罪行，不會像一般犯罪致使你往後受到良心譴責。姑且預設木村至少是這麼盤算的吧，因為他對你沒有敵意。不過，若聽到你剛剛的告白，他想必會很後悔。

「真抱歉，我竟說了這麼失禮的話，請不要見怪。我之所以說這些話，是聽到你的懺悔感到萬分同情，才會忍不住突發奇想。然而，對於苦惱你二十年的事，倘使能如此看待，心裡應該會輕鬆許多吧。我的說法或許純屬猜測，但就算只是猜測，在邏輯上也相當合理，要是能讓你安心，不是很好嗎？

「至於木村為何非殺老人不可，畢竟我不是木村，所以我也不知情，但其中一定有難以啟齒的深刻原因吧。例如，我想想喔，或許是為了報仇之類的……」察覺井原的臉色轉為鐵青，齋藤倏然噤口，憂慮地垂下頭。

兩人陷入沉默，對坐良久。冬天的夜晚來得早，紙門上的日影漸漸淡去，室內不知不覺瀰漫起寒冷的空氣。

最後，齋藤戰戰兢兢行一禮，落荒而逃，井原甚至沒抬眼目送。他坐在原來的位置，努力壓抑湧上心頭的憤怒。他使盡渾身力氣，不讓自己受意外的發現刺激到情緒失控。

隨著時間流逝，一臉猙獰的他慢慢冷靜下來，露出苦澀的笑意。

「雖然長相完全變了，但那傢伙，那傢伙……可是，縱使他就是木村本人，我又有什麼證據能夠向他報仇？我這個笨蛋，恐怕只能束手無策，傻呼呼地感激對方自私又任性的憐憫吧。」

井原深深感到自己是多麼愚蠢，同時，對於木村過人的機智，與其說是憎恨，不如說是由衷地佩服。

〈二廢人〉發表於一九二四年

雙生兒

——某死刑犯向教誨師告白的故事

老師，今天我決心一定要告訴您。接受死刑的日子愈來愈近，我想盡快將心裡的話全盤吐出，至少安心度過死前最後幾天。拜託，或許會給您添麻煩，還請暫時為我這可悲的死刑犯撥出一點時間。

您也知道，我殺害一個男人，並從對方的保險箱中竊取三萬圓，才獲判死刑。任何人都不會質疑此一判決。事實上，我的確犯下罪行，如今死刑確定，絲毫沒必要再特地招認另一項更嚴重的罪行。縱使那件事比我為人所知的罪行嚴重好幾倍，遭判處極刑的我，也不可能再受到更重的刑罰。

不，不見得毫無必要。雖說我是將死之人，多少還是會有點虛榮心，希望盡量減輕自己的惡名。況且，基於某種理由，之前不管發生什麼事，我都不希望妻子知道此一罪行，為此我不曉得承受多少不必要的罪。明知隱瞞也不可能免除死刑，但面對法庭上一臉嚴肅的法官，到了口的話我又硬生生吞回去，終究沒吐出實情。

如今，希望您將這件事鉅細靡遺地轉告我的妻子。再壞的人，面臨死期逼近的那一刻，或許也會改邪歸正。若不坦承另一項罪行就死去，對我的妻子未免太不公平。另一個原因，就是很害怕我殺死的男人的執念。不，不是我搶錢時殺害的男人。那起案件我已招認，我根本不怎麼在意他的死。更久之前，我犯下另一樁殺人罪。想到那個男人，我就備感痛苦。

他是我的哥哥，而且不是一般的哥哥。我是雙胞胎中的弟弟。我殺害的男人，雖然被我稱為哥哥，其實是與我同時自母親腹內出生的雙胞胎兄弟。

他不分日夜地現身指責我。夢裡，他在我胸口壓上千鈞重擔，勒緊我的喉嚨。白天情況也未見好轉，他的身影會在牆上出現，以充滿憎恨的眼神瞪著我，或從窗口伸進腦袋，對我報以詭譎的冷笑。最糟糕的是，身為雙胞胎的另一半，從長相到身形他都跟我一模一樣。在我進來這裡之前，是的，從我殺害他的翌日，他就在我的眼前不時出現。仔細想想，我會犯下第二起殺人案，及精心策畫的殺人罪行竟會曝光，或許都是他的執念造成的。

殺害他的隔天起，我不敢再照鏡子。不只是鏡子，可映現影像的物品都令我恐懼，我不惜將家中的鏡子和所有玻璃製品扔掉。可是，那樣做又有何用？大都市裡，放眼望去盡是成排的展示櫥窗，其中總有鏡子閃閃發亮。愈想忽視，愈是吸引我的視線。那些玻璃和鏡子裡，總映照出我殺害的男人——其實是我自己的身影，以陰沉的目光逼視著我。

有一次，我在某家鏡子店前差點昏倒。那家店的裡裡外外，無數相同的男人、我殺死的男人，將成千上萬的眼睛集中到我身上。

儘管不時受那種幻覺困擾，但我並未倒下。以我聰明絕頂的腦袋，精心策畫的絕頂妙計，怎麼可能輕易露出馬腳？過度自戀的信心讓我變得益發大膽，罪加一等的行為則令我忙得不可開交，一秒都無法鬆懈，自然沒餘裕多想。然而，一旦淪為階下囚，我再也撐不下去。他的鬼魂趁著單調的牢獄生活、沒有任何事物分散心神的大好機會，完全占領我的心。尤其在我獲判死刑後，更是變本加厲。

這裡雖然沒有鏡子之類的生活用品，但洗臉和入浴時，他總會化為我的形貌出現在水面。吃飯時的味噌湯裡，會浮現他憔悴的面容。此外，餐具或室內閃亮的金屬表面，舉凡物品映出倒影之處，或大或小，他一定都會現身。連窗口射入的些許日光映照出我的身影，都會嚇我一跳。該怎麼說，我甚至怕看到自己的身體，這具和死掉的男人分毫不差，連每一條皺紋方向都相同的身體。

與其繼續承受這種痛苦折磨，不如早點死去。我根本不畏懼什麼死刑，反而巴不得死刑愈早執行愈好。可是，就這麼沉默地死去，我實在不安。在我死前，必須取得他的諒解，或者該說，我想消除心頭無時不畏懼他幻影的不安……唯一的方法，就是向妻子坦承我的罪行，同時讓世人知曉。

老師，聽完我接下來的懺悔告白，請務必轉告法官大人。並且，恕我厚顏懇求，您能否答應我，一定會轉告我的妻子？啊，謝謝。謝謝您的爽快承諾。那麼，我就將另一樁罪行告訴您。

正如前面解釋過的，我是罕見的雙胞胎之一。除了大腿上有顆黑痣，是父母區別我倆的唯一記號，我們兄弟簡直是同一個模子鑄出來的，從頭頂到腳尖，沒有分毫差異。若有餘力細數髮量，搞不好一樣是幾萬幾千幾百幾十根，一根都不差。

同為外表相像的雙胞胎，就是我犯下滔天大罪的根本動機。

有一天，我決心殺害哥哥，即雙胞胎的另一半。這突如其來的想法，絕非是對哥哥有什麼深仇大恨。儘管身為繼承人的哥哥接收龐大財產，相較之下，我得到的部分微不足道，而原本是我情人的女子，因哥哥在財產地位上遠勝於我，便被她的父母逼著嫁給哥哥，一切都令我極度不甘心。但與其說是哥哥的錯，不如怪罪給予哥哥這般地位的雙親。若要怨恨，也該怨我不在人世的雙親。況且，哥哥的妻子曾是我的情人，他壓根不知情。

如果我的日子過得順遂，或許會安然無事，不巧的是，該說我生來注定像個廢物嗎？我非常不擅長圓滑處世，最糟糕的是，我沒有人生目標，只求每一天過得快樂好玩。連明日是生是死都不確定，多想也是枉然，久而久之，我幾乎成為行屍走肉。或許是前面提到的人財兩失的緣故，導致我自暴自棄。我分到的那一點家產，很快揮霍殆盡。

於是，除了向哥哥要錢，我根本走投無路，給哥哥添不少麻煩。要錢的次數變得頻繁，哥哥不堪我毫無節制的索求，漸漸不再理會。最後，不管我再怎麼低聲下氣、苦苦哀求，他仍堅稱在我振作前絕不會援助我，甚至無情地拒我於門外。

某日，我上門要錢再度遭拒。從哥哥的住處返家的路上，我忽然萌生令人髮指的念頭。那個念頭乍然浮現時，我不禁渾身顫抖，企圖抹消駭人的妄想。然而，漸漸地，我愈想愈覺得那不見得是妄想。一旦下定決心，經過縝密計畫，勇於實行，不必冒任何風險就能得到財產和愛情。連著好幾天，我滿腦子都在思索這件事。衡量一切狀況後，我決定將此一可怕的計畫付諸實現。

那絕不是出於對哥哥的怨恨。天生惡人的我，不管付出什麼代價，一心只想獲得快樂。可是，身為惡人卻膽小怯懦的我，要是預想到會有任何危險，絕不會毅然下定決心，偏偏計畫看似安全無虞。至少，我是這麼相信。

於是，我著手採取行動。首先，為了進行事前準備，我以不著痕跡的頻率，一再出入哥哥家，密切觀察他們夫婦的日常生活，無論多小的細節都不放過。比方，哥哥擰乾手巾時是往右還是往左扭，我都滴水不漏地調查。

耗時一個多月的觀察結束，我編造一個完全不會遭到懷疑的理由，告訴哥哥我要去朝鮮工作（註）——我得先聲明，當時我仍單身，所以這個理由一點也不牽強。哥哥感到十分欣慰，

註　在名古屋經商失敗的亂步之父繁，於明治四十五年為了振興事業前往朝鮮半島的馬山，當時剛自舊制中學畢業的亂步也隨同前往，但三個月後便因早稻田大學預科開學返回日本。

以小人之心推斷，或許他真正高興的，是少一個麻煩。總之，他特意送一些餞行費給我。

各方面都最適合執行計畫的日子，我在兄嫂的目送下，從東京車站搭乘下行列車。當火車抵達山北車站（註一），原本應該繼續坐到下關站的我，偷偷下車稍等片刻，就混進上行列車的三等車廂，再次返回東京。

在山北車站等待火車之際，我在車站的廁所裡，將唯一可區別哥哥和我的大腿黑痣，以刀尖挖掉。一旦這麼做，哥哥和我就變得完全一樣。若說哥哥正巧在我有黑痣的地方受傷，也不無可能。

如同我的計畫，抵達東京車站時恰恰天亮。我換上在出發前訂做、跟哥哥天天穿的大島（註二）家常服一樣的服裝——內衣、腰帶和木屐也事先備妥，算準時間前往哥哥家。我小心提防，避免任何人發現，翻越屋後的木板牆，潛入哥哥家的遼闊庭園。清晨天色尚暗，不必擔心傭人發現，我一路通行無阻，走到庭園角落的古井旁。

這口古井，是促使我決心犯罪的一大因素。很久以前，井水便乾涸廢棄，哥哥認為院子裡有這種陷阱實在危險，打算在最近填平。井旁已堆起用來填井的泥土小山，只等園丁有空著手處理。於是，兩、三天前，我找過那名園丁，命他一定要從今天——我偷偷潛入的這天早上才動工。

我蹲下身，靜靜躲在灌木叢後，迫不及待地等著每天早上洗完臉，習慣邊深呼吸邊在院子散步的哥哥走近。我昏了頭，彷彿罹患瘧疾，全身微微哆嗦，濕冷的汗水自腋下緩緩滑落胳臂。這難熬的時刻，簡直度日如年。憑感覺猜想，我似乎已苦等三小時，遠處突然響起木屐聲。在木屐聲的主人現身前，我不止一次差點拔腿逃跑，僅存的些許理智適時阻止我。

苦候許久的犧牲者，總算來到我藏身的樹叢前。我迅速衝進院子，從後方拿細繩往哥哥——和我一模一樣的雙胞胎脖子上一纏，拚命勒緊。雖然被勒住脖子，哥哥仍試圖扭頭認清敵人的真面目。我使出渾身力氣阻止，瀕死的他脖子彷彿裝了強韌的發條，一點一點向後轉。終於，那脹得通紅的脖子——和我的分毫不差，半轉向我，翻白的眼角認出我，浮現驚愕的神色——我恐怕至死也忘不了他當時的表情。沒想到，他立刻停止掙扎，很快頹然斷氣。我費了很大的工夫，才把彷彿失去神經的僵直雙手，從絞殺的姿勢扳回原狀。

然後，我用力踩穩顫抖的雙腳，將倒地的屍體推到一旁的古井，再塞進井底。我撿起地上的木板，將堆在旁邊的泥土沙沙地撥落井中，直到完全覆蓋哥哥的屍身。

註一　神奈川縣足柄上郡山北町的舊東海道線，現今的御殿場線車站。當時東海道本線的山北與御殿場車站之間，列車必須翻越箱根，被視為最大的難關，車廂後面還加掛了推動列車前進的蒸汽車，必須隨時補充煤和水，因此下行列車的停車時間相當久，所以主角可能是在這一站下車。昭和九年丹那隧道開通，如今的東海道本線的路線變更後，山北車站做為御殿場線的其中一站已逐漸沒落。

註二　鹿兒島縣奄美大島及鹿兒島市周邊生產的布料，特殊織法形成的細紋是最大特徵。

那一幕，若有旁觀者在場，想必會認為是極為驚悚、宛如白晝噩夢的光景。一個男人竟將另一個穿相同服裝、相同體格、連面孔也完全一樣的男人，不發一語地勒斃。

對，沒錯，這就是我犯下的弒兄大罪。您一定很驚訝，我怎能毫無悔意地殺死唯一的親兄弟？您說得沒錯。但以我的立場來看，正因是兄弟，反倒容易激發殺意。不知您有沒有這樣的經驗？人有時會不自覺憎惡血親。關於這種情緒，小說經常描寫，應該不至於是我個人的感覺而已。比起對外人的憎恨，那種情感更難以忍受。像我們這樣外表如出一轍的雙胞胎，益發極度難耐。就算沒其他原因，單是面對容貌相同的親手足，便足夠讓我萌生殺意。我這個懦夫，之所以能面不改色地殺害哥哥，想來就是此一憎惡的情感作祟。

好了，我以泥土掩埋屍體後，仍蹲在原地不動。靜靜等待三十分鐘後，女傭帶園丁過來。我畏縮地站上初次扮演兄長的舞臺，盡量以若無其事的態度說：

「噢，師傅，你來得真早。我正想幫你們一點小忙，哈哈……今天應該就能填平吧？拜託你了。」我緩緩起身，模仿哥哥的步伐走進屋裡。

之後，一切進展順利。那一整天，我都窩在哥哥的書房，熱心研究哥哥的日記和收支簿——我宣稱要前往朝鮮前調查過一切，只剩這兩樣。晚上面對妻子——昨日仍是哥哥的妻子，此刻卻成為我妻子的女人，我一點都不擔心她發現。我以哥哥平日的態度，和她談笑風生。那天深夜，我甚至大膽進入妻子的臥房。不過，對此我略有危機意識，唯獨哥哥在夫妻閨房的習慣我無從得知，但至少我能確信一點。我自戀地認定，即使她發現事情的真相，也不可能讓舊情人的我鋃鐺入獄。於是，我從容拉開妻子臥房的紙門。幸運的是，妻子根本沒發現是我，甚至與我犯下通姦罪。

接下來的一年，我過著人人稱羨的幸福生活。花不完的錢、以前深愛的女人，即使我的欲望貪婪，也絲毫沒有不滿足的感覺——儘管哥哥的亡魂不時困擾著我。但一年的時間，對於凡事三分鐘熱度的我已是極限。一年後，我漸漸對妻子感到厭煩。我的老毛病又犯了，再次過起花天酒地的生活。這個不要、那個不滿，想盡各種浪費的方法，花錢如流水。這樣下去，財產再多也會轉眼成空，債臺日漸高築。終於沒錢可花時，啊，我又犯下第二樁罪行。

第二樁罪行，算是自第一樁罪行中衍生而出。決心殺害哥哥時，我早考慮到這種情況。如果能夠完全取代哥哥的角色，不管我以前犯下什麼滔天大罪，對於成為哥哥的我，都不會有影響。換言之，前往朝鮮後就失去音訊的弟弟，若回到日本，不管殺人或搶劫，都是弟弟犯下的罪行。只要不被逮捕，扮演哥哥的我不會有任何危險。

豈料，我犯下第一樁罪行不久，有了驚人的發現。透過這個發現，我更確定第二樁犯罪的可能性。

某天，我小心翼翼模仿哥哥的筆跡，在哥哥的日記本上，以哥哥的身分寫當天的日記。這是扮演兄長的我非做不可的惱人日課之一。完成後，我和往常一樣，把自己寫的部分，與哥哥往昔寫的內容相互比對，一個驚人的畫面倏然映入眼簾。哥哥寫的某一頁角落，赫然出現一枚清晰的指紋。我察覺一大疏漏，心頭一驚。我一直深信自己與哥哥外貌唯一的區別，就是腿上的黑痣，如今才知大錯特錯。每個人的指紋不一樣，就算是雙胞胎，也絕不可能有相同的指紋，這是我以前聽說的事。看到日記本上哥哥留下的指紋，我擔心之後會因指紋露出馬腳，愀然變色。

我悄悄買來放大鏡，詳加比對日記本上的指紋，與我按在其他紙上的指紋。哥哥的指紋和我某根手指的指紋乍看一模一樣，但若仔細比對每一線條，確實有所不同。奇怪的是，整體感覺幾乎一致，細節卻截然不同。謹慎起見，我不動聲色地採集妻子和女傭的指紋觀察，沒想到連比對都不用，一點都不像。所以，日記上的顯然是兄長留下的指紋，難怪跟我的指紋相似。我倆本就是像得過分的雙胞胎，仍出現些微差異，指紋果然各人不同。

要是無意間留下許多類似的證據，可就麻煩了，我立刻四處搜尋。不僅將大量的藏書一本一本翻開檢查，又在壁櫥和櫃子積滿灰塵的角落東翻西找，搜遍可能遺留指紋的地方。但除了日記上那一頁，沒有任何發現。我總算稍感安心，只要把日記上那一頁燒成灰，便能高枕無憂。打算撕下扔進火盆時，腦中靈光一閃。不過，應該不是天啟，而是惡魔的教唆——一個小小陰謀浮現心頭。

倘若把這枚指紋做成模子，將來必須犯下第二樁罪行時，刻意在犯案地點以模子留下指紋，會有何結果？惡魔在我耳邊呢喃。

舉個極端的例子，假設我殺害一個人。我想像自己這個去了朝鮮的弟弟又回到日本，從心態和外表皆打扮成落魄的弟弟。另一方面，我再事先替扮演哥哥的自己預留不在場證明，接著動手殺人。當然，我會小心不在現場留下任何證據，光是這樣或許已足夠。但是，萬一出了差錯，導致扮演哥哥的我遭到懷疑就危險了。縱然早備妥不在場證明，但誰能保證不會被拆穿？

可是，在那種情況下，若現場留有哥哥真正的指紋，又會怎樣？應該沒人知道以前我還是弟弟時的指紋，所以不可能辨認出現場留下的到底是誰的指紋。即使有人目擊我犯案，憑指紋的差異，我還是能無罪獲釋。警方將永遠苦苦追尋一個擁有死者指紋的男人，及除了化身哥哥的我，已不在人世的那個身為弟弟的我。

這個萬無一失的主意令我陶醉，就像把史蒂文生（註）的夢幻小說《化身博士》（*Dr. Jekyll*

註 Robert Louis Stevenson（一八五〇～一八九四），英國小說家。

and Mr. Hyde）搬到現實中。我這個惡人，終其一生恐怕再沒有比想出這個障眼法，更覺幸福的時刻。

不過，想出計畫的同時，我仍沉浸在美滿的生活，壓根沒想過要付諸執行。真正進行嘗試，是在我花天酒地、為欠債所苦之後。

有一次，我試著使用這個方法，在手頭略有積蓄的朋友家犯下第一起竊案。以那枚指紋為樣本做出橡皮圖章，對稍有製版經驗的我並不難。從此，每逢缺錢揮霍，我就會用這招，一次也沒引發懷疑。有時是受害者自認倒楣沒報警，有時縱使報警，沒能等到發現指紋就不了了之。我的偷竊行動輕易成功，簡直無趣至極。得意忘形的我一錯再錯，最後竟犯下殺人重罪。

關於我最後的罪行，筆錄上應該有詳細記載，我就簡短帶過。總之，我又負債累累，急需一筆錢。此時，恰巧某個熟人基於某種原因——據說是提供祕密活動經費的政治獻金，必須將三萬圓的巨款放在自家保險箱一晚。這件事我是在保險箱前，聽此人親口告知。儘管負債，但我在金錢方面表現得十分有信用，朋友才會毫不保留地在我面前坦白。當時，除了那人的妻子，還有我及兩、三名客人在場。

充分調查各種狀況後，當晚我便以弟弟的裝扮潛入友人家。另一方面，我當然也替扮演哥哥的自己備妥不在場證明。順利潛入放保險箱的房間後，我戴著手套打開保險箱——既是多年朋友，得知保險箱密碼可說是輕而易舉——取出成疊鈔票。

不料，原本關著門的房間，電燈突然啪一聲亮起。我驚愕地轉身，發現保險箱的主人瞪著我……當下已無退路，我拔出懷中小刀，撲上去用力刺進友人胸口……一切在瞬間發生，他在我眼前化為屍體。我凝神豎耳，幸好沒任何人醒來。不，就算醒來發現，也會嚇得縮成一團，不敢動彈。我迅速拿橡皮指紋沾地面的血，往旁邊的牆按上印子，確認沒留下其他證據，才小心提防留下腳印，匆匆逃走。

翌日，刑警來訪，自信十足的我一點也不驚訝。刑警萬分抱歉，含蓄地表示，知道遇害友人的保險箱存有巨款的人，他都得逐一拜訪。由於現場留下一枚指紋，在前科犯的指紋檔案中沒找到相符的，明知冒昧，但我也是死者的朋友中，知道保險箱藏有巨款的人之一，希望能採集一枚我的指紋。我暗自竊笑，裝出對友人之死傷痛不已的語氣，邊表達遺憾，邊捺下指紋。

「刑警先生想必正到處尋找，那窮其一生之力都不可能找到的指紋主人吧。」

得到意外巨款的我，對此事並未多想，立刻叫車出門前往平日的遊樂場所。

兩、三天後，同一名刑警再度來訪——後來才曉得他是警視廳的名偵探——我不當回事地走進客廳。發現刑警眼中掠過一絲笑意時，我的喉頭迸出近似吶喊的呻吟。刑警好整以暇，在桌上放一張紙。我的腦袋一團昏亂，完全無法思考，事後回想才明白那是我的逮捕令。瞥向那張紙的瞬間，刑警迅速靠近我，拿繩子綁住我的雙手。定睛一看，門外守著另一名嚴肅的巡查，我已束手無策。

就這樣，我被捕入獄。即使入獄，愚蠢的我依舊感到安心。我確信不管怎樣都不可能查出我殺人的證據。但您猜怎麼了？我被帶到初審法官的面前宣告罪狀時，事態驚人的發展害我張口結舌。連身為犯人的我，都忍不住露出苦笑不得的表情，因為我犯下的錯誤實在太令人啼笑皆非。

顯然是我太大意。只是，讓我犯下錯誤的是誰？我認為，那是哥哥的惡意詛咒。最初的瞬間，他就知道了。從小小的誤解起始，到殺人罪東窗事發這個令人膽寒的結果為止，他一直默默看在眼裡。

話說回來，那實在是可笑到荒謬的疏失。我認定是哥哥的指紋，其實是自己的指紋。只是，印在日記本上的並非正常的指紋，是沾了墨的手指看似已擦乾淨，其實紋路的凹陷處殘留著些許墨水，在我翻閱日記時，轉印至紙張上。以攝影的專有名詞形容，等於是負片。

無意間犯下愚蠢的疏失，我實在難以接受。可是，聽聞之下，才知道我並非頭一次疏失。依稀記得偵查時，初審法官主動說過一個故事。

大正二年，福岡收容的德軍戰俘之妻慘遭殺害。逮捕某個嫌犯後，現場的指紋與嫌犯的指紋雖然相似，可是怎麼看都不像同一個人的。警方傷透腦筋，只好委託某醫學博士研究，最後判定是同一人的指紋。那起案件跟我的情況一樣，現場遺留的指紋是負片。那位博士多方研究後發現，將兩枚指紋放大製成照片後，抱著姑且一試的心態，將其中一枚指紋的黑線反白，白線弄黑，果真與另一枚指紋完全一致。

這下子我想說的，全部說完了。這麼無趣的故事，耽誤您寶貴時間還請見諒。拜託，請按照之前的約定，將這些話轉告法官大人和我的妻子。若您履行承諾，我將可安心走上死刑臺。那麼，請您務必成全，我這可悲的死刑犯最後的請求。

〈雙生兒〉發表於一九二四年

紅色房間

為了追求非比尋常的刺激，七名裝腔作勢的男人（我也是其中一人）待在為此闢出的「紅色房間」，窩坐在深紅天鵝絨扶手椅裡，迫不及待地等著今晚的主述者，揣想會說出什麼令人驚豔的精采故事。

七人的中央，同樣覆蓋著深紅天鵝絨的大圓桌上，放著古典風格雕刻的燭臺。三根粗蠟燭款款搖曳著幽微火光。

房間四周，連窗戶與門都不例外，從天花板到地板垂掛著豔紅的厚重帷幔，堆疊出層層皺褶。浪漫的燭光猶如靜脈流出的鮮血，在帷幔表面投射出我們七人出奇龐大的影子。那些影子隨著燭火晃動，看似許多巨大昆蟲在布幔堆疊的曲線上，忽伸忽縮地爬行、蠕動。

紅色房間一如往常，我彷彿錯覺坐在巨大生物心臟中。我感到自己的心臟籠罩在巨大生物下，隱約可聽見撲通撲通的緩慢心跳聲。

現場沒人開口。透過燭光，我下意識凝望坐在對面的夥伴們暗紅陰影重重疊疊的臉孔。那些臉孔像極能劇面具，毫無表情，文風不動。

終於，今晚主述的新會員T維持坐姿，定睛注視燭火，娓娓道出以下的故事。我望著陰影中，他那枯骨般的下顎，一開口便喀答喀答地接合的模樣。像在觀賞裝有詭異機關的活人偶（註一），我不自覺默默打量起眼前這一幕。

我自認很正常，其他人也是這麼認為，但我不確定自己是否真的正常。或許我是瘋子，即使情況不太嚴重，也算某種程度的精神病患。總之，這個世界索然無趣到難以置信的地步。活著，簡直令我百無聊賴，不知如何是好。

起初，我和大部分的人一樣，經歷過耽溺聲色犬馬的日子。只是，那絲毫未能撫平我與生俱來的意興闌珊，反倒徒留失望與空虛，難道世上好玩的事，我都玩遍了嗎？真是太無趣。漸漸地，我提不起勁做任何事。每當有人告訴我「某遊戲十分好玩，一定會讓你大呼過癮」，我不會躍躍欲試地想「噢，還有那樣的遊戲啊，得趕緊試試」，而是先在腦中想像好玩的程度。進行各種想像後，我往往會不屑地暗忖「沒什麼了不起嘛」。

生活實在太沒有意義，好一陣子，我是名副其實的行屍走肉，過著吃飯、起床、睡覺的普通日子，任由種種空想在腦海縈繞。這個嫌無聊，那個嫌無趣，逐一挑剔，過得比死痛苦。豈料，在別人眼中，這種生活方式卻是極為安逸閒適。

面對毫無趣味可言的日子，若身處連下一餐都沒著落的困境，或許會覺得好一些。縱使被迫工作，至少有事做就會覺得幸福。再不然，若我是超級大富翁可能更好，我會砸下大筆金錢，學歷史上的暴君極盡奢侈，沉溺在血腥遊戲或其他五花八門的娛樂。可惜，這些都是不可能實現的奢望，我只能像故事裡的物臭太郎（註二），生不如死地默默挨過寂寞空虛的日子。

聽到我的話，各位一定會說：「是啊、是啊，不過，認為世事皆無聊這一點，我們絕不輸你，才會組成俱樂部，設法追求不尋常的刺激。你也是無聊至極，才會加入我們吧？你到底活得多無聊，無需贅述我們都明白。」的確，我沒必要一再嘮叨解釋。正因我認為各位熟知無聊是何種滋味，今晚才會出席，決心道出自身不可思議的經歷。

我經常出入樓下的餐廳，跟老闆十分熟稔，早就聽聞這個「紅色房間」的聚會，老闆也一再邀我入會。面對老闆的提議，無聊的我本應二話不說，熱情加入，豈料直到今天仍興致缺缺。這麼說或許很失禮，但我感到的無聊，早達到各位望塵莫及的地步。我實在太無聊了。

犯罪和偵探的遊戲？降靈術或其他種種精神實驗？Obscene Picture（註三）的影片、活春宮或其他色情遊戲？參觀監獄、瘋人院、解剖學教室？還能對這些玩意略感好奇，你們真是幸福。相反地，連得知各位打算偷窺死刑執行現場，我都絲毫提不起興趣。老闆談起這件事時，

註一　也寫做生人偶。江戶時代末期的表演道具，是與真人一樣大小的寫實人偶工藝品。著名的活人偶師有安本龜八、松本喜三郎等。活人偶的表演在淺草花屋敷一直持續到昭和年間。此外，展覽會及和服店也會使用這種人偶。後來被現今常見的假人模特兒取代。

註二　室町時代的通俗短篇小說主角，作者不詳。內容大意是說，信濃國的物臭太郎是出名的懶漢，因歌才被召入宮中，後來發現他是承襲皇族末裔善光寺如來神力的神子，升官成為信濃中將。死後被人尊奉為御多賀野大明神。這是以民間話本為題材的立身成功奇談。

註三　猥褻電影。

我已厭煩這種隨處可見的刺激情景，主要的原因是，我發現一種稀罕的精采遊戲。這麼說似乎有些聳動，但在我眼中是足以稱為遊戲的事，我正樂在其中。

貿然提起我所謂的遊戲，各位或許會嚇一跳……其實就是殺人。真正的殺人。自從我發現這個遊戲，到目前為止，光是為了排遣無聊，就奪走近百名男女老幼的性命。你們大概會認為，我是對自身可憎的罪行心生悔悟，想要懺悔。然而，我一點也不後悔，更不害怕我犯下的罪。不僅如此，啊，該怎麼解釋呢，最近連殺人的血腥刺激，我都感到厭倦。為了覓得極限的刺激，這一次，我不想再殺人，打算改殺自己。我開始沉迷於抽鴉片。唯獨鴉片能夠挑起我不得不愛惜生命的想法，所以我一直盡量克制抽鴉片的欲望。只是，如今殺人無法滿足我，又不可能自殺，還能上哪尋求刺激？不久後，我恐怕會命絕鴉片吧。於是我決定，至少要趁思路清晰時，找個人坦白我做過的一切。幾經考慮，我想到「紅色房間」的成員，豈不是最佳人選？

其實，我並非真心想成為各位的夥伴，純粹是想傾訴不可思議的個人經歷才加入會員。幸運的是，依本會主旨，加入的第一個晚上必須說故事。所以，今晚我取得機會，實現心願。

距今約三年前，如同我剛提過的，我厭倦生活中的各種刺激，了無生趣，像一隻名為「無聊」的動物，鎮日懶懶散散。沒想到，那年春天——雖然是春天，其實仍天寒地凍，正確來說，應該是二月底或三月初吧。某晚，我撞見一樁怪事。日後我會奪走近百條人命，就是那晚遭遇的事的啟發。

在某處徹夜廝混的我玩到凌晨一點左右，感覺有點醉。夜裡很冷，我沒坐車，一路搖搖晃晃走回家。彎過一條橫向街道，再步行大約一町就到我家。漫不經心地彎過橫向街道時，有個男人一臉狼狽，慌慌張張走來，與我撞個正著。我嚇一跳，但對方顯然更惶恐，好一會兒他只是默默呆立。在朦朧街燈下看清我的身影後，他劈頭問：「附近有沒有醫院？」我再仔細探詢，得知他是汽車駕駛，剛剛撞倒一名老人（這麼晚了，還一個人在街上打轉，可見必定是流浪漢）造成對方重傷。的確，在兩、三間（註一）距離之外，果真停著一輛汽車，車旁倒臥著的人體正微微呻吟。此處與派出所有一段距離，加上傷者痛苦難耐，駕駛決定無論如何要先找到醫院。

由於我家在附近，我對那一帶的地理環境很熟，當然也清楚醫院在哪裡，於是告訴他：

「從這裡往左走兩町，左邊有一棟亮著紅燈的建築物，就是M醫院。你去那邊找醫生，應該就行了。」

那名駕駛在助手（註二）的協助下，立刻將傷者送往M醫院。目送他們的背影消失在黑夜

註一　一間約等於一．八一公尺。

註二　當時計程車除了司機之外，還有助手同車，包辦各種雜務及招攬客人。他們一邊當助手一邊學習駕駛技術，過幾年後考取駕照便可升格為司機，不過也有人是萬年助手永遠無法升格。

中，我才意識到，沒來由地扯上這種事實在無聊，隨即打道回府。我是單身漢，家裡只有一名幫傭的阿婆。抵達家門，一鑽進阿婆替我鋪好的被窩，加上有些醉意，我反常地立刻睡著。

說來其實沒什麼特別的。倘使我忘了這件事，一切也就到此為止。豈料，翌日醒來，我依稀記得前晚發生的小插曲。閒來無事，我漫無目的地思索著，那名傷患不曉得有沒有救活。此時，我赫然察覺不太對勁。

「糟糕，我犯下一個大錯。」

我心頭一驚。就算喝醉，應該不至於意識不清，可是，不知我當時是怎麼回事，竟要駕駛將傷患送去M醫院。

「從這裡往左走兩町，左邊有一棟亮著紅燈的建築物……」

當時吐出的話，我還記得很清楚。為何我沒說「從這裡往右走一町，有一家K醫院，院裡有位外科醫生」？

我告訴駕駛的M，是出名的蒙古大夫，能不能勝任外科醫療工作都是個問題。與M反方向且更近的地點，不就有設備齊全的K外科醫院嗎？這些我都很清楚。既然如此，為何要告訴別人錯誤的資訊？當時那種無以名狀的心態，回想起來仍說不清，恐怕只能歸咎於腦筋忽然打結吧。

我愈想愈不放心，馬上要阿婆去附近打探消息，傷患果然死在M醫院的診療室。醫院都不喜歡病情太危急的傷患上門，何況是半夜一點，這也是人之常情。但聽說那名司機抵達M醫院，拚命敲門、一再懇求，院方卻遲遲不願開門。耗費半天工夫，總算把傷患抬進去，已來不及搶救。不過，M醫院的院長若表明「我不是外科醫生，你們還是去附近的K醫院吧」，或許傷患有獲救的機會。M醫院怎會這麼亂來？執意親手處理那個重傷患者，卻失敗了。傳聞，M醫院的醫生根本慌了手腳，花太多時間在傷患身上胡亂檢查。

聽到這個消息，腦海冒出一套教我著迷的邏輯推理。

這個案例中，有意或無意殺死可憐老人的，究竟有幾個人？汽車駕駛和M醫師，自然都得負責。論及法律上的刑責，想必會針對駕駛的過失懲處，可是，實際上責任最重大的，恐怕是我吧？如果我告訴駕駛的不是M醫院，而是K醫院，或許傷患有機會順利獲救。駕駛不過是撞傷老人，並未殺害他。M醫師是醫術不精導致急救失敗，不算有明顯過錯。好吧，即使M醫師的確難辭其咎，歸根究柢，也是我指引駕駛前往不適合的M醫院。換言之，老人的生死，全看我如何指引駕駛。害老人受傷的是駕駛，但殺死老人的應該是我吧？

當然，這是我的指引純屬偶然過失的情況。如果那並非過失，而是出於我企圖殺死老人的惡意，後果將會如何？毋庸贅言，我豈不等於犯下殺人罪？只是，法律能夠懲罰駕駛，對我這個實質上的凶手，恐怕不會產生任何質疑。我和死去的老人顯然沒有任何關係，即使懷疑我，我只要回答，當時情況太緊急，我一時忘記有另一家外科醫院，不就沒事了嗎？完全是自由心證。

各位，你們想過這種殺人方法嗎？經歷這場車禍後，我驚覺世間是何等險惡。誰能料想得到，哪天會出現我這樣的男人，毫無緣由地故意推薦不適合的醫師，斷送原本可保住的生命。

接下來，我要分享的，是之後實際試驗成功的例子。某個鄉下阿婆正要越過電車鐵軌（註一），準備一腳踩上鐵軌時，路上除了電車外，還有汽車、腳踏車、馬車、黃包車等各式車輛來往穿梭，害她十分慌張。跨出一隻腳的瞬間，急行電車如疾風般駛來，和阿婆僅有兩、三間的距離。這時，阿婆若壓根沒發現電車逼近，直接越過軌道，或許什麼事也不會發生，可是，萬一有人大喊「阿婆小心！」她恐怕會六神無主，不知該繼續越過軌道，還是先退回去。再假設，那輛電車由於距離太近，無法緊急煞車，短短一句「阿婆小心！」，便可能害阿婆重傷，甚至喪命。前面也提過，有一次，我就是利用這個方法殺死一個鄉巴佬。

（T暫且打住，笑得很詭異。）

在這種情況下，大喊「小心！」的我，顯然就是殺人凶手。問題在於，誰能看透我的殺意？誰能想像得到，僅僅為了享受殺戮的趣味，有人會對無冤無仇、素昧平生的陌生人，萌生殺機？況且，「小心！」這句警告，不管從什麼角度詮釋，都只能說是出自善意，死者只有感謝，根本沒怪罪的道理。各位，這豈不是一種極為安全的殺人方法嗎？

世間眾生深信，做壞事會觸犯法律，遭受應有的懲罰，愚蠢地習慣安逸，甚至沒人考慮過，法律也可能縱容殺人凶手逍遙法外。瞧瞧，從我敘述的兩個實例類推就很清楚，無須擔憂觸犯法律的安全殺人法，其實不勝枚舉。領悟到此一事實，與其說是為罕有人發現的卑鄙顫抖，倒不如說，我是對造物主特意為這種罪惡留下餘地的從容，感到激動。當下我欣喜若狂，這簡直太棒了，只要運用得當，等同大正盛世唯有我手持免死金牌（註二）。

我靈機一動，想到可藉由這種殺人方法，排遣我生不如死的無聊日子。絕不犯法的殺人方式，就算是名偵探福爾摩斯也無法識破，啊，這是何等完美的提神良方。接下來的三年間，我沉迷於殺人的樂趣，不知不覺完全遺忘無聊的滋味。各位別笑，我當然不可能像戰國時代英雄豪傑的百人斬，演出一場名副其實的血腥屠殺，但我向自己發誓，沒奪取百條性命，不會中止殺人行動。

距今三個月前，我恰恰殺害九十九人。僅剩最後一人時，如同前面強調的，凡事三分鐘熱

註一　路面電車的軌道。
註二　江戶時代，武士縱使砍死老百姓也不會受到譴責，不過實際上並沒有這種事。

度的我，再次對殺人感到厭倦。姑且不論這一點，先談談九十九人是怎麼殺掉的吧。當然，我與這九十九人都沒有過節，純粹是好奇不為人知的方法與結果，才決定殺害他們，而且手法從未重複。殺一個人後，繼續思考下次改用什麼手段，何嘗不是另一種樂趣？

不過，我沒時間將實踐的九十九種殺人手法逐一詳述。更何況，今晚來到紅色房間，也不是要告白這些殺人方法。不惜犯下滔天大罪，只為聊以自慰，最後卻感到厭倦，於是打算自我毀滅——僅僅是想說出這種不正常的心態，再聆聽各位的高見罷了。至於殺人方法，我想舉二、三個實例，點到為止即可。

發現這種不為人知的殺人手段後不久，發生一件事。我家附近的一個按摩師，有著殘疾人士常見的倔脾氣。別人基於關心提出的種種建議，他通常會故意唱反調，一副要強調「別以為我是瞎子，就瞧不起我。這種小事老子我清楚得很」的姿態，每每與別人的好意相左，固執得超乎常理。

一日，我在大馬路上漫步時，那個倔強的按摩師迎面走來。他逞強地將手杖扛在肩上，哼著歌雀躍地走著。自昨日起，這一區開始進行下水道工程，馬路單側挖出很深的洞。他是盲人，想當然耳，完全看不見單側禁止通行的警告牌，毫無警覺地朝洞口大步前進。

見狀，我馬上想到一個妙計，於是喊出按摩師的名字（我常請他按摩，彼此都認識）。

「嗨，N君。那邊很危險，你要靠左走！靠左走！」我大吼著，語氣半帶戲謔。因為我很清楚，一旦這麼說，根據他平日的行事作風，一定會以為我是故意捉弄他，執意不往左，偏要往右靠。

「嘿嘿嘿……別開玩笑。」果然，他也半帶玩笑回答，朝反向的右邊挪兩、三步，頓時一腳踏進下水道工程挖出的洞，掉落深達一丈的洞底。我佯裝驚懼，衝向洞口邊，窺探計畫是否順利。只見他可能是撞到要害，已癱在洞底，大概是撞到洞穴周圍突出的尖石吧。剃成小平頭的腦袋，汩汩冒出暗紅色的血。此外，約莫是意外咬到舌頭，口鼻也在出血。他的臉色慘白，連呻吟的力氣都沒有。

好不容易獲救，按摩師奄奄一息地拖了一週，仍回天乏術。我的計畫完美成功。誰會懷疑我呢？我經常光顧這個按摩師的生意，根本不可能有足以釀成殺機的過節。表面看來，我是提醒他留意路況，避開右邊的洞口，才一直喊「靠左走，靠左走！」人們只會認為，我是出於善意，不會懷疑在我看似好心的警告背後，其實暗藏著令人膽寒的殺意。

這是多麼駭人又好玩的遊戲。每當我想出頗富創意的殺人手法，便會感受到一種匹敵藝術家的雀躍。實行殺人方法的緊張刺激、達到目的後難以言喻的滿足，成為我手下犧牲品的男男女女，連凶手近在眼前都毫不知情，渾身浴血瘋狂掙扎到斷氣的光景。一開始，這些景象不知教我多麼期待與著迷。

有一次，甚至發生這樣的事。一個夏季烏雲密布的陰天，我走在郊外約有十幢洋房並列的文化村，湊巧經過最氣派的水泥洋房後方。這時，一個奇怪的東西吸引我的目光。突然掠過我面前、一飛沖天的麻雀，剛停在那幢房子從屋頂拉到地面的粗鐵絲上，卻倒栽般往下彈落，瞬間死去。

出於好奇心，我仔細一看，那根鐵絲是從立在尖聳屋頂上的避雷針拉出來的。鐵絲包覆著外皮，但麻雀停駐的地方，不知何故外皮剝落。關於電的常識我不太懂，只依稀記得在哪裡聽過，類似空中電力的作用，會導致避雷針的鐵絲帶有強烈電流云云，我頓時恍然大悟。這是我頭一次遇上這種情況，感覺實在太神奇，不禁盯著那根鐵絲半晌。

此時，洋房旁一群在玩類似士兵遊戲的孩童，嘰嘰喳喳著走出來。其他孩童匆匆走遠，一名約六、七歲的小男孩獨自落在後頭，不知想幹什麼。原來他站在剛剛那條避雷針的鐵絲前方略高處，撩起衣服小便。於是，我又想出一個妙招。中學時期，學過水是電的導體，我很清楚，從小孩站的高處，朝外皮剝落的鐵絲小便是絕對禁止的行為。尿是液體，當然也算是導體。

因而，我向男孩搭話：

「喂，小弟弟，你朝那根鐵絲尿尿看。辦得到嗎？」

「那有什麼難的，你等著瞧。」男孩隨即換個角度，二話不說就朝鐵絲裸露的部分小便。尿液碰到鐵絲的瞬間，充滿戲劇性的一幕上演。只見男孩砰一聲彈起，又重重倒在地上。事後聽說，避雷針產生這麼強的電流極為罕見。有生以來，我頭一次親眼目睹人類觸電身亡。

在這個案例中，我當然完全不用擔心遭到懷疑。只要對抱著男孩屍體痛哭的母親鄭重致哀，再離開現場，便能順利脫身。

接下來，同樣是某年夏天發生的事。我鎖定一名友人當下一個犧牲品。我對友人毫無怨恨，甚至可說是多年摯友，奇怪的是，我卻因此萌生一種渴望，想親眼目睹最要好的朋友，在什麼都來不及交代，臉上依舊掛著笑容，瞬間化為死屍的那一刻。我曾與朋友一起前往房州（註）某座偏僻的小漁村避暑。小漁村裡沒有像樣的海水浴場，海邊僅有生活在村落、晒得黝黑的小鬼們恣意玩水嬉戲，來自都市的客人除了我們，只有幾名看似學畫的學生，而且那些學生根本沒下水，僅僅拿著寫生簿沿海岸四處閒晃。

由於是小漁村，不像著名的海水浴場，可看到都市少女優美的體態。旅館像是東京的簡陋

註　千葉縣南部。

小旅舍，提供的食物除了生魚片，其餘皆難以下嚥，是個不太適合度假的地方。但朋友與我截然不同，就是喜歡在偏僻的地方享受孤獨。跟他相比，我的個性也好不到哪裡去。滿心焦急的我，只想找機會殺了他，所以我們才會在那種小漁村一待就是好幾天。

一日，我把朋友從海岸村落帶到相隔甚遠，有點像斷崖的景點，隨口說著「這裡最適合跳水」，率先脫下衣服。朋友頗擅長游泳，聽到我的意見，附和「原來如此，這裡的確不錯」，跟著我脫掉衣服。

然後，我站在斷崖邊，雙手筆直伸到頭上，放聲大吼「一、二、三！」倏地跳起，在空中畫出漂亮的圓弧，一頭衝進海面。

撲通一聲，身體撞擊水面時，我靠著胸腹的呼吸划開水面，僅潛水兩、三公尺就如飛魚般浮起。這是「跳水」的訣竅，從小我不止擅長游泳，玩起這種「跳水」的刺激遊戲更是家常便飯。於是，從距離岸邊約十四、五間的水面冒出頭後，我在水中立泳，邊單手抹去臉上的水，朝朋友大喊：

「喂，你跳下來試試！」

朋友直覺應一聲「好」，以相同的姿勢，追隨我跳下。

他濺起水花潛入海中，半晌依舊沒出現……這在我的預料中。那片海底，距離水面一間處有塊大岩石。我事先探查過位置，很清楚以朋友拙劣的技術，一旦「跳水」會潛深超過一間，腦袋肯定會撞到那塊岩石，才故意如此提議。各位想必知道，「跳水」技術愈好，潛入水中的距離愈短。我的技術十分純熟，還沒撞到海底岩石前便浮上水面。可是，朋友是「跳水」的門外漢，他沒多想便一頭栽進海底，必然會狠狠撞上岩石。

果然，等待好一陣子，他如鮪魚般的屍骸浮上海面，隨波逐流。不消說，他已氣絕身亡。我抱著他游上岸，一路跑回村落向旅館的人求救。沒出海的漁夫立刻來替朋友急救，但大概是腦部受到嚴重撞擊，早回天乏術。定睛一看，他的頭頂裂開五、六寸，白肉掀起，放置他頭部的地面，被大量血水凝結成一片暗紅。

從以前到現在，我僅受到警方兩次偵訊，其中一次就是為了這個案子。由於事情發生在無人目擊的場所，勢必會受到警方偵訊。不過，我們是摯友，從未發生嚴重口角，況且，就當時的情況來看，我和他都不知道海底有岩石，顯然只是我運氣比較好，擅長跳水，得以避開危險之處，而他技術較差才會發生這樁憾事。我的嫌疑很快洗清，警方反倒安慰我「失去好友真是遺憾」。

唉，若要逐一舉出實例，簡直沒完沒了。說了這麼多，各位應該大致明白，我所謂的「絕對不犯法」的殺人方式。從頭到尾都是這套模式。有時是混在看馬戲團表演的觀眾中，突然擺出實在不好意思在此表演的怪異姿勢，吸引在高空走鋼索的女表演者注意，導致她分心墜落；有時是誤導在火災現場陷入瘋狂，焦急尋找孩子的某家太太（註），以「喏，聽得見哭聲吧」這種話，暗示孩子還睡在火場裡，害她貿然衝進火海，活活燒死；或者，在準備跳水自殺的女孩背後，突然大喊「等一下」，原本她有可能回心轉意、打消自殺念頭，卻驟然嚇到，失足摔入水中溺斃……實在不勝枚舉。然而，夜已深，各位想必不願再聽這種殘酷的故事。最後，容我再說一個較特殊的故事就好。

聽完我敘述的實例，你們大概會以為我每次只殺一人，其實很多情況並非如此。否則，不到三年，還得完全不觸法，怎麼可能一下累積九十九人。其中殺死最多人的，我想想，是去年春天那一次吧。各位一定看過當時的報導，中央線列車翻覆造成多人死傷，就是那一次。

我使用的方法單純得可笑，但要尋找適當地點執行卻花不少時間。不過，打一開始我就鎖定中央線的沿線。因為這條路線，不僅經過最符合計畫的山路，就算列車真的翻覆，中央線原本就常發生事故，人們只會覺得「啊，又來了」，與其他線路相較，至少稍微不引人注目。

話說回來，要找到完全符合理想的地點，仍耗費好一番工夫。最後，等我決定利用M車站附近的山崖時，已整整過了一週。M車站有座小規模的溫泉，我先住進那邊的旅館，每天泡泡溫泉、散散步，努力讓自己看起來像打算長期留宿的溫泉區遊客。於是，又浪費十天，直到認為時機成熟。一日，我和往常一樣，前往附近的山路散步。

我爬上離旅館約半里路的小山崖，耐心等待天黑。在小山崖的正下方，火車鐵軌以弧形畫過。小山崖面對險峻深谷，從我的位置隱約可窺見谷底有條小河流過。

等一陣子，總算來到預定的時間。雖然沒任何人在旁邊，我仍刻意佯裝不小心絆一跤，將事先擺放的大石塊一腳踢飛。從這個地點，只要稍微踢一下，石塊就會順勢從崖上滾落鐵軌。原本打算沒踢準就再找其他石塊多試幾次，但確認後，那塊石頭不偏不倚地落在軌道上。

半小時後會有下行列車經過。那個時候天已黑，石頭所在的位置又是在彎道彼端，駕駛不可能發現。看準這一點，我連忙返回M車站（半里山路的距離起碼得花三十分鐘），假裝踉蹌跌進站長室，慌張大叫「不好了」。

「我是來泡溫泉的客人，剛剛在半里外與鐵軌平行的崖上散步，跑下山坡時，不小心把一塊石頭踢落至底下的軌道。萬一列車經過一定會出軌，嚴重的話，搞不好會翻落山谷。我到處找路想下去搬開石頭，可惜對這一帶的山路不熟，沒辦法順利下去。我想不能再拖拖拉拉，便趕來車站。怎麼辦？能不能請你們盡快設法搬開石頭？」

註　請參照本書〈致命的錯誤〉。

我憂心忡忡地表示，站長一聽，大驚失色：

「糟糕，下行列車剛經過。依正常情況，應該已通過那一帶……」

正中我的下懷。一問一答的過程中，下行列車的車掌僥倖脫險，迅速趕回車站，帶來列車出軌翻覆、死傷人數不明的噩耗，引起一陣慌亂。

我因牽涉其中，遭M地警局扣留一晚。但那是我精心設計的策略，自然不可能露出馬腳。儘管挨一頓痛罵，還不至於受到懲罰。事後我聽說，當時我的行為，就算依刑法第一百二十九條（註一），頂多罰鍰五百圓以下，最後判定不適用該條款。所以，我僅利用一塊石頭，沒受到任何懲罰，呃……對了，十七人，就成功奪走十七人的性命。

各位，若無其事奪走九十九條人命，我不僅毫無悔意，甚至玩膩那樣的血腥刺激。這次，我決定把自己當成犧牲品。聽到我殘忍的行為，各位紛紛皺起眉。是的，這顯然是一般人無法想像的滔天大罪。但連犯下這種大罪，都擺脫不了無聊滋味的我會有何心情，只盼各位能稍加體諒。除了策畫這些壞事，我找不出生存目標。請各位自行判斷我是不是狂人，算不算得上所謂的殺人狂。

到此為止，今晚的主述者講完駭人聽聞的親身經歷，以略微充血、白多於黑、看似癲狂的渾濁目光，環視每個聽眾的面孔。然而，沒有任何人回應或批判。眼前，只有詭異顫動的燭光照亮的七張通紅面孔，無言並列著。

驀地，門口附近的布幔上，銀光一閃，一樣物品逐漸膨脹。銀色圓形物體如滿月破雲而出，從紅色布幔之間勾勒出完美的圓形，徐徐現身。最初的瞬間，我就知道是女僕捧著銀色大托盤送來飲料。可是，這「紅色房間」不將萬象詭譎幻化誓不罷休的氛圍，竟使得常見的銀盤驟然變成莎樂美（註二）劇中，奴隸自古井倏地捧出的那個放著預言者頭顱的銀盤，甚至令人懷疑，等銀盤完全從布幔之間出現後，會看見寬如青龍刀的錚亮大刀。

然而，從布幔後現身的，不是厚唇的半裸奴隸，而是與往常一樣美麗的女僕。她輕快穿梭在七名男子身旁，逐一分送飲料。與世隔離的奇幻房間，猶如吹入世間的微風，散發一股不協調的氣氛。她的身上氤氳著樓下餐廳的豪華歌舞，與年輕女子爛醉嬌嗔的氣息。

「注意，我要射嘍。」

註一　過失往來危險罪，如果按照現行條文，「因過失導致火車、電車或船艦來往發生危險，或令火車及電車翻覆，遭到破壞，或令船艦翻覆、沉沒、遭到破壞者，處三十萬圓以下之罰鍰」。

註二　莎樂美（Salome）是西元一世紀左右的猶太公主，新約聖經和約瑟甫斯的《猶太古代誌》皆曾提及。她在希羅德斯王的座前獻舞，要求將洗禮者約翰的頭顱賜給她做為獎賞。在奧斯卡・王爾德寫成戲曲《莎樂美》（一八九三）及理查・史特勞斯製作成歌劇後廣為人知。

突然間，T沉穩開口，右手伸入懷中，取出閃閃發光的物體，射向女僕。

我們忍不住驚叫。砰！槍聲與女人的尖叫幾乎同時響起。

當然，我們不約而同站起。但是——啊，多麼幸運，突遭射擊的女子毫髮無傷。只見她一臉驚嚇，愣在破裂的飲料杯前。

「哇哈哈哈……」T像瘋子一樣放聲大笑。

「那是玩具啦，是玩具啊。啊哈哈哈……小花完全嚇到了吧？哈哈哈……」

那麼，T右手中仍在冒白煙的槍，只不過是玩具嗎？

「天啊，嚇壞我了……那是玩具嗎？」和T熟識的女僕唇色慘白，還是走近他。

「拿來，借我瞧瞧。哇，跟真貨一模一樣。」她似乎為了掩飾剛剛的失態，拿起那支據說是玩具的六連發手槍把玩。「氣死人了。好，我也要射擊。」話聲方落，她已彎起左臂，架起槍口，自信地瞄準T的胸膛。

「要是敢開槍，妳就試試。」T賊笑著調侃她。

「我偏要射。」

砰！比之前更尖銳的槍聲響徹室內。

「嗚嗚嗚嗚……」我正納悶怎會發出這種莫名詭異的呻吟，只見T倏然從椅子站起，又重重倒地，揮舞著手腳，不停痛苦掙扎。

這是在開玩笑嗎？以玩笑而言，他的掙扎未免太逼真了吧。

我們趕緊跑到他身旁。鄰座的某人拿起桌上的燭臺，高舉到垂死者上方照亮。一看之下，T蒼白的面孔不斷抽搐，宛如受傷的蚯蚓，扭動身軀滿地亂爬，身上的肌肉忽伸忽縮，拚命掙扎。衣衫不整敞開的胸膛，有道黝黑的傷口，每當他一動，鮮紅血液便從傷口滴滴答答地滑落白皙的皮膚。

看似玩具的六連發手槍，第二發裝填的竟是實彈。

我們茫然僵立，沒有任何人動一下。緊接在不可思議的故事後發生的這一幕，帶給我們的衝擊實在太強烈。換算成鐘表的時間或許很短暫，但至少身處現場的我，感覺意外漫長。在突發狀況下，面對痛苦掙扎的負傷者，我居然還有餘裕進行推理：

「這的確是意外。不過，仔細回想，打一開始，這就是T今晚特意安排的節目吧。他殺害九十九人，把最後的第一百個犧牲者的位置留給自己，並選擇最適合的『紅色房間』為死亡地點。聯想到這男人異常的性格，顯然不是胡亂瞎猜。沒錯，先讓人以為那支手槍是玩具，再誘騙女僕開槍的手段，不正與他親手計畫的殺人案例有共通點，都具備他獨特的品味嗎？只要安排妥當，動手的女僕絲毫不用擔心會遭到刑罰。現場有我們六人作證，換言之，T把他對別人採取的方法——加害者不必擔心觸法的手段，用在他自己身上。」

除了我之外，其他人似乎都沉浸在各自的感慨中。或許他們的想法跟我一樣，實際上也難有不同的推論。

不自在的沉默籠罩房內，唯有趴倒在地的女僕悲切的啜泣聲靜靜傳來。「紅色房間」的燭光照亮的悲劇場景，若說是真實世界，未免太過夢幻。

「喀喀喀……」

突然間，除了女人的啜泣外，又傳來一道悚然的聲響。那似乎是來自停止掙扎、如死人般癱軟在地的T口中。寒冷如冰的戰慄，竄上我的後背。

「喀喀喀喀……」

那道聲響愈來愈大。我們還來不及反應，瀕死的T已悠然起身。他站好後，仍持續發出「喀喀喀」的怪聲，像是自心底擠出的痛苦呻吟。然而……難不成……噢，果真如此嗎？出乎意料，他一直咬緊牙關，勉強憋住笑意。「各位！」他忍不住放聲大笑，高叫著：「各位，這下你們明白了嗎？」

啊，這又是怎麼回事？哭得不成人形的女僕迅速爬起，下一秒，她按捺不住地彎下腰，捧腹大笑。

「這個啊……」T在滿臉驚訝的我們面前，取出放在掌心上的小圓筒，解釋道：「是用牛的膀胱做成的子彈啦。裡面裝滿紅墨水，一旦命中目標，就會流出來。還有，就像這顆子彈是假的，我剛才敘述的親身經歷，自始至終全是捏造的。不過，我的演技算高明吧……好了，無聊難耐的各位，這一場表演，或許聊以做為大家苦苦追求的刺激吧……」

趁著他揭穿真相的時刻，擔任助手的女僕機靈地扭開樓下的開關，電燈的光芒如白晝般炫惑我們的眼睛。那白晃晃的明亮光線，將瀰漫室內的夢幻氛圍一掃而空，唯有遭到揭穿的障眼法道具醜陋現形。不管是深紅布幔、暗紅地毯、同色的桌布或扶手椅，連看似別具意義的銀製燭臺，都顯得格外寒酸。「紅色房間」裡，找遍任一角落，都已留不住那些夢與幻，甚至是影子。

〈紅色房間〉發表於一九二五年

日記本

那是正好發生在頭七夜裡的事。我走進亡弟的書房，順手取出他寫過的文章，獨自沉湎於浮想。

夜色未深，家中卻浸潤在淚水中，四下一片寂靜。在這個節骨眼，似乎有點新派戲劇味道的小販叫賣聲，自遠方帶著悲切的音調緩緩傳來。遺忘多年的稚嫩傷懷油然而生，伴隨這股情懷，我隨手翻開放在一旁的弟弟的日記。

發現這本日記後，我不由得同情起那個恐怕不曾體會愛情滋味便離開人世、年方二十的弟弟。

弟弟個性內向，沒什麼朋友，窩在書房的時間占據生活大半。單看以細字筆寫得密密麻麻的日記，亦可充分感受到他內向的性情。其中有他對人生的疑惑、對信仰的煩悶……在他這個年紀必須經歷的青春心事，以幼稚卻真摯的筆觸填滿整本日記。

我一頁又一頁翻讀，藉以回憶過去的心情。那些頁面所及之處，弟弟畏怯如鴿的眼神正從字裡行間默默凝視著我。

接著，翻到三月九日那頁，赫然發現令我瞠目的內容，沉溺於感慨的我不禁脫口輕叫。純潔的日記中，冷不防出現女子的芳名。印著「寄信欄」的地方寫著「北川雪枝（明信片）」幾個字。這位雪枝小姐，我不僅熟知，還是與我們家有遠親關係的年輕女孩。

如此看來，弟弟說不定愛過雪枝小姐。我忽然萌生這個念頭，於是帶著隱約的緊張感繼續翻閱。出乎意料的是，日記的正文中，沒有一字一句提及雪枝小姐。隔天的收信欄中，「北川雪枝（明信片）」這行字再度出現。往後每隔數日，收信欄與寄信欄便輪番記著雪枝小姐的名字。寄信是從三月九日到五月二十一日，收信始自同一時期，至五月十七日為止，為期甚短，皆不到三個月。此後，直到弟弟病情惡化、無法提筆的十月中旬，連可稱為絕筆的最後一頁，都不曾出現雪枝小姐的名字。

細數之下，弟弟共寄出八次信，雪枝小姐則寄了十次。無論是他或雪枝小姐，都一律記載著「明信片」這幾個字，看來實在不像寫有什麼不可告人的曖昧之詞。況且，從整本日記的內容也可窺知，真有更曖昧的情事，他不太可能刻意不寫在私人日記裡。

說不上是安心或失望，我闔上日記本，再次想到弟弟果然不識愛情滋味便離開人世，不免有些悵然。

驀地，我抬眼望向桌面，注意到弟弟遺留的小型文書盒。那似乎是用來收藏最心愛的寶貝、綴有高蒔繪（註）的古典文書盒，或許藏著能夠撫慰惆悵的我的物品。出於好奇，我隨手打開文書盒。

盒中放著與這故事無關的各種書函文件，只是，在最底下……啊，果然如此嗎？我找到慎重以白紙包覆的十一張明信片，全部來自雪枝小姐。若不是心上人寄的，誰會這麼小心翼翼地藏在文書盒的最底層？

我略微緊張地逐一檢閱十一張明信片。由於太過激動，我拿著明信片的手竟不住顫抖。

然而，怎會這樣？這些明信片，無論是哪一張，字裡行間都找不出近似情書的感覺。

那麼，弟弟是礙於膽怯，甚至不願嘗試敞開心扉，只把暗戀對象寄來的幾張毫無意義的明信片，視為護身符珍藏起來，可悲地聊以安慰嗎？然後，終究懷著無望的暗戀撒手人寰？

面對雪枝小姐寄來的明信片，我沉浸在走馬燈般的思緒中。這到底是怎麼回事？半晌後，我總算察覺一件事。弟弟的日記上明確記載著，僅收到雪枝小姐十次回信（剛剛數過，我還記得），可是，眼前明明有十一張明信片，最後一張的日期是五月二十五日。當天的日記中，收信欄並沒有雪枝小姐的名字。我不得不再次拿起日記本，翻到五月二十五日的頁面檢閱。

然後，我發現確實看漏一個重要關鍵。當天的收信欄一片空白，但在內文中，明明白白寫著以下這段話。

「最後一次通信，Y以明信片代替答覆。失望。我實在太膽小。事到如今，已無可挽回。

註　日本傳統工藝，在物品表面上漆後，再以金銀彩粉鑲嵌上立體圖案。

唉。」

Y顯然是雪枝（Yukie）小姐名字的英文縮寫，弟弟生前應該沒有其他友人的名字縮寫同樣是Y。可是，這段話究竟是什麼意思？根據日記，他剛寄明信片給雪枝小姐。他不可能把明信片當成情書。莫非他寄過日記上沒記載的信函（或許就是所謂的「最後一次通信」）？為了回覆那封信，雪枝小姐才寄來這張無意義的明信片？從他自此與雪枝小姐斷絕通信的事實看來，的確有可能。

即使如此，雪枝小姐寄來的最後一張明信片，若說是隱含拒絕之意，未免太奇怪。明信片上，僅以秀麗的筆跡寫著問候病情的句子（當時弟弟已纏綿病榻）。如此勤快記錄收發信的弟弟，除了八張明信片外，若真的寄過信函，不可能完全沒記錄。那麼，這段飽含失望的文字，究竟意味著什麼？我左思右想，感覺其中不合常理之處，似乎藏著單憑表面字句無法解釋的祕密。

或許，我該視此一祕密為亡弟留下的不解之謎，繼續保持這份神祕感。但不知何故，一旦撞見有些可疑的事，我就會像偵探調查犯罪線索，渴望找出真相。而且，眼下的情況，不僅謎團已永遠不可能由當事人解開，此事的真假對錯與我也有莫大關係，於是，與生俱來的偵探癖更強烈地驅使著我。

我彷彿忘記追悼弟弟的早夭，滿腦子只想著怎麼解開謎團。我把日記翻來覆去，一再重讀，還找出弟弟寫過的其他文章，一字不漏地細看。遺憾的是，我完全沒發現任何與戀情有關的紀錄。的確很有可能，畢竟弟弟意外地羞怯，個性又較常人謹慎，我再怎麼費心尋覓，也不會有這類遺物留下。

然而，儘管夜色漸深，我仍一心只想解開匪夷所思的謎團。解謎的過程是如此漫長。歷經種種徒勞無功的努力，我不禁對弟弟標註的明信片日期產生疑問。根據日記內容，順序如下：

三月……九日、十二日、十五日、二十二日
四月……五日、二十五日
五月……十五日、二十一日

這幾個日期似乎違反戀愛中的人的心理。就算不是情書，寫給心上人的書信，日期間隔竟愈來愈長，怎麼看都不對勁。對照雪枝小姐寄的明信片日期，這種不對勁益發明顯。

三月……十日、十三日、十七日、二十三日

四月……六日、十四日、十八日、二十六日

五月……三日、十七日、二十五日

看來，對於弟弟寄的明信片（雖然內容毫無意義），雪枝小姐除了分別回信之外，四月的十四日、十八日、五月三日，至少這三次，都是她主動寄信。倘使弟弟真心喜歡她，為何不回這三張明信片？與日記本上的那段話聯想起來，實在太不自然。根據日記，當時弟弟既未出門旅行，病情也沒嚴重到無法提筆的地步。還有一點，雪枝小姐寫的內容都甚無意義，但頻繁地魚雁往返，單憑對象是年輕男子，已足夠想入非非。再加上，雙方不約而同在五月二十五日後斷絕聯絡，到底是怎麼回事？

想到這裡，重新檢視弟弟寄的明信片日期，其中隱約透露某種訊息。該不會他是以暗號寫情書？明信片上的這些日期，莫非是暗號？根據弟弟祕密主義的個性，這樣的推論並非毫無可能。

於是，我將日期中的數字，逐一以日文的假名字母、五十音或ＡＢＣ的順序替換。不知是否該說運氣好，我對解讀暗號有一些概念。

最後，知道我發現什麼嗎？把「三月九日」換成第九個英文字母I，「十二日」換成第十二個字母L，依此類推，八個日期就解出「I LOVE YOU」。這是何等孩子氣，又多麼有耐心的情書啊。只是為了傳達短短一句「我愛妳」，他整整耗費三個月，真是難以置信。然而，熟知弟弟與一般人性格迥異的我，怎麼想都不覺得是單純的巧合。

經過推敲，一切變得簡單明瞭，更能理解他所謂的「失望」。寄出代表最後一個U字的明信片後，雪枝的回覆仍是內容毫無意義的明信片，最無奈的是，那天醫師宣告弟弟罹患絕症。可憐的弟弟，在雙重打擊下恐怕沒有心力再寫情書。於是，他懷抱著不曾對任何人表白——雖曾向心上人表白，卻沒能傳達——的惆悵，抑鬱而終。

一股晦暗的情緒襲上心頭，我無力地坐著，久久無法起身，茫然凝視雪枝小姐寄來的明信片，這幾張弟弟特意藏在文書盒最底層的明信片。

噢，這是何等令人意外的事實。無事生非的好奇心啊，我詛咒你。要是我一無所知，該有多好。雪枝小姐寄來的明信片正面，以秀麗字跡寫下的弟弟姓名旁，無一例外，郵票都貼成歪的。除非故意，否則絕對貼不出規規矩矩的歪法。那不可能是偶然的粗心。

很久以前，應該是在我的小學時代，某文學雜誌曾刊登利用郵票貼法祕密通訊的方法。我好奇心特別強烈，因而印象深刻。其中提到，若想表達愛意，僅需將郵票貼歪。我甚至認真試過一次，絕不可能忘記。此一方法頗受當時的青年男女歡迎，蔚為流行。不過，那麼久以前的流行風潮，時下的年輕女孩應該不曾聽聞。恰恰在雪枝小姐與弟弟通信期間，宇野浩二發表小說〈兩個青木愛三郎〉（註一），文中詳細提到這個方法，甚至在我們之間掀起話題，弟弟與雪枝小姐應該都還記得。

那麼，弟弟明知這個方法，為何雪枝小姐整整重複三個月的暗示，直到他心灰意冷，仍沒能領會她的心情？這點我也不明白。或許他忘了這個方法，不然就是他激動到無暇注意郵票的貼法。總之，既然寫下「失望」，可見他的確沒察覺。

話說回來，這年頭怎麼還有如此古典的戀情？如果我的猜測沒錯，他倆互有情愫，也各自向對方傾訴愛意，卻都沒感受到對方的心意。一個抱憾而終，另一個得忍受失戀之苦，繼續漫長的人生。

面對這段戀情，雙方未免太小心翼翼。雪枝小姐是年輕女孩，難免羞怯。至於弟弟的手法，與其說是膽小，毋寧已幾近卑怯。可是，我壓根不想責怪亡弟，不僅不怪他，還很心疼他怯懦的性格。

弟弟天生內向膽小，自尊心又極強，即使墜入情網，也會先想像遭到拒絕的恥辱。對於弟弟這種個性的男人，慘遭拒絕是常人無法想像的莫大痛苦。身為兄長，我非常明白。

為了避免面對求愛遭拒的恥辱，弟弟不知費了多少苦心。他必須坦白愛意，可是，萬一換來拒絕，那樣的恥辱與尷尬，只要對方還在世上一天，便會永遠糾纏著他。有沒有什麼方法，就算真的慘遭拒絕，事後也能辯解那其實不是情書？當初他一定是這麼思索。

往昔，宮中的公卿巧妙運用可從各種角度解釋的「戀歌」（註二），試圖沖淡直接遭拒的痛苦。弟弟的情況就是這樣。只是，他是透過平日愛看的推理小說獲得靈感，以暗號通信，企圖達到目的。不幸的是，他太小心謹慎，信變得難以解讀。

不過，枉費他這麼周密地設想自己的暗號，對心上人特意留下的密碼怎會如此遲鈍？由於過度自信導致的意外失敗，在這世上多不勝數；然而，弟弟的經歷，卻是太缺乏自信導致的悲劇，該說是造化弄人嗎？

啊，隨手翻閱弟弟的日記本，卻觸及一個無法挽回的事實。我當下的心情，該怎麼以言語形容？倘若只是惋惜兩個年輕人可悲的陰錯陽差，倒也還好。問題在於，我摻雜了一種更自私的情緒，而那情緒不時攪亂我的心，讓我幾近崩潰。

註一　宇野浩二於大正十一年一月在《中央公論》發表的小說，內容是說名作家青木愛三郎受到從小一起長大的好友戶川介二的影響，把他思考的內容寫成書大獲成功；相較之下，戶川做什麼都持續不久，冒充青木在旅館詐欺，可是受騙的人們都說戶川較有格調更像個文人。

註二　吟詠戀情的和歌。

希望冬夜的寒風能夠冷卻我激動到混亂的腦袋，我套上擱在長廊邊的木屐，蹣跚步下庭院，心亂如麻地繞著樹林，永無休止地徘徊。

一邊想著在弟弟死前兩個月，我與雪枝小姐剛許下的，無法挽回的婚約。

〈日記本〉發表於一九二五年

算盤傳情的故事

某造船股份有限公司（註）會計部的T，今天不知怎麼，難得一大早來到事務所。走進會計部的辦公室後，他將大衣和帽子掛到牆上，心神不寧地環顧室內。距離九點的上班時間還早，辦公室空無一人。並排的廉價辦公桌上積著一層白色塵埃，被耀眼的晨光照得發亮。

確認四周無人後，T沒走到自己的座位，卻在鄰座擔任他助理的年輕女事務員S子的辦公桌前悄悄坐下。他像要偷什麼東西，抽出與無數帳簿一起豎在書架上的算盤放到桌邊，熟練地撥弄起算珠。

「十二億四千五百三十二萬兩千兩百二十二圓七十二錢嗎？呵呵。」他依序念出算盤上的龐大金額，意味深遠地笑著。然後，將算盤盡量放在S子桌上最顯眼的位置，才回到自己的座位，若無其事地處理起當天的事務。

不久，一名事務員推門進來。

「哇，你今天這麼早啊。」他驚訝地向T打招呼。

「早。」T以內向者慣有的拘謹羞澀回答。若是一般的事務員同仁，大概會盡情開玩笑，

註　亂步在成為作家之前，曾任職於三重縣的鳥羽造船所，但並非擔任會計。

但瞭解T正經個性的同事只是一臉尷尬地默默就座，乒乒乓乓地取出帳簿之類的資料。

漸漸地，所有事務員魚貫走進辦公室，其中當然包括T的助理S子。她先向鄰桌的T有禮地打招呼，才在自己的位子坐下。

T裝出拚命工作的模樣，不時偷偷注意她的一舉一動。

「她會發現桌上的算盤嗎？」

他提心弔膽，不斷以眼角餘光窺探。令T失望的是，她對於算盤已被取出絲毫不覺有異，匆匆將算盤推到一旁，逕自取出書背以燙金字體印著「原價計算簿」的大帳簿，在桌上攤開。T益發失望，他的計畫完全失敗。

「不過，區區一次失敗用不著太過沮喪。只要多試驗幾次，直到S子發現就行。」T暗自盤算後重新振作，再次像平日一樣，一本正經地專心投入上面交代的工作。

其他事務員不是起勁地互開玩笑，就是猛發牢騷，鎮日吵吵鬧鬧、嘻嘻哈哈，唯獨T沒加入。到下班時間為止，他都低著頭，一板一眼地做事。

「十二億四千五百三十二萬兩千兩百二十二圓七十二錢。」翌日，T在S子的算盤上撥出相同的金額，並將算盤放在桌上醒目的位置。然後，跟昨天一樣，他熱切觀望S子來到辦公室坐下時的情景。沒想到，她依然毫無所覺，兀自把算盤推到一旁。

隔天、再隔天，同樣的情形重複五天，直到第六天早上。

那天，S子不知為何比平常早上班。當她一踏進辦公室，T恰巧前一刻才在S子的算盤上撥出相同金額，回到座位。所以，一看到S子，他頓時驚慌失措。該不會她目睹剛剛撥算盤的情形吧？T緊張地盯著S子，所幸她彷彿一無所知，依然和往常一樣，客氣地道聲「早」，便在位子坐下。

此刻，辦公室只有T與S子兩人。

「這次的某某丸號到了改裝蒸汽爐的時候，但大概是蒸汽爐的原價太高……」T像要掩飾尷尬般，如此開口。膽小的他，即使大好機會擺在面前，仍不敢提起工作以外的事。

「是啊，加上施工費就超過八十萬圓。」S子瞄T一眼，嚴肅回答。

「是嗎？這次應該會是筆大買賣，利潤很高，等於是以雙倍價錢把蒸汽爐賣出去。」

糟糕，我怎會說出這麼沒涵養的話？T驚覺這一點，不由得脹紅臉。在一般人眼中稀鬆平常的事，T卻非常在意，甚至意識到S子發現自己臉紅，於是更加焦慮。他不自然地乾咳，邊轉開臉試圖掩飾。可是，S子根本沒發現T這個留著氣派鬍子的上司，居然會為這種小事狼狽失態，還傻傻附和他的說詞。

三言兩語的交談過程中，S子的目光忽然停在桌上的算盤。T暗自心驚，密切注意著她的視線，但她狐疑地看一下大得出奇的金額，旋即抬眼繼續說話。T再次嘗到失望的滋味。

接下來幾天，同樣的情形執拗地持續著。T每早都以特別愉快的心情，期待S子上班就座的那一刻。過了兩天、三天，S子總算對下班前明明放回書架上的算盤，早上卻好端端擺在桌子正中央的情形感到疑惑。而且，她似乎留意到算盤總是顯示同一組數字。有一次，她甚至念出十二億四千云云的金額。

經歷漫長的等待與煎熬，T的計畫終於在某天成功。距離計畫的開始已過兩週，那天早上，S子盯著算盤的時間比平常更久。她不自覺略歪著頭，陷入沉思。T心跳急促，熱切凝視她的表情，以免錯過任何細微變化。那是令人屏息的數分鐘。半晌後，彷彿赫然醒悟，S子轉向他，兩人的視線對個正著。

那一瞬間，T感覺她必定明白了一切。發現T別有深意的凝視後，她頓時紅著臉轉回頭。不過，換個角度思考，或許她只是發現男人盯著自己，不禁害羞。然而，滿腔激動的T無暇多想。他同樣面紅耳赤，卻又感到滿足，一時之間，只能失魂落魄地望著她那宛如染上胭脂的美麗耳垂。

故事說到這裡，必須針對T偷偷摸摸的行徑稍作說明。

各位讀者想必已察覺，T是個極端內向的男人，面對女人時，害羞的情況益發嚴重。他畢業不久，可是直到今天，年近三十的他居然從未談過戀愛，不，甚至沒和年輕女孩說過幾句話。他當然不是沒有機會，一切都只是他那一般人難以想像的膽怯個性作祟。另一個原因，就是他對容貌缺乏自信，擔心貿然表白愛意，遭到拒絕該怎麼辦。縱然膽怯，自尊心卻比其他人強上一倍，非常恐懼求愛遭拒的尷尬。「沒看過那麼噁心的討厭鬼」這種令人悚然無言的話語，不時在對容貌缺乏自信的他的耳畔響起。

即使如此，他總算再也忍不住，可見S子多麼讓他心動。當然，他沒有面對面公然傾訴愛意的勇氣。只是，難道沒有遭到拒絕也不會丟臉的好方法嗎？卑怯的他不禁冒出這樣的念頭。於是，憑著這類人特有的執拗，他獨自想出種種方法，再逐一釐清否決。

在公司與S子並肩處理事務，或與她若無其事地討論業務時，表白的念頭不時在他腦中打轉。不管是記帳或打算盤，從沒片刻忘懷。某日，他一如往常打著算盤，倏然想到一個妙計。

「或許有些難以理解，但這招肯定是最完美的。」他頗具心機地露出滿足的微笑。

在他任職的公司，幾千名員工按月分兩次領取薪水，會計部的主要工作，便是根據工廠送來的打卡單，計算每名員工的薪資，再一一裝進個人專屬的薪水袋，交由各部門的主管。由於工作量實在太大，公司才會聘請數名薪資計算員來處理龐雜瑣碎的工作，而會計部的人只要有空就會全體出動，幫忙核對數字或其他項目。

這時，為了方便記帳，總是把數千張打卡單，根據員工姓名的頭一個字母（日文假名字母）依序排列。一開始是把桌子搬開騰出空間，按假名字母的順序逐一排列，但那樣太費工夫，最好先依「アカサタナハマヤラワ」（a ka sa ta na ha ma ya ra wa）分類，再各自照アイウエオ（a i u e o）或カキクケコ（ka ki ku ke ko）排列下去。由於一直沿用這套方法，會計部的人才會對五十音的相關位置倒背如流。一聽到「野崎」（nozaki）就會立刻聯想到，這是第五行（ナ行）的第五個字。

T就是反向操作，透過算盤上的數字，試圖設計出簡單的暗號通信。也就是說，想表達ノ（no）時，僅需在算盤上撥出「五十五」。一整串字句連下來，或許有點難以解讀，但只要對方仔細觀察這幾個平時熟悉的數字，遲早一定會破解。

依此邏輯，我們試著解讀一下，他究竟傳達什麼訊息給S子吧。

「十二億」指的是第一行（ア行）的第二字，所以是イ（i）。「四千五百」是第四行（タ行）的第五字所以是ト（to）。依此類推，「三十二萬」是シ（shi），「兩千兩百」是キ（ki），「二十二圓」也是キ（ki），「七十二錢」是ミ（mi）。最後導出「イトシキキミ」（心愛的妳）。

「心愛的妳」，若要親口說出，或訴諸文筆，T勢必會害羞得難以行動，但藉由算盤表達就沒問題。即使有人發現，可辯解只是恰巧把算珠排成這樣。至少，和寫信完全不同，不必擔心會留下證據，實在是萬全之策。要是運氣好，S子看懂，也願意接受，當然最理想。萬一過程不太順利，這跟訴諸言語，或以書信求愛的方式不一樣，既然她無法直接拒絕，自然不可能向別人透露。如今看來，這個方法似乎是成功了。

「看S子的模樣，十之八九希望不會落空。」T覺得這下更沒問題了，於是略微更動金額，撥出「六十二萬五千五百八十一圓七十一錢」。

相同的數目又持續數日。只要套用之前的邏輯，就能夠立刻看出暗號代表「ヒノヤマ」，即樋山（hinoyama）。所謂的樋山，是離公司不遠處，山丘上的小型遊樂園。T竟害羞到連約會地點都以暗號傳送。

到了約會當天，即使確信彼此有不言可喻的默契，T依舊沒勇氣主動聊起公事以外的話題，漫不經心地與S子討論帳簿的事。話題稍微中斷後，S子仔細打量T，嘴角略帶笑意，問道：

「在這裡放算盤的是你吧？很久了喔，我一直很納悶。」

T猛然一驚，但若是否認，好一段時日的努力豈不化為泡影？於是，他鼓起渾身勇氣回答。

「對，就是我。」窩囊的是，他的聲音明顯顫抖著。

「哎呀，果真如此。呵呵……」

隨後她轉移話題聊起其他事，只是T怎麼也忘不了S子說的一字一句。她是出於什麼用意說這些話？或許可解釋為肯定。但換個角度想，她看似依然天真無邪，什麼都沒察覺。

「女人心海底針，我實在摸不透。」他後知後覺地嘆息。「總之，只能堅持到最後試試看了。縱使隱約有所察覺，她畢竟還是不好意思坦白。」

T從未想過，或許他是自作多情。第二天，他索性豁出去，在算盤上撥出「二十四億六千三百二十一萬六千四百九十二圓五十二錢」。

「ケフカヘリニ」（kefukaherini）（註一）就是「今日下班後」的意思。他打算一翻兩瞪眼，直接攤牌。今天下班後，如果她願意前往樋山遊樂園，當然最好；如果她沒來，這次的計畫等於徹底失敗。

看懂「今日下班後」的意思時，羞澀少女必然會心如小鹿亂撞。可是，她那沉靜從容的態度是怎麼回事？唉，究竟是吉是凶？簡直快急死人。T覺得這天的下班時間格外遙遙無期，幾乎無心工作。

皇天不負苦心人，翹首企盼的下班時間總算在四點來到（註二）。事務室四處響起收拾帳簿的嘈雜聲響，性急的人早已連大衣都穿上。T努力按捺雀躍的心情，偷偷注意著S子。他心想，若她打算前往指定地點，再怎麼故作鎮定，臨走道別時，多少會在態度上露出蛛絲馬跡。

然而，啊，果然還是無望嗎？她和平時一樣向T客氣地說「再見」，取下掛在牆上的圍巾，開門走出事務室。她的表情與態度，絲毫看不出與平時有何不同。

困惑的T茫然目送她的背影離去，只能靜靜坐著不動。

「活該，像你這種男人，就乖乖一年到頭埋首工作吧。憑你也配談什麼戀愛！」

他不由得咒罵起自己。半晌，失去光芒的悲哀雙眸，凝視著某個定點，沒完沒了地沉湎於無用的浮想。

瞪眼呆想之際，他忽然瞥見一樣剛剛沒注意到的東西，就在S子收拾乾淨的桌面。到底是怎麼回事？這不是他每天早上都會使用的、放在S子桌上的算盤嗎？

這戲劇性的發現帶來的驚喜，猝然躍上心頭。他倏地衝過去，讀出算盤上的數字。

註一　為了解讀暗號這裡採用的是舊式假名。舊式假名的發音與現代假名略有不同，此處應念成キョウカエリニ（kyokaerini）。

註二　明治至昭和初年，一般公司行號及公家單位都是在下午四點下班。田山花袋的《蒲團》（明治四十年）曾提及「日常生活—早上起床，上班，下午四點下班返家，看著妻子一成不變的臉，吃飯，睡覺，這種單調生活已令人厭倦透頂」。森鷗外的〈二人之友〉（大正四年）回憶小倉時代，「四點過後從每天報到的公家單位下班歸來，坐在十張榻榻米大的房間，房東養的蜜蜂不時在簷下飛舞」。河上肇的《第二貧乏物語》（昭和五年）則寫到「在神戶的川崎造船所……職工（人數多達一萬五千人），向來是早上七點半上班，下午四點下班」。

「八十三萬兩千兩百七十一圓三十三錢。」

滾燙的熱流瞬間在他腦中擴散，微微加快的心跳，在耳畔如警鐘嗡嗡響個不停。算盤上，以與他相同的暗號邏輯顯示「我會去」（ユキマス，yukimasu）。這不就是S子留給他的訊息嗎？

他立刻抓起大衣與帽子，連桌面都忘了收拾，二話不說就跑出事務室。想像著悄然佇立、靜靜等候他到來的S子身影，一邊氣喘吁吁地衝上樋山遊樂園。

雖然號稱遊樂園，其實不過是山丘頂上的一座小廣場，一、兩家茶店在此經營，除了視野頗佳之外，沒有其他吸引人潮的特色。定睛一瞧，連茶店都打烊的空曠廣場上，唯有遲暮的紅褐日光，拖曳著長長的樹影印在地面，半個人影也沒有。

「她一定是先回家換衣服吧。原來如此，穿著那身老氣紅褐寬褲的事務員打扮，的確不適合約會。」

看到算盤上的答覆後，彷彿吃了定心丸的T，坐上晾在一旁的茶店長凳，一下抽菸，一下體會著有生以來頭一次等人赴約的煎熬。奇怪的是，他不僅不覺得痛苦難耐，反而品嘗到一種甜滋滋的味道。

然而，S子遲遲不見人影。四下悄然昏暗，鴉群悲切的嗚啼與附近火車站傳來的汽笛聲，在獨坐廣場中央的T心中寂寥地回響。

夜色降臨，廣場上四處亮起清冷的燈光。到了這個地步，T漸漸不安起來。

「說不定是無法向家人交代，出不了家門。」

如今，那已是唯一的理由。

「難不成是我會錯意？或許那根本不是什麼暗號。」

他心急如焚，禁不住繞著廣場，急切地走來走去。心裡像破了一個大洞，唯有腦袋火熱發燙。S子的種種姿態、表情、言語，如走馬燈閃過眼前。

「家中的她，一定也在擔心我。」

想到這裡，他的心猶如罹患熱病般怦怦亂跳。可是，有時又覺得有股異樣的焦躁席捲全身。在這種地方忍受寒冷、癡癡等待失約的人，永無止境地踟躕徘徊，簡直愚蠢得教人氣憤。

大概空等兩個多小時吧，耐心到達極限的他，拖著無力的步伐緩緩下山。

沿著山路走到一半，他猛然止步，愣在原地。一個難以承受的想法，倏然浮現腦海。

「真有那種可能嗎？」

面對乍現的荒唐想法，他一笑置之。然而，疑念一旦浮現便難以抹消，不找出答案實在無法安心。

他匆匆折返公司，要求工友打開會計部事務室的門，走到S子的桌前，取出插在架上的原價計算簿，翻到記有某某丸號製造原價的那一頁。

「八十三萬兩千兩百七十一圓三十三錢。」

何等令人心碎的巧合啊。這筆帳的總額，竟與「我會去」的暗號完全一致。今天S子只是在算完這筆總額後，忘了收拾算盤就匆匆下班離去。所以，根本不是情書暗號，純脆是一堆沒有靈魂的數字總和。

由於太過意外，他帶著一種悲哀、嘲弄的表情，雙眼空洞地凝視那該死的數字。完全無法思考的他，腦海歷歷浮現十幾天以來，絲毫沒察覺他的淒慘焦慮，此刻正快活地在溫暖的家中天真談笑的S子身影。

〈算盤傳情的故事〉發表於一九二五年

盜難

這裡有個有趣的故事，而且是我個人的親身經歷。好好整理一下，也不是不可能成為您的推理小說題材。想聽嗎？對，請務必讓我一吐為快。雖然我不擅表達，故事聽起來可能不太有邏輯。那麼，容我娓娓道來。

這絕不是虛構的故事。一再聲明，是因我曾數度說給其他人聽，但過於巧合，顯得不夠真實，大家都以為我是從什麼小說抄來的情節，多半不願相信。可是，這是如假包換的真實事件。

別小看我現在幹著這種沒出息的破差事，直到三年前，我仍任職於宗教相關行業。聽起來似乎有點了不起，其實不值一提，畢竟不是什麼足以自豪的宗教。該宗教的全名為某某教，你大概沒聽過，總之可歸類為天理教（註一）和金光教（註二）的親戚吧。不過，說到宗旨，當然還是有不少像樣的理論搬得上檯面。

總壇——其實規模沒大到那個地步啦，簡單來說，宗教的大本營位於某某縣，分支教會多半分布在當地規模較大的地區。當時，我隸屬其中的N市支教會。這個N市支教會算是頗有名氣。支教會的主任（按教內宗旨其實有個囉唆的頭銜，反正就是主任）不僅是我的同鄉，又是

註一　天保九年至明治二十年，在大和國的中山美樹宣揚下，基於人類造神的宗旨成立的宗教，現今以奈良縣天理市為中心，擁有三百萬名信徒。

註二　安政六年，備中國的赤澤文治創始的神道派新興宗教，現今約有信徒四十三萬餘人。

多年老友，是個相當聰明的人。不過，倒不是說他在宗教方面特別有慧根，或許說是很有生意手腕更為貼切。宗教扯上生意手腕似乎有點怪，但他招攬信徒、募集捐款的本領相當高明。

前面提過，我和主任是同鄉，算算那是多少年前來著……呃，我今年二十七歲，所以我想想看喔，正好是距今七年前吧，當時我就住在N市。由於惹出一些麻煩，我被迫辭掉工作，走投無路，只好暫時投靠教會熬過眼前難關，說穿了就是去白吃白住。沒想到，一旦住下就難以脫身，無所事事混了很長一段時間，漸漸瞭解教義，自然被派去經手教內各項事務，成為替教會打雜的人員，從此留下。沒想到這一待，足足待了五年之久。

當然，我並未成為教徒。原本我就是個沒有信仰的人，加上得知許多內幕，例如，道貌岸然、侃侃傳教的主任其實私底下酒照喝、女人照玩，夫妻倆更是天天吵架。在這種情況下，我怎麼可能想入教？或許，所謂的聰明人都擅長玩這種兩面遊戲吧，主任正是這樣的男人。

不過，信仰其他宗教，與成為該教的教徒，根本是南轅北轍的事，因為該教的狂熱分子似乎特別多。一般寺廟的情況我不太清楚，但單看捐款就知道，這些教徒出手異常大方，在我這種沒有信仰的人眼中簡直匪夷所思。然而，多虧他們面不改色地捐出那麼多錢，主任的生活過得極為奢華，甚至利用捐款炒股票。我一向是三分鐘熱度，一份工作從不超過兩年，沒想到居然能在教會熬上五年。究其原因，或許是連我也跟著荷包滿滿，日子過得很舒服吧。真難想像我會放棄這麼好的肥缺——這就談到正題了。

話說，教會的宣教講堂是十幾年前蓋的老建築。我剛來時，建築早破損嚴重，整體環境也很雜亂。加上同鄉接掌主任後，教徒逐漸增加，空間相對變小。於是，主任決定擴建講堂，乘機修補破損之處。麻煩的是，教會沒有施工預算，即使向總壇報告，頂多拿到一點補助金，不可能指望總壇提供全額擴建費用，到頭來只能向教徒募款。還好僅是增建，不到一萬圓就能解決。即使如此，在鄉下支教會要募到這筆款項，也相當不容易。當時，若主任不像我先前提到的頗有生意手腕，恐怕無法順利解決。

提到主任募款的手段，這就有趣了，簡直逼近詐欺的地步。他找上信徒中首屈一指的大富豪，對方在N市算是一流商家，如今退隱養老。他故弄玄虛地告訴那位老人，一切都是神明託夢，果真順利說服對方率先捐出三千圓。對於這種故弄玄虛的事，他多的是題材。之後，再以三千圓當成吸金的誘餌。他將這筆現金放進預備的小型保險箱，每逢有信徒前來，就大肆炫耀：

「真是太難得了，某某先生竟然捐這麼多錢。」

隨後，再把那個捏造的神明託夢故事吹噓一番，聽過的人自然不敢拒絕，只得乖乖照行情捐款。甚至有人不惜掏出私房錢表達信仰的虔誠，捐款金額愈來愈高。仔細想想，天底下有比這更輕鬆的生意嗎？短短十天就募到五千圓！照這樣下去，想必不用一個月就能輕鬆籌到預定的增建費用，主任樂得滿面喜色。

沒想到，一切看似順利之際，卻出了大事。某日，一封指名給主任的怪信從天而降。在你們這些寫小說的人看來或許沒什麼稀奇，問題是，一旦真的收到那種信還是會嚇到。信上寫著「今晚十二點整，將去領取閣下手邊募集的善款，敬請預做準備」，這傢伙未免太狂傲，要偷錢居然還預告。你覺得如何？很有意思吧？仔細想想，又有種荒唐的感覺，但當時我可是嚇得臉色慘白。正如我提過的，募得的善款全數換成現金放在保險箱，以便在適當時機向信徒炫耀，導致教會裡有巨款的事人盡皆知，難保不會輾轉傳入壞心眼的人耳中，引來小偷的覬覦也不足為奇。但連下手時間都預告，未免太不尋常。

主任倒是完全不當一回事，反而還說「放心，八成是誰在惡作劇」。的確，若非惡作劇，不可能有這種特地先寫信來警告的小偷。問題是，雖然主任說得沒錯，但我心裡難免七上八下。不怕一萬，只怕萬一，不如暫時把這筆錢存進銀行吧。我試著勸主任，但這位老兄根本充耳不聞。再不然，至少向警方報案吧？好不容易說動主任，便決定由我代表前往警局報案。

晌午過後，我換好衣服立刻出門前往警局，走了一町左右，只見四、五天前上門調查戶口的巡查迎面大步走來，我隨即攔下他，把事情經過一五一十告訴他。這名巡查看起來就像強悍的鬍子武士，沒想到聽完我的話，居然當場大笑。

「喂喂喂，你真以為世上有這麼傻的小偷嗎？哇哈哈哈哈，你完全上當了。你上當啦。」

這人雖然長相凶惡，個性倒是相當豪爽。

「不過，站在我們的立場，還是會不由自主地擔心。慎重起見，能不能請你調查一下。」

在我執拗地要求下，巡查回答：

「那好，正巧今晚輪到我在教會一帶巡邏，我會去看一下。當然，我相信絕不會有什麼小偷，不過反正順路，到時別忘記倒杯茶招待我。哈哈哈哈哈。」

從頭到尾他都一副漫不經心的樣子。但他願意來，我至少安心多了。於是，我再三叮嚀他後，就返回教會。

天色漸漸暗下。若是平常，除非安排晚場講道，否則九點左右我就睡了。可是，今晚莫名忐忑不安，我不敢進房睡覺。再加上和巡查有約，於是我命人備妥茶水、點心，獨自待在內室——通常用來接待信徒的會客室。我坐在桌前，靜靜等待十二點到來。說也奇怪，我的眼睛無法離開放在壁龕上的保險箱，時間一長，甚至懷疑裡面的現金會不翼而飛。

主任考慮過後，大概還是有些不放心，不時來跟我東聊西扯，總覺得這一晚格外漫長。接近十二點，巡查果真很講義氣地依約前來。我立刻邀他入內，主任、巡查和我三人圍坐在保險箱前，喝茶之餘，順便看守巨款。不，自以為在看守的或許只有我，主任和巡查根本沒把白天那封信放在心上。巡查相當健談，與主任熱烈展開宗教論戰，簡直像專程上門高談闊論。當然，比起在暗巷走來走去到處巡邏，喝茶聊天更愉快。搞了半天，我漸漸覺得提心弔膽的自己有如傻子。

過一會兒，話題都結束後，巡查驀地想起什麼似地看著我：

「啊，十二點半了。你看吧，果然是惡作劇。」

到了這個地步，我也有點不好意思，只好含糊其詞：「是啊，託您的福。」

這時，巡查望向保險箱，隨口問：

「喂，錢真的放在裡面嗎？」

這話問得奇怪，看他一副調侃我的樣子，我忍不住有些動氣：

「當然在裡面。不信的話，要親眼瞧瞧嗎？」我嘲諷地回嘴。

「不是啦，錢在裡面就好。但謹慎起見，還是檢查一下比較保險喔。哈哈哈哈哈。」

對方依舊語帶揶揄。我完全被他激怒，於是說著「那您請看」，一邊轉動保險箱密碼鎖。順利打開後，取出成捆的鈔票讓他見識一下。巡查看過後，應道：

「原來如此，難怪你們這麼放心。」

我不太會模仿，但他的語氣真的讓人很反感。像臼齒縫卡到異物，別有深意般笑得十分鬼祟。

「不過，沒人知道小偷會使出什麼手段。你或許以為，看到錢就能安心，但這些……」巡查抓起放在眼前的鈔票，「搞不好早成為小偷的囊中物。」

聽到這裡，我不禁渾身一顫。那是一種莫名的緊張感，只是這樣平鋪直敘的描述，或許你不大能夠體會。

整整幾十秒，我們全被這句話震懾，誰也沒吭聲。僅盯著對方的雙眼，互相刺探。

「哈哈哈哈哈，你懂了嗎？那麼，在下告辭。」

巡查突然起身，手上還抓著成疊的鈔票，另一手旋即從口袋掏出手槍（註），機警地指向我們。你說，這不是很氣人嗎？在這種節骨眼也不改巡查的官腔官調，居然還說什麼「在下告辭」。這傢伙真不是普通的膽大包天。

不用提，一看到手槍，主任和我早嚇破膽，根本不敢出聲，只能茫然呆坐。我們怎麼也沒料到，竟有先來查戶口、打照面的新騙術。直到前一刻，我們都認定他是正牌的巡查。

註　戰前警察的武裝基本上是軍刀，不會攜帶手槍。

眼前的壞傢伙隨即走出房間，我以為他要離開，卻非如此。他走出房間，將紙門留下一條縫，以槍口對準我們，一動也不動。雖然室內昏暗，看不清楚，但那傢伙彷彿透過手槍上方的縫隙盯著我們……咦，你猜到了嗎？不愧是職業作家。沒錯，他以細繩將手槍從橫梁上的釘子垂下（註），偽裝成有人拿槍瞄準我們。當時我們根本沒心思多想，光是擔心對方下一秒會不會開槍便嚇壞了。半晌，主任的妻子拉開那露出槍口的紙門，環顧四周後走進來，這才搞清狀況。

更好笑的是，這名搶錢的巡查，不，是偽裝成巡查的搶匪，居然是主任的妻子客客氣氣地一路送到玄關門口。由於我們既未大聲爭執，也沒大打出手，待在客廳的主任妻子根本不清楚內室的狀況。據說，搶匪經過她身邊時，還大搖大擺地對她說聲「打擾了」。「天啊，外子怎麼不送您出來？」主任的妻子似乎覺得有點不對勁，但依然盡職地送客人到玄關。唉，真是笑死人。

之後，睡夢中的傭人被叫醒，現場簡直鬧得雞飛狗跳，但那時候，搶匪早逃到十町之外。大家不約而同跑到門口，對著昏暗的巷弄東張西望，七嘴八舌議論犯人究竟逃往哪邊。夜已深沉，兩側的商家都打烊，街上一片漆黑。每隔四、五戶才有一盞圓形門燈，幽幽發出清冷的光芒。這時，對面的橫巷冷不防冒出一道黑影，朝這裡走來，似乎是一名巡查。猛然一看，誤以為是剛才的搶匪為了滅口折返，我大吃一驚，不由自主地拽住主任的胳臂，默默指向黑影。

所幸，那並非搶匪，而是真正的巡查。那名巡查聽到我們不停大呼小叫，感到奇怪，才來詢問我們發生什麼事。對主任和我而言，來得正是時候，於是拉著他逐一說明遭到搶劫的經過。只是，根據巡查的判斷，此時去追捕為時已晚。他立刻回警局派人通緝追捕，雖然搶匪打扮成警察，不過警察制服是很顯眼的目標，應該輕易就能逮到，要我們大可放心。隨後，他再針對失竊的金額及搶匪外貌詳細詢問，寫在記事本上後，匆匆沿著來時路折返。聽巡查的語氣，十分篤定能逮住搶匪、取回捐款，我們也為之振奮，好不容易鬆一口氣。可惜，事情沒這麼順利。

今天會不會接到警方通知？明天是否就能取回善款？那陣子，我們每天都在討論著這件事。經過五天，又經過十天，依舊毫無音訊。當然，主任也一再前往警局打聽，可是錢遲遲沒找回來。

「這些當警察的實在太冷漠。看那怠慢的樣子，根本不可能逮到搶匪。」

主任漸漸對警方失去耐心，抱怨起刑事主任蠻橫無禮、上次那個巡查明明拍胸脯保證沒問

註　後來「怪人二十面相」常用這一招。

題，最近卻一看到我就到處躲避云云。過了半個月、一個月，搶匪依然逍遙法外。知情的教徒在聚會上也議論紛紛。可是，這種宗教的教徒，不可能有解決問題的智慧。最後乾脆就自認倒楣，全部交由警方解決，寧願重新著手募款。所幸，在主任的花言巧語下，依然獲得不錯的成果，轉眼便募到接近預定目標的款項，增建計畫大致如期完成。這與故事無關，我就略過不提。

發生搶案後，過了兩個月的某日，我有點事必須處理，從A市前往相隔五、六里的Y町。Y町有間知名的淨土宗寺院，當天正好展開一年一度為期七天的盛大法會。這段期間，寺院附近會舉辦熱鬧的廟會市集。周圍搭起許多表演雜耍和魔術的小屋，販賣各種食物和玩具的攤子櫛比鱗次，咚咚鏘鏘地熱鬧非凡。

處理完事情，因為不急著回去，加上又是和煦的春天，熱鬧的音樂和喧譁聲吸引我跟著走進廟會市集。看看這邊的表演，再逛逛那邊的攤子，我在人潮之間東張西望，四處瀏覽。

那是賣什麼的？依稀記得群眾圍著賣藥小販看熱鬧，從無數人頭之間，隱約可看見一名彪形大漢揮舞著粗大的手杖滔滔不絕，似乎挺有趣。於是，我在人潮圍成的圈子外走來走去，尋找看得最清楚的位置。不料，擠在人群中看熱鬧的某位鄉下紳士，倏然向後轉，我大吃一驚，忍不住拔腿想逃。對方的長相與那名搶匪一模一樣，唯一的不同在於他偽裝巡查時，從人中到下巴蓄滿鬍子，如今卻是光溜溜。說不定，當時他是為了改變外貌，故意留鬍子。真是令人震驚。

準備逃跑時，再仔細看看對方，似乎根本沒發現我，又轉頭專心聆聽賣藥小販大肆吹噓。我總算安心，緩緩離開人群，從隔一段距離的關東煮帳篷後面，偷偷打量那個男人。

我心跳得好快。一方面是害怕，一方面則是找到搶匪的喜悅。一定要設法跟蹤這傢伙，一旦確定他的住處就去通知警察。如果被搶走的錢能找回一部分，主任和教徒不知會有多高興。想到這裡，我彷彿成為劇中人，內心湧現一股難以形容的興奮。只是，我仍必須再觀察片刻，確定對方是那名搶匪，否則認錯人就太丟臉了。

等了好一陣子，他離開人群，漫步前行。一看之下，原來是兩人結伴。我這才知道，從剛剛他身旁就站著一名穿同樣服裝的男人，似乎是他的朋友。誰怕誰？管他是獨自一人還是兩人同行，照樣跟蹤。我小心翼翼不讓他們輕易發現，然而，人潮擁擠，最多僅能隔著兩、三間的距離，一路尾隨。不知你有沒有這種經驗？跟蹤別人實在是高難度任務。即使很謹慎了，還是可能把人跟丟。若是怕把人跟丟，就必須讓自己暴露在危險中，過程可不像小說裡形容得那麼輕鬆。直到他們走了兩、三町的距離，進入一間餐館，我頓時如釋重負。就在他們要走進餐館時，我又有驚人的發現。這實在太不可思議——不是搶匪的那個男人，居然跟先前信誓旦旦說要逮捕搶匪的巡查長得一模一樣。不，請等一下。聽到這裡，已猜出答案？就算你是小說家，這話未免說得太快。故事還有後續，請再忍一忍，先聽我講完。

好了，眼看這兩個男人走進餐館，我到底該採取什麼行動？小說中，大概會塞點錢給餐館的女服務生，請她帶我去兩人隔壁的包廂，再將耳朵貼在紙門上偷聽他們交談。可是，說來丟臉，我當時身上只有火車的回程車票和不到一圓的現金，根本沒多餘的錢進餐館。即使情況緊急，這意外的發現反倒令我下不了決心是否該報警。我擔心一旦離開現場去報警，他們會乘機溜走。幾經猶豫，我只好苦苦守在餐館門前。

這段期間我不停思索，好不容易想通。就像當時第一個出現的巡查是冒牌貨，之後出現的巡查（信誓旦旦保證會逮住搶匪的那個人）顯然也是冒牌貨，果然思慮周密。前半段的情節不足為奇，後半段，也就是在冒牌貨之後，出現另一個冒牌貨的這招，真是太高明。同一招連用兩次的確出人意表，又喬裝成警察，無論是誰都容易掉以輕心，以為這次一定是真貨。如此一來，真正的警察在事發好一陣子後才知情，屆時嫌犯已遠走高飛。

想到這裡，我驀地驚覺，如果他倆狼狽為奸，就有一件事不合理。對，沒錯。就是那件事不合理。主任後來一再前往警局詢問調查進度，若第二位巡查是假的，他應該立刻就會發現。好啦，這下我真的是一頭霧水。

大概在餐館外等一個小時，兩人總算紅光滿面地走出來，我立刻尾隨在後。他們離開熱鬧的市區，朝僻靜的地方前進，到某個街角，兩人突然停下，互相點頭示意，分道揚鑣。我遲疑半晌，不知該跟蹤哪一個，最後決定跟蹤拿走錢的人，也就是我一開始發現的男人。他醉了，腳步有些踉蹌，顛顛倒倒地走向町外。隨著周圍益發冷清，跟蹤的過程更加困難。隔著半町的距離，盡量選擇走在屋簷下的陰影處，提心弔膽地尾隨。走啊走的，不知不覺來到沒有任何住家的町外。環顧四周，前方是座小森林，森林裡坐落著某神社，應該是叫什麼鎮守之森。不料，男人居然大步走進森林。我愈想愈毛，他總不可能住在森林深處吧？我一度想放棄跟蹤，打道回府，可是好不容易來到這裡，在這個節骨眼放棄，未免太可惜。最後，我鼓起勇氣，繼續跟著男人。決定跨入林中的那一刻，我不由得愣在原地。以為一直走在前方，離得遠遠的男人，居然從大樹幹後面跳出來，大剌剌地站在我面前，一臉狡獪地看著我。

有那麼一刻，我擔心他會撲過來揍我一頓，於是不自覺擺出防備的架式，但令我訝異的是，對方竟開口：

「嗨，好久不見。」

語氣像是和老友久別重逢。世上居然有這麼厚顏無恥的人，我頓時哭笑不得。

「我一直想去道謝。那次實在是輸得太痛快，連我也被你們那個老大騙得暈頭轉向。喂，你回去後，替我問候他一聲。」

想當然耳，我壓根聽不懂那傢伙在說什麼。見我一臉茫然，他笑道：

「看來，你還被蒙在鼓裡啊。實在令人意外，那全是假鈔。如果是真鈔，一下就賺到五千圓，是筆好買賣，可惜啊可惜，那全是製作精巧的假鈔。」

「咦，假鈔？怎麼可能有這種事！」我直覺吼出來。

「哈哈哈哈哈，你也嚇一跳吧。要看看證據嗎？喏，這裡有一張、兩張、三張，總共三百圓。其他我全送人了，手邊僅剩幾張。仔細瞧清楚，雖然做得很精細，但的確是假鈔。」那傢伙兀自從錢包取出百圓鈔票交給我。「你什麼都不知道，才會一路跟蹤我，想查出我的住處。真的這麼做，可就麻煩嘍，這事關你們那位老大的安危。把欺騙教徒得來的捐款換成假鈔的人，和偷走假鈔的人相比，誰的罪比較重？不用說也知道吧。喂，勸你還是回去吧。替我問候你們老大，就說我改天會親自登門向他致意。」

男人語畢，便朝遠處大步離開。我恍惚地拿著三張百圓鈔票，佇立良久。

原來如此，是這麼回事啊。這下，所有疑問都解釋得通。剛才那兩人就算是同黨也不足為奇。主任說他一再前往警局詢問辦案進度，根本是胡扯。不這麼假裝，萬一真的驚動警察，屆時抓到搶匪，拆穿假鈔的事就完蛋了。難怪收到預告信時，他一點都不緊張。既然是假鈔，自然沒什麼好擔心。話說回來，我以為他不過是招搖撞騙，居然犯下這種重罪。作家先生，搞不好他是炒股票賠了錢，才不知從哪裡弄來假鈔（據說委託中國人，可以弄到很精細的貨色），居然在我和教徒面前裝得煞有其事。想到這裡，還真有許多可疑之處。多虧他運氣好，至今沒任何一名教徒起疑，主動向警方報案。我很氣自己，竟笨到要等搶匪主動揭穿才發現真相，當天回教會後，更加悶悶不樂。

從此以後，我陷入天人交戰。我當然不可能出賣認識多年的主任，將他的惡行公諸於世，只能保持緘默，可是我心裡還是不踏實。本來就覺得寄人籬下有點不自在，發現這件事後，我根本一天也待不下去。不久，我在別處找到工作，立刻搬出教會。不想當小偷的幫手，我離開教會就是這個緣故。

意外的是，這件事還有後續。大家會認為我虛構的故事，就是出於這段戲劇性的情節。據說是假鈔的三百圓，我一直藏在錢包底層當紀念。有一次，老婆（我搬來才娶的）不知那是假鈔，月底居然拿其中一張花用。正巧那個月公司發工作獎金，即使是我這種窮人，錢包多少會有一點閒錢，難怪老婆會誤以為是我的工作獎金。豈料，那張假鈔居然平安地通用無阻。哈哈哈，怎麼樣，這故事有點意思吧？咦，你問我是怎麼回事？哎，那三百圓後來我沒再仔細檢查，事到如今，我也不太清楚。唯一能確定的是，我手上的三百圓絕不是假鈔，因為僅存的兩張鈔票，之後老婆拿去添購春季新衣了。

搶匪當時搶走的或許是真鈔，為了擺脫我的跟蹤，只好把真鈔說成假鈔糊弄我。他面不改色地把錢丟給我，還不是十圓或二十圓的小鈔，任誰都會被騙吧。像我不就對搶匪的說詞深信不疑，再也沒深入調查嗎？不過，果真如此，實在讓我覺得很對不起遭到冤枉的主任。還有，另一名直拍胸脯，保證會逮到搶匪的巡查，究竟真的是警察，還是冒牌貨？我會懷疑主任，是由於那名巡查和搶匪一起上館子，但仔細想想，他也許是真的巡查，只是後來被搶匪收買罷了。或者，他基於職務，不得已，只好與有嫌疑的男人假意往來。換言之，他可能是在刺探案情。這一切得怪主任素行不良，我才會武斷地認定他有嫌疑。

除此之外，還有很多種可能。例如，搶匪誤以為是假鈔，卻不小心將真鈔塞給我。哎，到頭來狀況依舊曖昧不清，沒有一個清楚了結。不過你放心，真要寫成推理小說，只要從中挑選一種結局就行。無論選擇哪一種結局，應該都會很有趣吧……總之，我還用搶匪給的錢替老婆添置春裝呢。哈哈哈哈哈。

〈盜難〉發表於一九二五年

白日夢

那到底是白天做的噩夢，還是真實發生的事？

悶熱的午後，晚春濕暖的風溫溫地拂過火燙的臉頰。

當時，我走在某個偏僻的地區。放眼望去，盡是筆直延伸的灰撲撲道路。究竟是有事經過，或是散步順路經過，連這點都不復記憶。

宛如洗舊的單衣褪成淺褐色的商家，沉默地並排而立。三尺見方的櫥窗內，有些掛著被塵埃染出條紋的小學生運動服；有些店家，將紅黃白褐等各色沙狀種子，擺放在宛如一格一格棋盤的單薄木盒中；有些在狹窄陰暗的室內，從天花板到各處，塞滿腳踏車架與輪胎。在這些灰暗蕭條的店家之間，那棟在細格子窗後懸掛著蒙塵神燈的雙層樓房，彷彿要強調極度厭惡兩面夾攻，吱吱喳喳地流瀉出粗鄙的三弦琴樂音。

「啊噗哩，奇七哩七，啊啪啪……啊啪啪……」

幾名以塵埃妝點辮子的女孩，在路中央圍成一圈唱著歌。啊啪啪啊啊啊……這令人感動的旋律，悠悠蒸發在朦朧的春日天空。

男孩們在玩跳繩。長長的繩子強勁拍打地面後，隨即在空中揚起。一名敞著手織粗棉衫前襟的孩子，在一旁蹦蹦跳跳。那幕情景，彷彿高速攝影機拍下的活動相片，看起來分外耐人尋味。

沉重的載貨馬車，不時轟隆隆地震動道路和家屋，越過我揚塵而去。

前方不知發生什麼事，只見十四、五個大人與小孩駐足路邊，形成不規則的半圓。那些人臉上都露出一種笑意，一副觀看喜劇的表情，有些甚至咧開嘴哈哈大笑。

在好奇心的驅使下，我邁步湊上前。

隨著逐漸接近，我發現一張與眾人笑臉形成強烈對比的嚴肅面孔。男人的面色鐵青，嘰著嘴，不知為了什麼事，滔滔不絕。若說他是推銷員，未免熱心過度；若說是宗教家傳教，眾人看熱鬧的神情也太褻瀆神明了。到底是怎麼回事？

不知不覺間，我混入圍成半圓的人群，成為其中一名觀眾。

這名演說者約莫四十歲，穿偏藍的暗色系夏季嗶嘰單衣，緊紮著黃色男用腰帶，風采出眾，頗有教養。假髮一般的油亮頭髮下，有著輪廓深邃、過度蒼白的鴨蛋臉，細小的眼睛，氣派的鬍髭環繞鮮紅嘴唇。雙唇粗魯到口沫橫飛，開開闔闔說個不停。只見他高挺的鼻梁不斷冒汗，和服下襬隱約露出沾上塵沙的赤腳。

「……我有多愛妻子呢？」

演說似乎正達到高潮。男人無限感慨地說完，逐一掃視聽眾，繼續自問自答：

「愛到不惜殺了她！可悲的是，那女人原來如此水性楊花。」

群眾之間響起鬨笑，差點蓋過他接下來那句「不知她幾時會勾搭上別的男人」。

「不，搞不好她早就紅杏出牆。」

說到這裡，現場再度響起比之前更宏亮的笑聲。

「為此，我每天提心吊膽，」他像歌舞伎演員般搖頭晃腦，「連生意都無心打理。我每晚都在床上拜託妻子，雙手合十懇求她。」傳來一陣笑聲。「拜託妳發誓。請妳發誓，永遠不會愛上其他男人……可是，那女人說什麼也不肯答應。她像風塵女子般，以風情萬種的媚態，用盡各種手段一次又一次敷衍我。可是，我偏偏為她狐媚的手段著迷……」

有人高喊：「喲，好恩愛！」接著，又是一陣笑聲。

「各位，」男人沒理會這些嘲弄，繼續道：「如果站在我的立場，你們會怎麼做？你們說，我能不殺她嗎！」

「那女人很適合遮耳髮型（註），靠自己就能梳得漂漂亮亮……當時，她就坐在梳妝臺前，剛紮起頭髮。她妝扮嬌美的臉轉向我，紅唇嫣然一笑。」

男人聳一下肩，做出誇示的動作，接著皺起濃眉，神色轉為淒厲，雙唇詭異地歪曲。

註　大正十年左右流行頭髮遮住耳朵的西式婦人髮髻。沒有劉海，僅分出髮線和弧形蓋住耳朵，在腦後低低地綁一個髻。

「我心想，現在正是時候。要把美麗的倩影永遠留在身邊，只能趁現在。」

「我拿著事先準備的尖錐，朝那女人光滑美麗的脖頸用力戳下去。她的笑靨來不及消失，依然含笑的唇間露出明顯的犬齒……就這麼死了。」

此時，熱鬧的宣傳樂隊湊巧經過，傳來大喇叭的震天巨響。「此地離鄉數百里，遙遠滿洲的……」（註一）孩子們天真地跟著節奏高唱著，魚貫走過。

「各位，那正是在宣傳我的罪行。真柄太郎是殺人凶手！殺人凶手！他們四處如此宣傳。」

笑聲再次響起。唯有樂隊的鼓聲，彷彿要替男人的演說伴奏，縈繞耳際久久不散。

「我把妻子的屍體切成五塊。仔細聽好，身體一大塊、兩隻手、兩條腿，加起來總共五塊……雖然可惜，但沒辦法……她的腿豐腴雪白。」

「你們沒聽到水聲嗎？」男人微微壓低嗓門。他的脖子往前伸，眼珠滴溜亂轉，好似要揭開天大的祕密。

「整整三七二十一天，我家的水龍頭嘩啦啦地晝夜不停放水。我把切成五塊的妻子屍體，放進四斗容量的缸中慢慢冷卻。各位，」他的音量低到幾不可聞，「這就是祕訣。這是祕訣，可以讓屍身不腐……變成所謂的屍蠟（註二）。」

「屍蠟」……某本醫書中的「屍蠟」一欄，伴隨作者充滿霉味的插圖，一同浮現我的腦海。眼前這個男人，到底想說什麼？一種難以言喻的恐懼，致使我的心像氣球般輕飄飄。

「妻子白玉凝脂般的胴體與手腳，變成可愛的蠟雕工藝品。」

「哈哈哈，你又在賣弄。從昨天起，你不知重複多少遍了！」某人突然無禮地大吼。

「喂，各位！」男人忽然大聲起來。「我都快說破嘴了，你們還不明白嗎？你們一定以為我老婆是離家出走。可是，聽好，我殺死了那女人。怎樣，嚇到了吧？哇哈哈哈哈哈。」

笑聲戛然而止，下一瞬間，他恢復正經，再次呢喃：

「這下，她總算完全屬於我。我再也不用擔心失去她。想接吻就接吻，想擁抱就擁抱。對我來說，簡直是夢寐以求的禮物。」

「不過，不小心處理會很危險，畢竟我是凶手，難保巡查不會發現。所以，我想到一個好主意。關於藏屍的地點……不管是巡查或刑警，絕對都不會發現『那個』的地方。要是不信，

註一　明治三十八年發表，由真下飛泉作詞、三善和氣作曲的軍歌〈戰友〉，其開頭的歌詞是：「此地離鄉數百里，遙遠滿洲的……」曲調通俗好記因此廣受喜愛，也成為演歌師的必備曲目。

註二　空氣不足，在硬水或鹼性土類富含水分的土中有屍體時，脂肪會石鹼化變成白色或灰白色保持原狀，此即稱為屍蠟。在本故事中雖說泡水二十一天，但實際上據說需要三、四個月。

這位先生，你看，屍體好端端地裝飾在我的店裡呢。」

男人望著我，我一時失措，不自覺轉身向後。直到剛才我都沒發現，就在我的面前，有座白色帆布遮陽篷……「西藥」……「配藥」……眼熟的渾圓歌德字體，以及，後方玻璃櫃中的人體模型（註），男人原來是「某某製藥」這家商號的藥房老闆。

「看到了吧？請好好欣賞我可愛的女人。」

到底是什麼原因，讓我不由得依他的指示行動？我竟渾然無所覺地走進遮陽篷。

眼前的玻璃櫃中，出現女人的面孔。她微露犬齒，嫣然笑著。鮮活的蠟製品長著膿瘡，底下看得見暗沉的人皮。上面遍布汗毛，足以證明那並非人工製品。

看到這一幕，我的心臟幾乎要竄到喉頭。勉強撐持搖搖欲墜的身體，我踉蹌退出遮陽篷，提防著不讓男人發現我的窘態，默默離開人群。

回首望去，人群後方站著一名員警，和其他人一樣，笑鬧著聽男人繼續演說。

「你在笑什麼？職責容許你把這件事當成笑話嗎？你不明白那個男人在說什麼嗎？不相信的話，你可以走進遮陽篷中仔細瞧一瞧。在這東京市區，居然有人公然展示人類的屍體。」我很想拍拍那名神經大條的員警肩膀，這麼告訴他。但我連實行的力氣都沒有，只能頭暈目眩地蹣跚邁步。

曳。

前方，依舊是永無止境的白色大道。蒸騰的氤氳炎陽，晒得並立的電線桿如海草般冉冉搖

〈白日夢〉發表於一九二五年

註　應是指有田音松經營的有田製藥商會。連鎖的各家分店，在櫥窗中展出蠟製性病局部模型及裸體模型當作聳動的展示品，以刺激人們購買治療性病的藥品。

戒指

A　冒昧請問一下，之前我們好像一起搭過火車？

B　原來如此。這麼一提，我倒是想起來了。一樣是搭這條路線吧。

A　當時發生的事，真是無妄之災。

B　唉，這話可說到我的痛處了。我真是捏了把冷汗。

A　你坐到我旁邊，是在經過K車站不久吧？你拎著一袋橘子和旅行箱，還好心請我吃橘子。老實講，在那一刻，我不得不認為你是愛厚著臉皮裝熟的人。

B　我想也是，那天我的確有點反常。

A　過一會兒，從旁邊的一等車廂（註）裡，喳喳呼呼地走進一群亢奮的人。其中一名貴婦指著你，向陪同進來的車掌不知在嘀咕什麼。

B　你記得真清楚。當車掌對我說「先生，抱歉冒犯了」時，我真的覺得很困惑。仔細一聽才知道，原來是指控我偷竊那名貴婦的鑽戒，實在教我驚訝。

A　不過，你的態度相當了不起。「別胡說八道，你們鐵定是認錯人，不信可以搜身。」如此冷靜的應對方式，不是隨便任何人都辦得到。

註　戰前的日本國鐵車廂分為一等、二等、三等，二等的車資是三等的雙倍，一等則是三倍。二等乘客多半是公司的管理階層或將校，一等的乘客則是董事長與將軍等上流階級。

B　你過獎了。

A　車掌表面上一副習以為常的樣子，檢查起來倒是滴水不漏。那名貴婦的丈夫，不也在你身上打量老半天？即使是那麼嚴密的盤查，還是沒找到鑽戒。提到那些人道歉的窘態，可真夠瞧的，實在痛快。

B　雖然我的嫌疑當場洗清，但在那之後，車上的乘客不時懷疑地看著我，實在吃不消。

A　只是，還真不可思議。據說，那枚鑽戒最後仍沒找到，我怎麼想都覺得匪夷所思。

B　……

A　……

B　哈哈哈哈哈。喂，我們都別再裝傻了吧。反正又沒人聽見，老是裝蒜也沒意思嘛。

A　哼，果然如我所料。

B　你滿厲害的，居然對我偷偷扔出窗外的橘子未置一詞，暗自算準時機，事後再下車撿回來。看樣子，你也算是職業高手級。

A　原來如此，我自認動作已夠迅速，也仔細找過。搞半天，原來是你搶先一步，難怪我怎麼找都找不到，最後不過撿到五顆爛橘子。

B　就是我從窗口扔出的那五顆。

A　少來。那五顆完好無缺，根本沒有挖出鑽戒的痕跡。你這前科犯，一定是搶先撿走那顆橘子了吧。

B　哈哈哈哈哈，這真是太出乎意料。事情根本不是這樣，你別開玩笑了。

A　咦，這倒是奇怪。要不然，你為什麼要把橘子從窗口扔出去？

B　你想想，那是好不容易弄到的上等貨色。就算真的塞進橘子裡，我會捨得扔到不知會被誰撿走的鐵軌旁嗎？那顆橘子會乖乖躺在掉落的地方，等你傻傻去撿，才真的是奇蹟。

A　你還是沒解釋扔橘子的原因。

B　先聽我講嘛，事情是這樣的。當時我確實有點失手，不慎被那女人的老公發現。我心想大事不妙，除了落荒而逃，根本無暇顧及其他。可是，等我坐到你旁邊，一看對方並未立刻追來，便猜想他們一定是去通知車掌。我心裡七上八下，更加不敢大意。到手的寶物該怎麼處理？情急之下，連我平日自豪的機靈都施展不出。說來丟臉，那一刻我能做的，只有焦躁不安。

A　原來如此。

B　突然，我靈光一閃，想到一個妙計。就是利用那個橘子。我猜想，如果你看到我把橘子往外丟，絕不可能悶不吭聲，一定會乘機大肆吹噓自己的功勞。到時，所有人得知我把整袋橘子扔出去，注意力一定會轉向掉落窗外的橘子。把東西藏在橘子裡，事後再撿回來，這已是老套，但誰都想得到鑽戒。如此一來，就算是搜身，車掌也會暗想，東西八成不在這傢伙的身上，而是在外頭，自然不會搜得太過仔細。你懂了吧？

A　原來如此，你想得真周到。我上當了。

B　可是，你明明知情，卻一句話也不說。我一直在等你什麼時候要開口，可是你偏偏不吭聲。即使真的到了搜身的時候，你依然保持緘默。我心裡不禁嘀咕：「倒是出乎意料啊。這小子一定打算裝作沒事，之後再去撿回來。」雖然情況緊急，我還是忍不住覺得好笑。

A　哼哼，獻醜了……可是，慢著。這麼一提，你到底把那玩意藏去哪裡？車掌明明搜遍你全身上下，從嘴巴到耳朵，沒有任何地方忽略，最後仍沒找到鑽戒。

B　你真是傻得可愛。

A　奇怪，這我就不懂了。事到如今，我不問個明白實在不甘心。別賣關子，趕緊傳授一下訣竅，供我日後參考嘛。

B　哈哈哈……好了啦。

A　好什麼好，你別吊胃口，否則我還是難以置信。

B　被你當成騙子，真是不舒服。我就告訴你吧，聽完可別生氣。其實，我偷偷放在你掛在腰際的菸盒底下。話說回來，當時你全身上下簡直到處都是空隙。哈哈哈哈哈，咦，你問我什麼時候把鑽戒拿回去的？那還用問，當然是你急著要去撿橘子，匆匆走出剪票口的那一刻呀。

〈戒指〉發表於一九二五年

夢遊者之死

彥太郎遭棉布批發店辭退，回到父親身邊已過三個月。對他來說，靠著在舊藩主M伯爵家辛苦打雜餬口、年過五十的父親養活，絕非樂事。為了設法找到工作，他拉下老臉四處請託，自己也到處奔走，但正逢不景氣（註），他不僅沒學歷，更無一技之長，自然沒店家願意僱用。雖然有一間商家回覆，如果他願意住在店裡，倒是可以考慮，他卻拒絕了。因為他有無法住在店裡工作的苦衷。

彥太郎從小就犯說夢話的毛病。他會字字清晰地說著夢話，旁人若不知情，順勢回答，他還會接過話，持續沒完沒了的一問一答，等早上醒來卻不復記憶。由於他說夢話的語調，清晰到令人毛骨悚然，在鄰里之間轟動一時。這個毛病，在他從小學校畢業進入職場後，曾收斂好一段時間，不知為何，過了二十歲竟再度復發。最麻煩的是，這個毛病愈來愈嚴重。

好一陣子，每到半夜他便會搖搖晃晃地起床，在附近走來走去。這還算是輕微的症狀，嚴重的時候，他甚至會在睡夢中把大門——僱用他並提供吃住的棉布批發店的門鎖打開，繞著町內逛上一圈，再把門關好，回床上睡覺。

若只是這種不會干擾到別人的行為，頂多說聲「這傢伙怪嚇人的」也就沒事。問題是到最

註　創作這個故事的大正十四年正是關東大地震的兩年後，正值第一次世界大戰結束後百業蕭條，兩年後的昭和二年又面臨金融危機。這一年細井和喜藏所著《女工哀史》出版。

後，他會在夢遊時將別人的物品拿回來，不知不覺成為小偷。這種情況一再發生，就算是夢中的行為，店裡也不可能僱用小偷。眼看再熬個三年就可學成出師、獨立開店，在這尷尬的時間點，他終究還是被趕出棉布批發店。

起初，得知自己是夢遊病患時，他受到嚴重的打擊，不惜拿出微薄的零用錢請醫生好好診治。同時，他大量購買各種醫學書籍，試著自我療癒。或者求神拜佛，戒掉最愛吃的麻糬以許願祈求康復。不料，棘手的惡疾依舊無法根治。不，不僅無法根治，甚至益發嚴重，終於犯下那起駭人聽聞的夢中犯罪。啊，我真是個造孽的人——除了悲嘆自身的不幸之外，他已求助無門。

目前為止，唯一值得慶幸的是，他尚未變成法律上的罪人。然而，今後難保不會為了什麼事犯下更嚴重的罪。不，就算在夢中殺人也未嘗不可能發生。

無論是看書或聽人敘述，夢遊病患殺人似乎都不稀罕。他記得十分清楚，在棉布批發店工作時，負責煮飯的老爹提過一個讓人聞之色變的故事，而且，那是老爹年輕時的親身經歷。故事是說，一名以美德受到村民讚賞的婦女，竟在睡夢中揮舞割草用的鐮刀，親手殺害丈夫。

想起這件事，每到晚上他就深覺惶恐。在一般人眼中是休養整日疲勞的安眠之床，唯獨對他而言，簡直成了地獄。好在搬回家後，暫時不再發病。只是，面對這種暫時好轉的情形，他絲毫無法安心，導致他再也提不起勇氣接受提供吃住的工作。

可是，站在父親的立場，好不容易找到工作，他卻毫不猶豫地推辭，實在無法理解。父親對於他長大後再次復發的毛病一直不知情，連兒子是因什麼過失遭棉布批發店辭退都不清楚。

父親只知某日，一輛黃包車進入M伯爵的門長屋（註），在隔成三張榻榻米和四張半榻榻米房間的狹小住處前放下拉桿，兒子彥太郎一臉難看地拎著行李走下。父親大吃一驚，忍不住問他是怎麼回事。他敷衍著以鼻音嗤笑，淡淡說出一點醜事。

翌日，棉布批發行的老闆寄來一紙書信。信上寫著，這次因故暫時決定遣回令郎，但絕非令郎有任何過失云云，盡是慣常的老套說詞。

收到這封信，父親當下認定，一定是他在茶屋學會喝酒，挪用公款。之後，只要一有空就會命他坐在面前，罵他是沒出息的窩囊廢，以老派人的思維提供意見。

彥太郎剛搬回來時，若坦白吐露真相或許也就沒事，但他找不到適當時機進一步解釋，導致父親不斷誤解，甚至猛對他說教。情況嚴重到不管發生任何事，他都不願談及復發的病。

母親在三年後過世，他沒有兄弟姊妹，只剩父子倆相依為命。正因是這樣的關係，那種或

註　武士或富農宅邸將長屋的一部分做成門。長屋除了供守門人和家僕居住，也用來當作倉庫。

可稱為近親相憎的微妙情感，使得彼此隱約感受到隔閡。他賭氣隱瞞病情，多少是受到這種微妙的情感因素影響。另一方面，畢竟年屆二十三歲，他實在不好意思坦承自身的毛病。在這個節骨眼上，他推掉難得找到的工作機會，父親當然會更加氣憤。彥太郎受到影響，變得莫名暴躁。情況演變至今，雙方只要一開口就會大吵，不然就是沉默瞪視好幾個小時。今天也是如此。

連續下了兩、三天雨，彥太郎當成日課的散步無法成行。從附近租書店借來的講談本（註二）都看完了，他頓時無所事事，不知如何排遣時間，只好茫然坐在父親的小桌前。

家裡小到最多只能隔成四張半榻榻米和三張榻榻米的空間。從榻榻米、牆壁乃至天花板，到處都很潮濕，一種讓他不由得聯想起父親的刺鼻臭味撲面而來。加上正值燠熱的八月中旬，即使下雨依舊悶熱難耐。

「哼，去死、去死、去死……」

他抓起桌上以鉛屑凝鑄而成的笨重文鎮，狠狠敲打桌子，賭氣般叫喊。過一會兒，又陷入沉默。每當他不發一語，肯定是在做十萬圓的發財夢。

「啊，要是有十萬圓該有多好，我就不用工作，光靠利息就足夠生活，連我的病也可延請名醫治療。只要多花一點錢，不可能治不好。爹也一樣，都這把年紀了，用不著再卑躬屈膝地替人打雜。這一切，全需要錢、要錢。有十萬圓就好辦了。倘若有十萬圓，銀行利息是六分利，一年六千圓，一個月便會多出五百圓嗎？實在太棒了……」

於是，腦中浮現以前棉布批發行的掌櫃帶他去過的茶室情景，還有坐在身旁那名濃眉藝伎的身影、聲音和風情萬種的姿態。

「對了，剛才想到哪裡？啊，十萬圓。可是，到底要上哪裡弄到這麼大筆的錢？可惡，去死、去死、去死……」他再次抓起文鎮狠狠敲打桌面。

重複這些舉動時，電燈乍然亮起，父親回來了。

「我回來了。傷腦筋，這雨可真大。」

最近，只要一聽到這個聲音，一種不寒而慄的感覺便油然而生。

父親把雨水弄髒的鞋子收拾乾淨後，疲憊地往四張半榻榻米房間窮酸的長方形箱式火盆前一坐，脫下濕透的深藍立領外衣，僅穿一件縐綢衫（註二），再從長褲口袋取出銅製菸管（註三），抽根菸放鬆。

註一　把講談師的講談內容速記下來記錄成冊，和明智小五郎的模特兒神田伯龍不同，第二代的伯龍出版了許多講談本。後來成為大眾文藝的來源之一。

註二　crépe shirt，夏天穿的縐綢內衣。

註三　便於攜帶的金屬製扁平菸管。

「彥太郎，你煮了什麼吃的嗎？」

雖然父親一再要求他負責煮飯，但他幾乎從未聽命行事。尤其是早餐，父親多半一邊嘮叨，一邊自己生火。今天，當然也沒準備任何吃的。

「喂，你幹麼不說話？你看你，水也沒燒，害我連身體都不能擦。」

不管說什麼彥太郎都不回話，父親無可奈何，只得發出嘿咻一聲，起身走進廚房，窸窸窣窣地準備起晚餐。

彥太郎聽著廚房傳來的動靜，定睛凝視桌前牆壁。他的心中，正激盪著不知該以憎恨或悲傷形容的情感。在天氣好的日子，遇到這種尷尬的情形時，他一定會二話不說就出門，隨意在附近信步閒逛。倒楣的是，今天根本無法出門，只能沒完沒了地與水氣弄髒的牆壁大眼瞪小眼，什麼事也做不成。

不久，以烤鮭魚充當貧乏晚餐主菜的父親，享受起晚酌這唯一的樂趣。之後，當酒喝掉一半時，他總算漸漸恢復精神，開始那套老掉牙的說教。

「彥太郎，過來一下……你為什麼都不回答我？叫你過來，你乖乖過來就對了。」

他繼續坐在桌前，不耐煩地稍微轉個方向，今晚頭一回正眼面對父親。映入眼簾的，竟是除了禿頭和臉上的皺紋之外，皆與自己一模一樣的面孔。此時，父親瞠大的渾濁雙眼，已被酒精染得通紅。

「你每天這樣遊手好閒，難道不覺得可恥嗎……」父親漫無邊際地舉出別人的兒子為例，最後說：「我啊，並沒有要求你養我。只是，拜託你千萬不要拖累我這個老頭子，整天無所事事。這樣你聽懂了嗎？你到底是懂，還是不懂？」

「我知道啦。」彥太郎氣沖沖地回答。「不是說了嗎？我正在拚命找工作。找不到工作我有什麼辦法。」

「怎麼會找不到？上次某某先生介紹的工作，你為何拒絕？我真不明白你到底在想什麼。」

「不是解釋過，那份工作必須住在店裡，我才不喜歡的嗎？」

「住在店裡有什麼不好？通勤或住在店裡，不是都一樣？」

「……」

「你以為自己有資格挑三揀四嗎？之前的工作怎會搞砸？就是你太任性。你或許自以為可以獨當一面，其實你根本什麼都不懂。別人好心介紹工作，你乖乖上工就對了。」

「講這種話有什麼用，工作都推掉了，事到如今還能怎樣？」

「所以，我才說你簡直目中無人。不跟我商量一下，就擅自回絕的是誰？擅自回絕工作，還有臉說『事到如今也沒辦法』，你像話嗎？」

「那你到底要我怎樣……既然我在家這麼礙眼，我出去總可以了吧。放心，我明天立刻搬走。」

「混、混帳，這是你對父親該有的態度嗎！」

父親抓起面前的酒瓶，擲向彥太郎的眉心。

「你幹什麼！」

剛這麼大叫，他已撲向父親。這舉動實在太瘋狂，兩人迅速展開一場激烈的父子搏鬥。諷刺的是，這並非今晚才有的戲碼。這陣子幾乎每晚都會上演一回，早成為日課之一。

每一回打鬥的過程中，總是彥太郎先受不了，哇地放聲大哭……他到底為何如此傷心？一切都令人悲傷。穿立領西服賣老命工作的五十歲父親，賴在父親家中無所事事的自己，面積僅有三張榻榻米與四張半榻踏米大，宛如乞食小屋的家，看起來多麼可悲……

接下來，還會上演什麼戲碼？

父親從火盆的抽屜取出浴牌，想必是去澡堂。半晌，父親回來後，一副要討好他似地說：

「完全放晴了呢。喂，你睡了嗎？月亮很美，你不去院子看看嗎？」

父親說著，已從緣廊走下庭院。彥太郎俯臥在四張半榻榻米大的房間牆邊，維持著之前號啕大哭時的姿勢，動也不動。他連蚊帳都沒掛，任由蚊子叮咬，與鬧彆扭的妻子沒兩樣，自暴自棄地像念經般在腦中不斷重複口頭禪「去死、去死……」。終於，他不知不覺睡著。

之後又發生什麼事？

第二天早上，門戶大敞的緣廊射進刺眼的日光，彥太郎一早就醒了。此時屋裡分外空蕩，四周一切仍如昨晚，沒掛蚊帳也沒鋪被子。

父親大概出門工作了吧，他一看時鐘，才剛六點而已。他忽然感到有點不對勁，於是揉著惺忪睡眼，不經意望向院子。這一望可不得了，父親竟倚著院中的籐椅，軟軟地癱著身子。

該不會還在睡吧？彥太郎心口莫名騷動，套上放在廊邊的木屐，急忙走到籐椅旁仔細觀察——各位讀者，人的厄運還真說不準會在何時到來。當時緣廊邊有兩雙木屐，他穿的是朴木做的晴天用矮跟木屐，倘若他穿的是另一雙桐木做的家常木屐，也許事情不會演變到之後的地步。

走近一看，彥太郎大吃一驚，父親居然死了。他的雙臂從籐椅扶手頹然垂下，腰部折成兩半般彎著身子，頭和膝蓋幾乎黏在一塊。因此，就算不想看，也會看到他的後腦杓有個嚴重的傷口。即使沒出血，但顯然是致命傷。

父親那彷彿假人、僵硬的奇妙姿態，被夏日早晨燦爛的陽光照亮。一隻蒼蠅發出低沉的拍翅聲，在死者頭頂上不斷盤旋。

事出突然，彥太郎幾乎懷疑是在做噩夢，茫然佇立半晌。然而，這不可能是夢，於是他衝向庭院相連的伯爵府邸玄關，將事情轉告一名正巧站在門口的書生（註）。

接到伯爵家的電話後，警方一行人很快趕到現場，其中包括法醫。警方首先對屍體進行勘驗，當下判斷彥太郎的父親是「因鈍器撞擊引起腦震盪」，推估約在昨夜十點左右身亡。另一方面，彥太郎也被叫到分局長的面前接受偵訊。伯爵家的總管同樣遭到警方訊問。可惜，兩人都提不出任何可供警方參考的訊息。

警方著手搜索命案現場。除了局長之外，還有兩名西裝打扮的刑警唇槍舌劍忙著展開種種議論，即使如此，依然俐落、不失專業地進行調查。彥太郎和伯爵家的傭人在一旁無助地觀望。面對突如其來的事態，彥太郎完全喪失思考能力，直到此時，他都沒察覺到任何可疑的事。儘管心頭不時湧現難以名狀的不安，但那是從何而來，他根本一無所知。

美其名為庭院，其實不過是彥太郎家後門外約四、五間見方的清冷空地。彥太郎家對面是伯爵居住的三層洋房，右邊隔著一堵高牆面向馬路，左邊則是通往洋房的玄關。中央放著主人家老舊幾近崩壞的籐椅。

警方當然是針對他殺的方向進行調查，可惜，屍體周遭並未發現疑似加害者留下的物品。

空地的每個角落也都搜遍，除了沿著洋房種植的五、六棵杉樹外，僅剩一片沒種樹、也沒設置盆栽的空曠沙地，更找不到石塊、木條，乃至一切足堪做為凶器的物品。

唯一可疑的地方，就是距離籐椅約一間之處，在杉樹下的雜草叢裡，掉落一束大麗花。只是，當時沒人留意到這束花。或者該說，縱使看到也沒特別放在心上。他們在意的大多是一條手巾、一個皮夾等所謂的遺留物。

調查進行到最後，可供參考的線索僅剩腳印。幸運的是，這陣子一直在下雨，地面變得較以往濕滑，前晚雨停後的腳印如今仍清楚殘留在地上。不過，打今早起，不斷有人來來去去，想藉此逐一調查，得費不少工夫。過了好一會兒，總算逐一釐清這是誰的腳印、那又是誰的腳印，最後留下一雙可疑的腳印。

從腳印來判斷，是鞋幅很寬的家常木屐。只見到處遍布同一雙腳印，對方似乎曾在這一帶徘徊。與此同時，一名刑警循著腳印的行進方向搜索，意外發現腳印是從彥太郎家的緣廊出發，之後又回到緣廊。而且，緣廊慣見的脫鞋石上，放著一雙與那腳印一致的舊桐木家常木屐。

註　寄宿在有親戚關係的學者、資產家或政治家的家中，一邊幫忙打理家務一邊做學問的學生。

刑警一開始調查腳印，彥太郎就注意到那雙桐木舊木屐。自從發現父親的遺體，他一次也沒進過屋裡，由此可斷定，腳印一定是昨夜留下。那麼，到底是誰穿過那雙木屐……

這一瞬間，他想通一件事，好不容易勉強支撐著沒當場昏厥。此刻，彷彿有種黏稠的液體在腦中攪和，他的雙眼失焦，四周景色倏然模糊。接著，他揮舞桌上那沉重的文鎮朝父親腦門砸下的淒厲景象，如幻影般歷歷浮現。

「逃吧、逃吧，趕快逃走。」

不知是誰在他的耳邊不停慌張吶喊。

他拚命企圖裝作若無其事，一步一步緩緩遠離伯爵家那群傭人。對他而言，不知得費多大的努力，才能不著痕跡地離開現場。總覺得隨時會被人攔下，大喝一聲「站住」。眼下的他，早嚇得六神無主。

所幸，沒有任何人發現他反常的舉動，得以安然退回家屋的陰影處。接下來，他一口氣衝向大門。定睛一看，門前停著一輛警用腳踏車，他二話不說倏然跳上車，也沒既定目標，隨即埋頭猛踩踏板。

兩側的房子唰唰唰地飛向後方。好幾次，他都差點撞上行人跌下車子。一路上，他就在驚險的場面中勉強閃過行人繼續奔馳，根本不清楚目前到底身處哪一區。即將抵達熱鬧的電車大道時，他轉彎朝冷清僻靜的地方騎去。

不知在大太陽下騎了多久，彥太郎覺得應該逃離現場超過十里，只是，東京的街區遲遲不見盡頭，或許他其實一直繞著同一個地方打轉。他倉皇地騎著，砰一聲，突然發出巨響，腳踏車頓時報廢。

於是，彥太郎扔下腳踏車，拔腿狂奔。他滿身大汗，白底藍花的和服像泡水般濕透。雙腳笨重如木棒，完全失去知覺，小小的障礙物也足以將他絆倒。

彥太郎累到喉嚨乾渴，如氣喘病般咻咻作響，心臟在胸口亂跳。他已忘記最初到底是為何非跑不可，只有眼前浮現慘絕人寰的弒父幻影，催促他往前狂奔。

於是，一町、兩町、三町，他彷彿醉鬼一般，摔倒再爬起來，摔倒又爬起來繼續往前狂奔，好在這令人心痛的努力並未持續太久。體力耗盡的剎那，他倒地不起，動彈不得。沾滿汗水與灰塵的身體，在盛夏的毒辣日光下無情曝晒。

不久，接獲路人通知趕來的警官，抓著彥太郎的肩膀，試圖將他拉起時，他曾稍微掙扎欲逃，遺憾的是，那是垂死前的掙扎。最後一刻，他在警官懷裡斷氣。

彥太郎逃亡期間，針對伯爵宅邸裡的父親遺體，警方的調查有什麼新進展？

當警方發現彥太郎不見時，他早竄逃至半里之外。局長很清楚現下去追已太遲，立刻毫不猶豫地借用伯爵家的電話，向總局報告事態的發展，並下令通緝彥太郎。一切安排妥當後，他們繼續埋首於現場搜證工作，一邊等待檢察官到來。

他們都深信彥太郎就是凶手，理由是現場遺留的唯一線索桐木木屐，是在彥太郎家的緣廊發現，而研判應為木屐主人的彥太郎則逃之夭夭。兩項不動如山的事實，證明他的罪行。只是，彥太郎為何殺害親生父親？還有，身為凶手，他為何一直到警方趕來才企圖逃逸，徒留兩個疑點在現場。所幸，這些問題只要抓到他自會分曉。豈料，就在案情看似告一段落，竟出現意外轉折。

「殺死那個人的，是我。是我。」

從伯爵家冒出一名臉色慘白的男子，朝局長慌張跑來，劈頭就說出驚人的話。而且，對方簡直像熱病患者，不斷重複著「是我、是我」。

以局長為首的所有刑警，當場目瞪口呆，望著莫名奇妙的闖入者。天底下有這種道理嗎？這個人總不可能穿著彥太郎家的桐木木屐到處走來走去，真是如此，他是怎麼在不留任何足跡的情況中，犯下殺人罪？出於好奇，他們決定先聽聽這名闖入者的說法，再來判斷。

沒想到，他說的事實出乎所有人的意料，稱其打破警方有史以來的紀錄也絕不誇張。這個人（他是伯爵家的書生之一）告白的內容如下。

昨天，由於伯爵家來了幾位客人，便在洋房三樓的大宴客廳款待晚餐。等到結束飯局、客人紛紛離去已是九點左右。這名書生奉命收拾善後，正在廳內四處忙著時，忽然被地毯絆倒，放在房間角落的花瓶架子隨即順勢倒下，架上的物品也從敞開的窗口飛了出去。

若是花瓶，想必不會發生這種陰錯陽差的情形。可惜，飛出窗外的東西雖然放在花瓶架上，卻不是花瓶，而是五、六小時內便會融化到無影無蹤的冰塊。這原來是裝飾用的花冰。盛水的器皿固定在架上，因此，當架子倒塌時，只有上面的冰塊掉落而已。這些冰塊從白天起便放在室內裝飾，大半都融化，幾乎只剩下中心部分，但足夠致使一個老人腦震盪。

那名書生驚恐地從窗戶探頭往下窺視。當他藉著月光，發現打雜的老人因冰塊掉落當場死亡時，不知有多錯愕。雖是無心之過，但畢竟殺了人。想到這裡，他坐立難安。該通知其他人嗎？怎麼辦？左思右想之際，時間分秒流逝。若是神不知鬼不覺地拖到明早，又會如何？他不禁萌生逃避的念頭。

不用提，到時冰塊已完全融化，但和冰塊一同飛出窗外的大麗花勢必會留在現場，但或許根本不會有人發現。還是，該趕緊撿回剩下的冰塊呢？不不不，萬一被發現，豈不是坐實自己的罪狀。他不停鑽進被窩胡思亂想，整晚不敢闔眼。

第二天早上，事態竟往意外的方向發展。他從同伴口中聽聞詳細情況後，暗自慶幸自身的好運。但他畢竟本性善良，實在無法裝聾作啞、一副事不關己的樣子，想到有人莫名替自己揹上可怕的罪名，他的背脊不住發涼。縱然能躲過一時，遲早會有真相大白的一天。經過一番內心交戰，他決定向局長自首。這就是事情經過。

聽完他的告白，面對令人驚愕又措手不及的事實，一時之間，在場眾人只能面面相覷。

話說回來，彥太郎未免太急躁。那名書生出面解釋一切時，距彥太郎逃離伯爵宅邸其實不到三十分鐘。此外，只要他——不，就算不是他，只要刑警或伯爵家的任何一個人，稍微留意那束掉落在杉樹底下的大麗花，想通其中代表的意義，彥太郎就不會枉送性命。

「不過，這就奇怪了。」過一會兒，局長面帶不解地開口。「這腳印又是怎麼回事？還有，死者的兒子為何要逃？」

「我知道了、我知道了。」試穿那雙桐木木屐的刑警高聲回答：「腳印根本不是問題。一旦穿上這雙木屐就會明白，木屐早已裂開。乍看沒什麼不對勁，穿上後會發現木屐從中央裂開，差一點分家。無論是誰穿上這雙木屐，都不會感到舒適。一定是被害者在院子裡走著走著，覺得腳底不太舒服，回頭改穿另一雙。」

倘若這名刑警的推測無誤，他們先前等於是對被害者的腳印大驚小怪。這是何等諷刺的失誤啊。他們的思緒完全被「一旦發生命案必定會有凶手腳印」的既定想法絆住。

兩天後，自M伯爵家的大門抬出兩具棺材，不幸的夢遊病患彥太郎和他父親長眠其中。所有人聽說後，都對他們父子的意外身亡深表同情。唯獨當時彥太郎企圖逃亡的動機，為人們留下永久不解之謎。

〈夢遊者之死〉發表於一九二五年

百面演員

一

這是我學生時代發生的故事，可說是陳年往事。年代也無法確定，不過，我想日俄戰爭應該剛結束。

當時我才中學畢業，原想繼續升學，但我的家鄉並未設置高等學校，加上家境又沒富裕到足以供我前往東京求學，只好耐心地逐步完成自己的志願——先擔任小學教員（註一），等錢存夠再到東京求學。在那個年代，靠自己掙錢、存錢的求學之路算是稀鬆平常，畢竟是和薪水比起來，物價相對便宜許多的時代。

我要說的故事，就是在我當小學教員的期間發生（雖說是發生，其實也不是什麼了不起的大事啦）。某日，那是至今我依然印象深刻，像特意安排好的、格外陰霾的初春週日。我出門拜訪任職於本地區（說是地區，其實是某某市）報社編輯部的中學時代學長R男。當年每逢週日，造訪學長是我的樂趣之一。因為他的學識淵博，尤其喜歡調查一些異常偏激、詭異的事。

註一　當時的日本，中學畢業生只要當兩年代課教員（沒有正式資格的小學教員），便可取得正式教員的資格。

註二　平田篤胤（一七七六～一八四三），江戶後期的國學家。除了國學之外，平田也以研究傳說和神話而聞名於世。

無論哪種領域他都有所涉獵，例如文學，舉凡詭異、帶有古怪祕密——我想想看喔，以日本作品來談，大概類似平田篤胤（註二）、上田秋成（註三）等；外國文學家的話，大概類似史威登伯格（註四）或威廉·布雷克（註五），或者你常提到的愛倫·坡，都是他樂於研究的對象。關於市井發生的事，一方面可能是基於新聞記者的職業病，他擅長將不為人知的離奇事件調查得水落石出，更經常以此震驚眾人。

只是，介紹他的為人並不是這個故事的目的，我就不深入多談。只要問問在上田秋成的《雨月物語》中，他最喜歡哪個故事，便可瞭解他的個性，進而體會我受到他的影響後的轉變。

他認為《雨月物語》的每一篇文章都很棒。那如夢似幻的散文詩，還有力透紙背、蠢蠢欲動的詭迷氛圍，在在令人心動不已。其中又以〈蛇性之婬〉和〈青頭巾〉備受他的青睞，因此，他常大聲朗讀給我聽。

下野國（註六）某處鄉里的法師非常寵愛一名年約十二、三歲的童子。有一天，那名童子因病死去，「在過度悲傷下，沒火化也沒土葬，法師與童子臉貼著臉，手握著手，糾纏多日。甚至在心神昏亂下，竟如童子生前般淫戲。他實在不忍心看著肉塊漸漸腐爛，禁不住對童子的屍體吸肉舔骨起來，簡直到了無法自拔的地步。」這段文字至今仍讓我印象深刻。套用現代的說法，應該算是一種變態性欲吧。R對這類描寫手法極為偏愛。如今想想，也許是他本身就偏好這種變態性欲。

說著說著，突然有點離題。如前面所提，我去找R的時候，正是週日的中午。他和平常一樣伏在桌前，翻閱某本書。我一走進去，他便滿臉雀躍地開口：

「啊，你來得正好，有樣東西一定要讓你瞧瞧。這玩意可有趣了。」

他劈頭就這麼說，約莫是又挖到什麼珍本奇書，我忍不住回答：

「務必讓我見識一下。」

沒想到，他居然起身匆匆準備出門，同時表示：

「在外面。陪我去某某觀音寺（註七），我想讓你見識的東西就在那裡。」

出於旺盛的好奇心，我禁不住問他某某觀音寺那邊到底有什麼好看的。然而，他的老毛病

註三　上田秋成（一七三四～一八〇九），江戶中期的國學家、詩人、小說家。代表作《雨月物語》為怪異小說集，安永五年（一七七六）初刊。包含〈白峰〉、〈菊花之約〉、〈淺茅之宿〉、〈夢應之鯉〉、〈佛法僧〉、〈吉備津之釜〉、〈蛇性之婬〉、〈青頭巾〉、〈貧福論〉等五卷九話。本文所介紹的是〈青頭巾〉。

註四　Emanuel Swedenborg（一六八八～一七七二），瑞典靈視者、科學家。擔任皇家礦業大學顧問，同時也致力傳揚心靈主義。

註五　William Blake（一七五七～一八二七），英國詩人、畫家，發表神話敘事詩〈預言書〉。

註六　即現今的栃木縣。

註七　距離後述的熱田也很近，因而可能是指名古屋市中區的大須觀音寺。

又犯了，堅持等我看過就會知道，一點蛛絲馬跡也不肯透露。無奈之下，我只好默默跟著R前往目的地。

前面提過，這是個陰霾得彷彿隨時會打雷的陰天。當年還沒有電車，我們走了約半里路已渾身大汗。沿途，周圍的氣氛跟天氣一樣悶得化不開，流露出一種詭譎的沉靜。R不斷轉頭對我說話的聲音，彷彿自一町之外傳來。若人會發瘋，一定就是在這樣的日子吧。

某某觀音寺其實有如東京的淺草，境內坐落著形形色色做為表演場地的小屋，當然也有劇場。由於這裡是鄉下，整體氣氛更顯頹廢、蕭瑟。如今很少類似的規定，但我任職的學校嚴禁教師看戲。對於我這個熱愛戲劇的人，這規定讓我傷透腦筋。擔心丟飯碗的我，只能盡量遵守禁令，避免前往某某觀音寺。因此，某某觀音寺裡上演的戲劇或雜耍表演，我一概不知（當時戲劇表演幾乎不在報上登廣告）。抵達目的地後，R一臉得意地指向某劇場的招牌。那招牌還真是奇怪。

適才返國的百面演員某某先生隆重登臺

演出偵探奇聞《怪美人》（註一）五幕

淚香小史（註二）的翻案小說中有一篇〈怪美人〉，但細看之下才發現內容並非出自淚香的小說，而是更為荒唐無稽、怪誕至極的情節。有趣的是，部分情節又令人聯想到淚香小史。如今在租書店似乎還找得到這本書，應該是淚香的作品尚未改版前的八開廉價小冊吧。不知你可曾看過那本書的插圖？若有機會重新欣賞這些插圖，頗有一股說不出的韻味。在我回味淚香小史的作品時，這位某某先生主演的戲碼，彷彿那些插圖活生生在我面前動了起來。

演出的場地是座破舊的劇場，宛如黑色土倉庫的牆壁大半剝落。就在牆腳前，無蓋的泥溝散發令人作嘔的臭氣，汩汩流過。溝旁並排站著一群流鼻涕的小鬼，仰望著偌大的招牌。周圍大致就是這般淒楚的景色，唯獨招牌是嶄新的，畫風頗為獨特。雖然依舊是一般戲院的招牌畫法，但約莫是模仿西洋風格，畫中彎著腿的紅毛碧眼紳士，及全身披掛著層層疊疊的布料、臉孔格外腫大的洋裝美人，以特殊風格的裝扮打破日式傳統。要是那幅招牌留到現代，肯定會是很有價值的歷史藝術品。

在造型如同公共澡堂櫃檯、無窗口的售票處購買木片入場券後，我們走進場內（我終究還是違反教師禁令）。場內和外頭一樣破舊，沒鋪地板的場內毫無區隔，僅鋪著骯髒的草

註一　實際上，在淚香小史，也就是黑岩淚香的著作中並沒有這個名稱的作品。
註二　淚香小史（一八六二～一九二〇），明治時代的翻譯家、推理小說家、記者。

席（註），上面到處散落著紙屑、橘子皮和蠶豆殼。一不小心，就會有噁心的不明物體黏在腳底，簡直慘不忍睹。不過，以當時的整體環境來看，這種情形或許很普遍，畢竟這座劇場的規模在當地算是第二或第三。

兩人踏進場內，戲已開演。與招牌同樣充滿異國情調的舞臺上，每一個出場人物都打扮得像洋人。我心想：「這個有趣，R果然讓我見識到一齣好戲。」因為那正與我們的興趣不謀而合……這是我當下單純的想法。可是，之後我才瞭解，R其實有更深層的目的。與其說他是帶我去看戲，不如說他是為了讓我觀察劇中出場的人物之一，也就是擔綱主演的百面演員。

印象中劇情似乎挺有趣，實際上我已不太記得，更何況，劇情跟我要說的故事沒什麼關聯，不如在此略過。總之，內容大致是以神出鬼沒的怪美人為主角，是一齣情節頗富變化的推理劇。即使這年頭推理劇不再盛行，但其實滿好看的，主演怪美人的就是這位百面演員。在劇裡，怪美人為了躲避警方及其他人的追捕不停喬裝，讓人看得眼花撩亂。忽男忽女、忽老忽少，忽為貴族、忽為賤民，偽裝成各種身分。這想必正是「百面」這個稱號的由來，他的喬裝技巧的確高明，與舞臺上的警察比較起來，觀眾不時被他變化多端的身分矇騙，大概就是所謂的神乎其技吧。

原本我想坐後排就好，但R不知為何，選了緊靠舞臺邊的位子。我們與舞臺演員的臉近到幾乎僅相隔一間的距離，連小細節都看得一清二楚。不過，縱使這麼近距離觀賞百面演員的喬裝，我依然看不出任何破綻。扮女人就是女人，扮老人就是老人，變身得異常徹底。拿臉上的皺紋來說吧，若是一般演員，往往是以顏料在臉上一筆一畫慢慢完成，觀眾只要從側面便可一目瞭然，豐潤緊繃的臉頰上，會莫名出現黑色暗影，看起來十分滑稽。百面演員不同，不知他是如何辦到的，竟能在皮膚上刻畫出道地的皺紋。不僅如此，每當變裝時，他甚至連臉型都會完全改變，有時是圓臉，有時又變得較為細長。眼睛和嘴巴忽大忽小也就算了，但他連鼻子和耳朵的形狀都能隨心所欲改變。這到底是我的錯覺，抑或是運用某種密術才能達到的境界？至今仍是我心頭的不解之謎。

正因如此，即使他登場出現，我也無從聯想到站在舞臺上的就是百面演員，頂多依據出場順序表猜出應該是他。由於太不可思議，我忍不住悄悄問R：

「那真的是同一人嗎？搞不好，所謂的百面演員根本不止一人，而是由多名替身組成的團體名稱，在整個節目中輪番上場吧？」實際上，我就是這麼認為。

「不，不是你想的這樣。注意聽他的聲音，聲音沒那麼容易喬裝，雖然可巧妙變化，畢竟

註　用莎草科多年生草本植物藺草的莖編織而成的席子。

仍是同一種音調，不可能剛好同一個團體裡有那麼多音質接近的人。」

原來如此，經他提醒，似乎真的是同一人。

「其實，如果我在毫不知情的狀況下來看戲，一定會跟你產生相同的懷疑。」R解釋道。

「這次，我事先充分預習。恰恰在這齣戲上檔前，百面演員某某造訪過我任職的報社，還在我們面前實際表演他專業的喬裝技術。其他同仁似乎對這玩意沒太大興趣，我卻頗為震驚，沒想到世上竟有如此精采的奇術。當時某某的氣焰之高也值得一聽。他首先陳述變裝術在歐美的歷史，並介紹這門技術現今達到何等成熟的境界，而我們日本人礙於皮膚及頭髮等限制，在許多方面無法模仿得維妙維肖，因此他針對這些限制是如何苦心研究，好不容易突破瓶頸學成一身好本領等，滔滔不絕地詳述他一路走來的甘苦談。他的口氣彷彿在誇耀，『不管是團十郎或菊五郎（註一），放眼日本雖然廣闊，恐怕也找不出比老子更棒的演員』。據他自稱，他很快就會離開這座城鎮（這可是他的出生地）踏上東京的華麗舞臺，將他傾注一生的技藝介紹給全天下。那意氣風發的樣子十分可愛，但可悲的是，他對技藝這門專業做了錯誤的詮釋。他以為能夠不著痕跡地變身各種人物，是成功演員的首要條件，而且認定變化自如的自己，理所當然是世界第一名伶。從鄉下竄起的表演者，往往都有自我膨脹的心態。熱田的神樂獅子舞（註二）就是最明顯的例子。略過這些缺點不談，他們的技藝當然還是有存在的價值啦……」

聽完R這番詳細的解說，重新觀賞舞臺表演，別具一番風味，而且愈看愈深深感到百面演員的精湛技巧，甚至會覺得這樣的男人若真是小偷，一輩子都能躲過警方的追查吧。

最後，劇情直達典型的高潮，來到毀滅性的最後一幕，以悲劇告終。我早忘記時間，沉醉在舞臺表演中，直到最後一幕落下，才不由得深深嘆一口氣。

二

走出劇場時是十點左右。天空依舊陰霾，一絲微風也沒有，四周看起來莫名暗淡，我倆默默踏上歸途。R為何沉默我無從想像，至於我自己，完全是看到驚喜的景象，以至於腦中一片紛亂，連話都說不清楚。由此可見，我當下的感動有多強烈。好了，這時恰巧也來到必須分道揚鑣的路口。「今天度過非常愉快的週日，真是太謝謝你了。」說完，我便打算與R分手。沒

註一　兩者都是歌舞伎演員。團十郎全名九世市川團十郎（一八三八～一九〇三），明治七年，自河原崎三升襲名，為明治時代劇界第一把交椅，後來被尊奉為「劇聖」，說到「第九代」指的就是他。菊五郎全名五世尾上菊五郎（一八四四～一九〇三）。與九世市川團十郎並稱「團菊」，同樣也是明治劇界的代表名伶。

註二　神樂獅子是民間神樂的一種。一邊甩動獅頭一邊祈求除魔驅邪、防火消災，獅子舞即由此衍生。熱田應是指亂步少年時期居住過的名古屋地名。

想到，R竟叫住我：

「唉，再陪我一下好嗎？其實，我還有東西想讓你瞧瞧。」

此時已十一點。這麼晚了，R竟特地挽留我，到底要給我看什麼？我滿腹疑問，但R的語氣聽起來分外嚴肅，況且，當時的我對於R一向言聽計從，我們便一路走回R家。

我按照指示直接走進R的房間，在吊燈下看著他，赫然一驚。他的臉色慘白，渾身顫抖，不知為何他的反應這麼激烈，顯然處於極度亢奮的狀態。

「你怎麼了？是不是哪裡不舒服？」

我不太放心地問，他非但沒回答我的問題，反而逕自從壁櫥裡找出舊報紙的剪貼簿拚命翻頁，好不容易翻到某篇報導，他不住顫抖，指著報導說：

「總之，你先看完這篇報導。」

那是他任職的報社發行的報紙，一看日期，正好是一年前發行的。一種莫名其妙的感覺油然而生，我簡直一頭霧水，壓根搞不清到底出什麼問題，只好先看剪報。

新聞標題是〈又見盜頭怪賊〉，整起報導在第三版的最上方，以兩個段落的篇幅刊載。為了紀念這次經驗，我特地將剪報保存下來。你看，就是這張。

近來，各方寺院頻頻遭人盜挖屍體，至今仍未能將犯人逮捕歸案。世風日下，著實可嘆。如今再次發生驚悚的盜屍案，茲將經過記錄如下：

某月某日午後十一點左右，於×縣×郡×村字×所在×寺的寺男某某（五十歲），奉該寺住持之命前往附近施主家處理事情。回程途經該寺境內墓地，時值雲破天開、月影朗朗，赫然窺見一名可疑人物揮舞鐵鍬挖開新墳。寺男嚇得腿軟，連聲驚呼有小偷。該名可疑分子大吃一驚，逃之夭夭。報警後不久，×警局×分局長某氏帶著兩名刑警趕赴現場進行調查，發現遭盜挖者，乃是×月×日下葬的×村字×番宅邸某某的新墳。盜墓賊將該名死者的棺木破壞，以利刃割下屍體的頭顱帶走，僅剩無頭屍身悲慘地沾滿泥土。另一方面，×法院某某檢察官接獲急報隨即趕往現場，並在×分局樓上成立專案小組，千方百計地試圖搜查犯人，可惜至今未發現任何線索。依作案手法看來，與過去騷擾各寺院的犯人手一致，推斷應是同一人所爲。犯人或許是受到「腦髓黑燒可治百病」這個自古流傳的迷信影響，才會做出此舉。只是，沒想到世間竟眞有這般殘忍的魔鬼。

最後是「附記」，列舉出截至當時為止的受害寺院，及頭顱遭盜的五、六個死者姓名。

那天，我的思緒顯然不太正常。一方面，固然是天候所致，另一方面，或許也是看了一齣奇異的好戲，多少變得有點敏感，像隻驚弓之鳥，以至於即使完全無法理解R為何要讓我看這篇驚悚的報導，卻意外被這段文字打動，彷彿這世界雖早已血流成河，卻別有一番滿足的感覺在心頭。

「真是過分。一個人偷走這麼多頭顱，難不成是要賣給黑燒屋（註）？」

我讀著這篇剪報，R又從壁櫥中取出一個大型文書盒，翻找老半天。一聽到我抬頭這麼說，他便回答：

「或許吧。不過，你看看這張照片。照片裡的老人啊，算是我的遠親，也是頭顱被偷走的受害者之一。『附記』裡不是提到某某姓名嗎？這就是那位老人的照片。」

說著，他拿出一張老舊的照片。一看之下，背面果真以拙劣的字跡寫著和報上相同的姓名。原來是這樣才堅持要我看這篇報導啊，我總算明白。可是，再仔細一想，這種一年前發生的往事，為何事到如今，還選在半夜特地告訴我？這一點我實在無法理解。況且，R過度亢奮的模樣也很反常。我想必是滿臉疑惑地盯著R，於是他開口：

「看來，你還沒注意到吧。再檢視一次這張照片。仔細瞧瞧……難道沒聯想到什麼嗎？」

我只好聽命行事，對著那張一頭白髮、滿面皺紋的鄉下阿婆臉孔，又仔細打量半天。然而，你知道嗎？我差點驚聲尖叫。照片裡的阿婆臉孔，居然跟前一刻百面演員的某次變裝模樣分毫不差。無論是皺紋的線條、鼻子和嘴巴的形狀，愈看愈覺得簡直是同一個模子打出來。在我這一生中，還沒感受過如同此刻的毛骨悚然。你想想，一年前埋在墳場中，之後被人割掉腦袋的老婦，如今居然出現與她長得分毫不差的人（天底下不可能有這種事）活躍在某某觀音寺的劇場，世上怎會有這樣違背常理的事？

「那名演員喬裝技術真如此高明，有辦法和一個素昧平生的真實人物，完全相像到這種地步嗎？」R別有深意地望著我。「先前我在報社看到這一幕時，以為是自己的眼睛出毛病，沒考慮太多。然而，隨著時間流逝，我愈想愈覺得不對勁。今天恰巧知道你要來，原本打算請你比對一下，以解開我的疑惑。可是，這下疑惑不僅沒解決，反倒更肯定我的想像。除了這般推論之外，我找不出其他方法，足以解釋那令人難以置信的事實。」

說到這裡，R不禁壓低嗓門，一臉緊張地補充：

「這個想像確實教人意外，但絕非不可能。首先，我們假定當時的盜頭賊，與那名百面演員是同一人（那個犯人並未被逮捕歸案，所以是有可能的）。起初，或許目的只是要取屍體的腦髓。然而，當他剎那間獲得這麼多頭顱，我們實在難以斷言他從未想過好好利用腦髓以外的

註　以藥用為目的，將動植物蒸烤成黑炭販售的商店。

部分。通常，犯罪者擁有異於常人的表現欲。加上那名演員，如同我剛剛提過的，認定善於喬裝是演員的首要條件，只要能達到精於喬裝的境界，便可贏得日本第一的名聲。倘若他就是盜頭賊，湊巧又熱愛戲劇，我的假說益發具有真實性。老弟，你認為我太異想天開嗎？我是指，他以偷來的頭顱，製造各種人皮面具的假設……」

噢，「人皮面具」！這是何等血腥的犯罪創舉啊。的確，那並非不可能的事。只要巧妙剝下臉皮，製成面具標本再上妝，肯定能做出完美的「人皮面具」。也就是說，那名百面演員名副其實、千變萬化的各式喬裝模樣，來自世上的真實人物嗎？

這件事太過離奇，我不禁懷疑起自己的判斷力。當時R與我的理論會不會哪裡出錯？世上真有這麼殘忍的魔鬼，戴著「人皮面具」仍能坦然自若地演戲嗎？但冷靜思考後，我逐漸明白，恐怕沒有其他可能性。我不就在一小時前親眼目睹嗎？眼下，與舞臺上長相分毫不差的人物就在這張照片中。而R，是個平日以冷靜自豪的男人，這種茲事體大的事，他不可能輕易誤判。

「萬一我們的推論沒錯（實際上，我們也想不出其他可能性），就不能袖手旁觀。可是，即使立刻拿著這張照片報警，警方恐怕也不會輕易相信。我們必須掌握更確切的證據，例如，從百面演員的衣箱中直接找到『人皮面具』之類的道具。幸好我是報社記者，與那名演員有數面之緣，不如就效法專業偵探，試著揭發這個祕密吧……就這麼辦，我明天立刻著手進行，要是進展順利，不僅可告慰親戚在天之靈，對於報社也是大功一樁。」

R毅然決然宣告，我大表贊同。直到當晚兩點，我們仍激動地討論這件事。

此後，這駭人的「人皮面具」占據我的腦海。無論在學校上課或在家看書，驀然回神，總不知不覺思考起此事。R不知怎麼樣了？是否順利接近那名演員？想到這裡，我簡直片刻都無法忍耐。於是，應該是看完戲後兩天吧，我再次去找R。

當時，R在燈下聚精會神地讀書，內容依舊是篤胤的《鬼神論》（註一）和《古今妖魅考》（註二）之類的書籍。

「啊，上次真不好意思。」

我出聲打招呼，他從容應道。如今我已無暇慢慢思考談話的順序，一開口就切入人皮面具的問題：

「那件事怎麼樣？查出一點線索了嗎？」

註一　正確書名應是《鬼神新論》，平田篤胤於文化二年（一八〇五）寫成初稿，文政三年（一八二〇）出版。依據孔子學說批判諸家鬼神論，論證神的實存與普遍性。

註二　寫於文政五年，十一年發表的平田篤胤著作，主要在考證天狗，結論則是應該遵守神道。

R露出有些困惑的表情，「你是指哪件事？」

「你忘啦，『人皮面具』的事，就是那個百面演員啊。」

我壓低嗓門，鄭重其事地回答。意外的是，R竟皺起臉，拚命忍住隨時會爆發的大笑，憋著說：

「啊，『人皮面具』嗎？的確相當有趣。」

我突然覺得有點不對勁，完全不清楚狀況，迷茫地望著他。在R眼裡，我的表情肯定格外愚蠢。他似乎再也忍不住，放聲大笑。

「哈哈哈哈哈，那個啊，是幻想啦。只是我個人覺得，若真有那種事，想必會是一齣精采的幻想劇……沒錯，百面演員的確是罕見的藝人，但他怎麼可能戴『人皮面具』嘛。至於盜頭賊，這是我負責報導的案子，我很清楚後來警方其實已找到犯人。也就是說，這兩起事件根本毫無關聯。我不過是以少許幻想的情節，試著將他們串連在一塊。哈哈哈哈。啊，那張老婦的照片嗎？我哪來那種親戚啊。那其實是報社拍的，根本是百面演員自己的喬裝照片啦。我貼在舊底紙上當成騙人的道具，說穿了，根本沒什麼玄機，不過這種感覺挺有趣吧？即使是無聊至極的人生，只要願意動腦編故事，還是能活得相當充實。哈哈哈哈。」

就這樣，故事結束。百面演員後來發展得如何我一無所悉，大概是繼續旅行各地表演，在某處鄉下逐漸衰老凋零吧。

〈百面演員〉發表於一九二五年

一人兩角

人啊，一旦覺得無聊，還真不知會做出什麼出人意表的事。

在我認識的人中，T男是典型的無業遊民。雖非家財萬貫，至少不愁吃穿，是個成天在鋼琴、音響、跳舞、戲劇、電影，及花街柳巷之間打轉的男人。

不幸的是，此人早有妻室。這種放蕩的男人竟家有嬌妻，欸，這可不是好笑的事。真該說是大不幸哪。唉，真是的。

T倒也不是討厭賢內助，問題在於，單有妻子無法滿足他，所以他處處留情。不消說，妻子勢必妒火大作。在T眼中，這也是一種難以割捨的生活樂趣。提到T的妻子，其實頗有姿色，真搞不懂她怎會嫁給T，簡直是一朵鮮花插在牛糞上。可惡的T，放著漂亮妻子在家，索求不滿地對街上隨便抓都有一把的風塵女子到處散情。照理，這樣不可能找到心儀對象，他卻滿不在乎。因為他的所作所為，不過是出於無聊罷了。他既非苦於精力過剩，也不是為了追求真愛，僅僅是無聊。在他應接不暇地與各種女人交往時，自有一些不同的滋味在心頭。此外，搞不好在某種機緣下，還能挖到意外之寶。T的拈花惹草，大抵是基於這樣的心態。

話說，如此輕浮、滿心周旋在女人身邊的T，居然有閒情逸致忙起怪事，實在是太過異想天開。遊戲人間到這種地步，著實有點嚇人。

不管是誰，無意間窺見妻子跟自己以外的男人——也就是情夫，偷情時的樣子，想必別有一番感觸……不，真要遇上這種狀況肯定無法忍受，只是，有時會忽然萌生這樣的好奇心。T會做出那麼反常的事，絕大部分也是出於此種好奇心。他倒是辯稱，是為了遏止妻子嫉妒他放蕩縱情的手段。

好，說到他究竟做了什麼，某晚，他從頭到腳皆換上自外頭弄來的新衣裝，鼻子底下甚至黏上小鬍子。換言之，就是簡易偽裝一番。隨後，將不屬於自己、刻有隨便捏造的姓名縮寫的銀製菸盒塞進袖袋，再若無其事地回到家裡。

妻子認定T必定又像往常一樣，在哪裡鬼混到三更半夜才會回家。哎，這是理所當然的事，也就是說，她絲毫沒察覺T的偽裝。半夜睡眼惺忪，難怪迷糊了些。T小心翼翼，新和服的條紋圖案選的是與他的舊衣幾可魚目混珠的花色，在他鑽進被窩前，甚至刻意以手掌、巾帕遮住小鬍子。沒想到，T這個絕妙的計畫，就在謹慎的執行下順利成功。

平常他們習慣關燈睡覺，因此一躺在床上，在一片漆黑中，T輕輕放開捂著鬍子的手，異樣的毛髮觸感頓時驚動妻子。

「啊……」

妻子會發出如此可愛的尖叫，絕不是毫無來由。這正是整個過程中，T覺得難度最高的地方。一確定妻子發現鬍子，他便背過身，不再讓妻子碰到鬍子，順勢把被子往頭上一蓋，發出假鼾聲。

這時，一旦妻子察覺有異，非要查明，T的計畫勢必完全泡湯。事後，他說自己一邊假裝打呼，心裡其實七上八下。沒料到，妻子的反應意外溫吞，但也不知她是否感到哪裡不對勁，一直靜止不動。等了好一會兒，只聽到妻子細細柔柔的鼾聲傳來，總算搞定。

於是，T相準妻子熟睡後，悄悄爬出被窩，迅速穿上衣服，並把銀製菸盒留在枕畔，悄然無聲地溜出家門。還不是從大門，而是翻牆出去。這個時刻自然不可能有車子（註），他決定大步走向十幾町外經常光顧的茶室，果真是個好奇心旺盛的張狂男子。

好了，第二天早上，妻子醒來一看，昨夜明明一起就寢的丈夫竟不見蹤影。她大吃一驚，在家裡四處尋找，卻怎麼都找不到。一向貪睡的丈夫不可能一大清早出門，正當她一臉納悶時，赫然發現枕邊的菸盒。她從沒見過這只菸盒，與丈夫向來帶在身上的完全不同。她好奇地拿起，仔細一瞧，上面刻著毫無印象的姓名縮寫。連盒裡的捲菸也和丈夫慣常抽的不同。她心想，一定是丈夫在哪裡拿錯，但還是覺得有點不大對勁。驀地，她腦海浮現昨晚的小鬍子。不

註　大阪首次出現一圓計程車是在這篇小說發表的大正十四年底。和過去沿路載客的計程車不同，乘客必須去出租汽車的車庫和營業所搭車，或者打電話叫車。另一方面，有些黃包車也會在被稱為車宿的營業所等待生意上門，但無法加入營業所的車夫只好沿路載客，也就是所謂的朦朧車夫。這裡指的「車子」應該是指朦朧車夫拉的黃包車。

難想像，做妻子的該是何等恐懼害怕。

此時，T彷彿對昨晚徹夜不歸感到心虛，苦著臉回來。身上當然已換回前一天出門時的裝扮，假鬍子也摘掉。換作平時，妻子絕不會善罷甘休，可是今天顧不得生氣。眼下，她擔心的是另一件事。在這微妙的處境中，默默形成T走向客廳，妻子慘白著臉尾隨在後的尷尬場面。

過了好一會兒，妻子戰戰兢兢地問：「這個菸盒，是不是你在哪裡拿錯的？」不消說，妻子拿的正是那個銀製菸盒。

「不是。這是怎麼回事？」T故意裝傻。

「可是，」妻子略微嬌嗔，「你不是昨晚就回來了嗎？」

「咦？」他繼續裝糊塗，「妳看，我的菸盒明明在這裡。況且，妳說我昨晚回來過？」他刻意高聲反問。就這一句，妻子便嚇到差點吐不出話。

諸如此類，若像相聲演員一樣，把對話內容逐一寫出，恐怕會沒完沒了，就此略過吧。總之，在夫妻倆一問一答的過程中，妻子萬般無奈地把昨夜的事一五一十說出。

當下，T露出難以置信的表情，聲稱絕不可能。他辯稱自己昨晚待在某某家，與某某人喝了一整晚，不信可以去問對方，也就是推理小說所謂的不在場證明。他早就拜託朋友套好招。咦，我是不是幫他做不在場證明的某某人？不，不是、不是。

「妳該不會在做夢吧？不，那絕不是夢。因為留下菸盒，便足以證明不是夢。看來，像是古書上記載的離魂病。可是這年頭，應該不可能有那種事。所謂的離魂病，是指一個人的形體一分為二，兩個分身同時在不同的場所，做出不同的行為。」T洋洋灑灑地發表一席謬論，甚至故意嚇唬妻子：「妳說這種話，其實是想悄悄把外面的野男人帶進門吧？」這在T眼中，更是無上的樂趣，簡直是造孽啊。

於是，這天就不了了之。當然，只戲耍一次根本沒什麼樂趣可言。依照T的計畫，他打算一而再、再而三地多捉弄妻子幾次。

第二次計畫實行前，他著實有點忐忑。有了上一次的教訓，若他的偽裝太隨便，妻子搞不好會突然驚覺，大呼小叫。所以，這次他進門時並未偽裝，也沒黏上假鬍子。好，這下燈關了，鑽進被窩，確定妻子睡著後，他便趁著妻子意識朦朧的瞬間，拿假鬍子稍稍觸碰妻子，再假裝睡著，把繡有同樣姓名縮寫的手帕留下，順利溜出家門。這次居然又成功。翌晨的情況和上次差不多，只是妻子的臉色益發蒼白，T假意的嫉妒變本加厲。

接二連三地重演過後，T的演技愈來愈精湛。事到如今，在妻子心中，擁有菸盒、手帕、姓名縮寫的神祕男人，漸漸成為明確存在的人物。同時，兩人的心態發生奇妙的轉變。之前的故事，說穿了，當成笑料看看就好，可是，接下來話題會變得有點嚴肅。這個故事多少帶點發人深省的意味。人心，是如何脆弱，又是如何多變啊。

最先發生變化的是妻子。妻子原本是典型的婦道人家，但女人心果然是海底針，對於偽裝的T，她竟逐漸相信是另一個男人，並對這個憑空出現的男人表露好感。這種心理相當不可思議，不過，以前的書上常有類似的例子。總之，與陌生男人夜夜偷情，想必已成為她的浪漫童話。

偽裝的T每次留下的證物，她瞞著身為丈夫的T藏起來。不僅如此，對於偽裝的T，她自認清楚意識到那並非丈夫，便跟他傾訴罪惡的私語。「你啊，不知是何方神聖。素昧平生的你，為什麼會來到我身邊，我一點也不明白。不過，你的體貼溫存讓我永難忘懷。你沒來的夜晚，我甚至會感到寂寞。下一次，你什麼時候來呢？」得知妻子變心（雖然這麼說有點奇怪），T的心情肯定是難以形容地矛盾。

從某方面看來，這個結果完全實現T最初的目的。只要計畫順利進行便可逮住妻子的把柄，等於是跟他的放蕩扯平，從此不用再對妻子感到內疚。若照他原先的計畫，應該就此打住這畸形的遊戲，乘機將偽裝的那個他永遠從世上埋葬。這麼一來，自然不必擔心原本不存在的人物會留下任何後遺症。打一開始，T便如此盤算。

可是，事到如今，他陷入當初完全沒料到的極度混亂中。縱使，縱使那是虛擬人物，妻子愛上他以外的男人——這個可怕的事實還是令他深受打擊。藉由謊言衍生的嫉妒，漸漸變得必須嚴肅面對——如果這種心情可以稱為嫉妒的話。問題在於，他根本沒有對手，究竟該嫉妒誰？妻子並未和T之外的男人有肌膚之親。尷尬的是，他的情敵，說穿了，就是他自己。

好了，如此一來，以前他不怎麼珍視的妻子，成為無人能取代的寶貝。一想到這個寶貝妻子被別人（正確地說，其實是自己）搶走，他就氣得直咬牙。妻子鎮日魂不守舍，耽於懷想。啊，她八成在思念另一個男人。想到這裡，他簡直忍無可忍。T犯下無可挽回的大錯，落進自己設下的陷阱。

就算貿然停止偽裝，也於事無補。他們夫妻之間，不知不覺產生微妙的隔閡。妻子變得鬱鬱寡歡，想必是掛念那名消失的男人，T不禁感到痛苦。同時，想到妻子如此念念不忘的男人，其實是另一個自己，又有點沾沾自喜。

索性一五一十告訴妻子吧。可是，他多少有些不情願。一個原因是，愚蠢的行為羞於告人，此外，還有一個原因，其實也是主要原因——有生以來，他首次體會暗戀的無上樂趣，念念不忘。他認為，藉由這次事件感受到真正的愛情。原本不過是世間平凡無奇的妻子，心底深處竟潛藏著無比強烈的熱情，T大感意外。隨著以虛構男人的身分與妻子偷情的次數愈來愈多，T對妻子的愛戀益發強烈。事到如今，他哪開得了口，坦承一切都是虛假？

不過，這種雙重生活要持續下去不僅麻煩，也有遭妻子識破的風險。目前為止，他一向選擇深夜、在昏暗的燈下，多半是在連燈也沒開的黑暗中相見，加上每次他都準備明確的不在場證明，基本上用不著擔心露出破綻。只是，這種不正常的幽會，不可能永遠持續下去。如此一來，T只有三條路可選擇。第一，將虛構人物埋葬；第二，坦承是他這陣子全心投入的遊戲；至於第三，其實很怪異，就是讓妻子徹底失去興趣、留在世上也無用的T下臺一鞠躬，索性完全變身為那名虛構男人。

剛才提過，身為虛擬人物，發現與妻子陷入熱戀的他，說什麼都不願選擇第一和第二條路。雖然深感困難重重，他仍決心採用第三種方法，即A這個實際存在的男人，同時扮演A、B兩種角色。這次，A將要完全化身為截然不同的虛構者B，創造出一個原本世上並不存在的人物。

下定決心後，T宣稱要去旅行，必須離家一個月，趁此期間盡量改變外貌。他換了髮型，留起鬍子，戴上眼鏡，動手術把單眼皮變成雙眼皮，甚至在臉孔上半部弄出一個小傷疤。等鬍子留長，他刻意遠至九州寄一封休書給妻子。

收到休書的妻子不知所措，連個商量的親戚都沒有。幸好，丈夫留下大筆金錢，至少在經濟方面不成問題。話雖如此，總不能默默接受一切。這種時候，要是那個人在該有多好——她一定會這麼想。這時，化身虛構男子的T翩然出現。一開始，妻子堅稱此人就是T，只是，即使T的友人來訪，彼此也完全是雞同鴨講（那是T事先委託來扮演配角的朋友）。況且，偽裝男的身分很明確（同樣是T安排好的），精心布局後，妻子終於相信他的確是另一個人。就外人來看，整件事一定有什麼讓人猜不透的理由，否則T再怎麼哄騙，恐怕妻子仍不會輕易上當。問題是，除了T自己的感受之外，根本沒有必須如此大費周章的理由。任誰都想不到，居然會有人一手導演這麼荒唐的戲碼，難怪T的妻子會輕易受騙。

不久，他倆換了住處同居。當然，他的名字不再是T。託此之福，我們這些T的友人嚴禁登門造訪。據說，T也不再花天酒地。這齣等同喜劇的變身劇，竟獲得意外的好結果，他們愈來愈恩愛。世上真是什麼怪男人都有。

不過，故事還有後續。直到最近，我在某處偶然遇到昔日名叫T的男人。一看之下才發現，同行的是他的妻子。我心想，主動打招呼恐怕不妥，便佯裝若無其事，從他們面前經過。未料，T竟先喊出我的名字，並且說：

「沒事，你用不著擔心。」

T的話聲比以前更快活。於是，我們在附近的椅子坐下，展開久別重逢的對話：

「放心，內人完全清楚那套把戲。我以為自己的計畫很順利，其實，真正上當的人是我。

從一開始，她就察覺我的惡作劇。只是，她認為反正沒壞處，若能因此家庭美滿是再好不過，索性順水推舟，假裝上當。難怪我說計畫怎麼可能這麼順利……哈哈，女人真是魔鬼啊。」

聽到這裡，一直站在旁邊、依然美麗的T妻，羞澀一笑。

我也是打一開始，就有點懷疑會不會是這麼一回事，因此不是太過訝異。只是，T似乎十分自豪，一再重複同樣的內容，並適時表現出驚訝的樣子。看來，夫妻倆果然恩愛得很。於是，我只能暗自祝福這對賢伉儷。

〈一人兩角〉發表於一九二五年

疑惑

案發翌日

「聽說，你父親過世了？」

「嗯。」

「果然是真的。不過，你看今早的○○報了沒？那篇報導是真的嗎？」

「……」

「喂，你振作點好嗎？我是擔心你才這麼問，你倒是說句話呀。」

「嗯，謝謝……其實沒什麼好說的，那篇報導的內容很詳盡。昨天早上我一醒來，在院子裡發現我爸頭破血流，倒地不起。就這樣。」

「所以，你昨天才沒來上學啊……那麼，犯人抓到了嗎？」

「嗯，警方好像列出兩、三名嫌犯，但還不確定誰是真正的凶手。」

「你父親做過會令人挾怨報復的事嗎？報上寫著，初步研判是仇殺。」

「這個嘛，或許做過。」

「是生意上的……」

「他沒那種本事。以我爸的個性，大概是喝酒鬧事與人結怨。」

「喝酒鬧事？你父親的酒品很差嗎？」

「……」

「喂，你是不是哪裡不對勁……啊，你哭了。」

「……」

「別這樣，只是運氣不好，比較倒楣啦。」

「我好不甘心。他在世的時候，讓媽媽和我們吃盡苦頭。光是這樣還不夠，連死都死得這麼丟人現眼……我根本一點也不難過，只覺得很不甘心。」

「你今天真的不太對勁。」

「難怪你無法理解。不管怎樣，說父母的壞話畢竟是不對的，所以我一直忍到今天。就算是在你面前，唯獨我爸的事一概絕口不提。」

「……」

「從昨天起，我就有種說不上來的矛盾心情。親生父親死掉，我卻無法感到難過……就算是那種爛父親，一旦死了，按理還是多少會難過吧。我本來也是這麼認為，可是，事發至今，我一點都不難過。假使他不是死得那麼丟臉，我甚至還想稱讚他死得好。」

「可是，親生兒子這麼看待父親，其實也很不幸。」

「沒錯，若說這是我爸無可奈何的命運，他應該算是可憐人。然而，現下我根本沒多餘的心思替他著想，我只覺得火大。」

「他真有那麼……」

「我爸生來就是要把爺爺留下的微薄財產，全揮霍在花天酒地上。最難堪的當然是我媽。這些年來，她是怎麼咬緊牙關忍下來的，身為兒女的我們看在眼裡，不知有多恨我爸……說這種話或許可笑，但我媽實在是值得佩服的女人。一想到她竟能忍受這種家庭暴力長達二十多年，我就不自覺想哭。如今我能上學、一家人不至於淪落街頭，好端端地住在祖先代代傳下的老宅裡，全要歸功於她。」

「真有那麼慘嗎？」

「對你們這些外人來說，根本無法想像。在我爸過世前，情況愈演愈烈，家裡每天都會上演一場激烈的父子全武行。有一天，年紀一大把卻成天爛醉如泥的爸爸，不知哪根筋不對，忽然回來。他早就酒精中毒，沒有酒根本活不下去。回來後，只為了媽媽沒去門口迎接，或臉色不對這種極度牽強的理由，就立刻動手打人。尤其這半年，媽媽身上隨時帶著傷，哥哥看到——他原本就是火爆脾氣，便咬牙切齒，撲上去揍爸爸……」

「你父親多大年紀？」

「五十歲。你一定會納悶，這把年紀怎麼還如此胡鬧吧？實際上，我爸或許已是半瘋癲，一切都是他自年輕就沉迷的酒色毒害的……有時晚上我回到家，在毫無心理準備的狀況下，拉開玄關的格子門，會發現眼前的紙門上映出哥哥舉起掃帚、杵在門口的身影。我不由得大吃一驚，愣在原地。忽然間，傳來一陣嘎喇嘎喇的刺耳噪音，燈籠盒子砸穿紙門飛過來，是我爸扔的。天底下怎會有這麼誇張的父子……」

「……」

「如你所知，我哥在○○公司擔任口譯員，每天往返橫濱通勤。他很可憐，即使有人撮合婚事，也常常被我爸搞砸。話說回來，他又沒毅然搬出去住的勇氣。他實在不忍心拋下只會忍氣吞聲的媽媽獨自離開。年近三十的哥哥，和爸爸彷彿在進行一場格鬥對決。你聽了或許覺得好笑，但站在哥哥的立場，其實不能怪他。」

「太慘了。」

「前晚也是這樣。爸爸難得沒出門，可是打從早上起床就不停喝酒，整天醉醺醺地胡言亂語。晚上十點左右，他實在鬧得太不像話，媽媽有點受不了，沒想到他突然發飆。更過分的是，他竟拿起杯子朝媽媽臉上砸，而且正好砸在鼻梁。她當場暈過去，半晌才清醒。哥哥一氣之下，驟然撲向爸爸，拽住他的胸口。妹妹嚇得哇哇大哭，但仍盡力阻止。你能想像這般情景嗎？簡直是地獄，是地獄啊。」

「……」

「如果今後這種可怕的生活方式還要持續幾年，我們或許真的會受不了。尤其是媽媽，搞不好會因此尋死。或許在情況沒演變到那個地步前，我們兄弟姊妹中就會有人殺掉爸爸。坦白講，我們一家算是被這次的事件拯救了。」

「你父親是昨天早上去世的吧？」

「發現時才清晨五點。妹妹最早起床，注意到緣廊上的門有一扇莫名開著。由於爸爸的床空著，她以為是爸爸起床到院子。」

「那麼，殺死你父親的男人，是從那道門潛入？」

「不是，我爸是在院子裡遇害。前一晚發生砸昏我媽的衝突，連他都睡不著，夜裡好像還起身到院子乘涼。媽媽和妹妹睡在隔壁房間，可是完全沒察覺。半夜到院子坐在大石頭上乘涼，是爸爸的習慣。警方以此判斷，他在乘涼時，遭人從後面偷襲。」

「是拿刀刺殺嗎？」

「他的後腦杓被金屬鈍器擊中。根據警方的鑑定，推測是斧頭或鎚子之類的重物。」

「如此說來，凶器尚未找到？」

「妹妹叫醒媽媽後，兩人連忙呼喚睡在二樓的哥哥和我。從她們淒厲的呼喚中，在還沒見到爸爸的屍體前，我便隱約察覺出大事了。很久以前，我心中就有一種難以言喻的預感。當時我暗想，這下終於成真。我們兄弟匆匆下樓，透過一扇開啟的遮雨窗，可看到一部分明亮的院子。就在那裡，宛如活人畫（註）般，爸爸以極不自然的姿勢趴臥。此刻，心情真的很微妙。好一陣子，我像在看戲，冷眼旁觀這幕景象。」

「那麼，實際行凶是什麼時候？」

「據說是一點左右。」

「是半夜啊。那麼，嫌犯呢？」

「恨我爸的人實在太多，差別只在於，恨意是否強烈到非致人於死不可。硬要懷疑，目前鎖定的人選中，有一個似乎符合條件。那是在某家小餐館遭我爸打成重傷的男人，三天兩頭便上門要求賠償醫藥費。爸爸不僅每次都大吼大叫攆走對方，甚至不顧媽媽的勸阻，叫警察將對方強行驅離。我家雖然落魄，但好歹在這鎮上世居多年，對方卻衣衫襤褸，一副工人的窮酸樣，相較之下，自然落了下風……我總覺得，那傢伙的嫌疑很大。」

「可是，這就怪了。三更半夜潛入數口之家，要不被發現是相當高難度的任務。問題是，只不過是挨頓揍，有必要冒這麼大的危險，置對方於死地嗎？況且，真想殺人，在你家外頭應該多得是機會吧？難不成，有什麼明確的證據，足以證明凶手是從外頭潛入？」

「門是開著的，門閂沒閂上，而且，從那裡通往院子的小木門沒鎖。」

「腳印呢？」

「根本不可能留下腳印。天氣這麼好，地面早就乾了。」

「你家好像沒傭人吧？」

「沒有……啊，那麼，你的意思是，凶手並非來自外面？這怎麼可能……怎會有那種事……再怎麼說，也不可能發生這麼喪盡天良的情況。一定是那傢伙，就是爸爸打傷的男人。那名工人不知死活，根本沒考慮過是否危險。」

「這可不一定，不過……」

「到此為止吧。無論如何，事情都過去了，現在也不能怎樣。況且，上課時間已到，我們該進教室了吧。」

註　活人在無言靜止的狀態下，表演名畫或歷史上的著名場景。

第五天

「那麼，你是認為，殺死你父親的是家裡的人嗎？」

「上次你不是隱約暗示，凶手或許不是外人嗎？當時我的確很厭惡聽到這種懷疑家人的說法——其實我多少有這種感覺，於是產生像被你戳中痛處的反感。所以，我才會直接打斷你的話。事到如今，我深受同樣的疑問所苦……這種事自然不可能告訴外人，我本來打算要是情況允許，不會向任何人透露。只是，我承受不住痛苦的折磨。至少，希望你聽聽我內心的想法。」

「那麼，你懷疑誰？」

「哥哥。對我來說是手足同胞，對死掉的爸爸來說，是親生兒子的哥哥。」

「嫌犯承認了嗎？」

「不僅沒承認，還陸續出現許多有利於他反證，法院感到相當棘手。刑警雖不時來我家，不過，頂多是告知案情陷入膠著後便離開。換個角度想，那或許表示，警方也懷疑家裡的人，才會三番兩次來刺探情況。」

「會不會是你想太多？」

「如果只是想太多，不會這麼苦惱。我有事實根據……上次我壓根沒想到，那種事會跟命案扯上關係，幾乎忘得一乾二淨，因此沒告訴你。其實那天早上，我在爸爸的遺體旁，撿到一條揉得皺巴巴的麻質手帕。雖然很髒，但縫記號的地方正好露在外面，我一看就知道是除了哥哥和我之外，不屬於任何人的隨身物品。爸爸是老派人，不喜歡用手帕，向來是把汗巾摺起塞在懷裡；媽媽和妹妹雖有手帕，但當然是女用的小手帕，與現場的完全不同。也就是說，遺落那條手帕的不是哥哥就是我。可是，直到爸爸遇害那天為止，我有四、五天沒去過院子，更沒印象最近是否曾遺失手帕。如此說來，掉落在遺體旁的手帕，只可能是哥哥的。」

「會不會是基於某些原因，你父親拿走那條手帕……」

「不可能。我爸雖然行事一向大而化之，但對這種隨身物品倒是相當一板一眼。我從沒看過他拿其他人的手帕。」

「可是，就算真是你哥的手帕，也不見得是你父親遇害時掉落的。說不定是前一天留在院子裡的，也說不定是更早之前。」

「問題是，每隔一天，妹妹都會將院子打掃得乾乾淨淨。案發前一天傍晚，她才剛整理過。還有，我很清楚，直到家人都入睡為止，哥哥一次也沒去過院子。」

「那麼，若仔細調查那條手帕，或許可以查出什麼。比方……」

「別傻了。當時，我在沒有任何人發現前，馬上將手帕扔進廁所。因為我覺得那種東西不乾淨……不過，我懷疑哥哥的理由不止如此，還有許多其他的相關事證。哥哥和我雖然分住兩間臥房，但都是在二樓。那天深夜一點左右，不知為何，我突然驚醒，聽見哥哥下樓的動靜。我以為他大概是去廁所，沒放在心上。不料，過了好一陣子，才傳來他上樓的腳步聲，因此若要懷疑，的確有點可疑。還有，曾發生這樣的事：發現爸爸的遺體時，媽媽和妹妹驚慌尖叫，吵醒仍在睡夢中的哥哥和我，我們急忙下樓，只見哥哥立刻脫掉睡衣、披著和服，一手抓起腰帶直接朝緣廊跑。以為他要光腳踩上緣廊的脫鞋石，他卻毫無來由止步。換個角度想，也可解釋成他看到爸爸的屍體，驚嚇過度，一時慌了手腳。就算是突然看到屍體愣住，他抓在手上的腰帶，怎會莫名其妙掉在脫鞋石上？哥哥真有那麼震驚嗎？依哥哥平日的個性，總覺得難以置信。只是掉落就算了，一見到腰帶掉下，哥哥匆匆撿起。或許是我的錯覺，但我認為他撿起的不僅僅是腰帶。我懷疑他無意間將某種黑色小物品（或許是一眼就能認出失主，例如皮夾之類的物品）掉在石上，情急之下，只好故意拋出腰帶蓋住，再利用撿起的時機，從腰帶上方連同那東西一併收回。由於我心慌意亂，事情又發生在一瞬間，那一刻只當是自己胡思亂想。然而，包括手帕、在半夜下樓，最重要的是，當下哥哥的反應，這些因素聯想在一起，無法說服我不懷疑他。自從爸爸過世，家人似乎變得怪怪的。那不只是在哀悼一家之主的逝世，更嚴重的是，空氣中老是瀰漫著某種難以言喻、不愉快的、有點戰戰兢兢的氛圍。拿吃飯來說吧，即使四個人一起圍坐在飯桌前，也沒人交談，僅僅是睜眼打量彼此。照這樣判斷，無論是媽媽或妹妹，應該都跟我一樣在懷疑哥哥。至於哥哥，狀況不太好，常心事重重到一臉慘白，不發一語。真的很難以言語形容，總之非常不舒服，我再也受不了待在家裡。每天放學一跨進家門，就有股陰風悚然入骨。失去一家之主，顯得冷清的家中，母親與三個孩子陷入沉默，各懷心事，面面相覷……啊，受不了、受不了了。」

「聽你這麼說，我心裡有些發毛。不過，應該不至於發生這種事吧。你哥怎麼可能……一定是你過於敏感，想太多啦。」

「不，絕非如此。這不是我多心。沒有理由也就算了，但哥哥的確有殺害爸爸的動機。為了爸爸，哥哥不知受盡多少折磨，他簡直恨死爸爸……尤其是那晚，爸爸甚至打傷媽媽。哥哥一向孝順媽媽，在過度激動下，難保他不會瞬間心生惡念，鋌而走險。」

「……」

「……」

「真可怕。不過，目前還不能斷定吧？」

「所以，我才更難以忍受。要是能趕緊查個水落石出，有個交代，即使是壞的結果也好。可是，目前情況如此曖昧不清，彼此都陷在致命的懷疑漩渦中，真是有種快窒息的感覺。」

「……」

第十天

「喂，這不是S嗎？你要上哪去？」

「喔……沒有啊……」

「你怎麼這麼憔悴？那件事還沒解決嗎？」

「嗯……」

「你最近很少來上課，我本來打算今天要造訪你家。你要去哪裡嗎？」

「不……倒也沒有。」

「那麼，你是出來散步嘍？不過，你怎麼搖搖晃晃的？」

「……」

「你出現得正是時候，陪我走到前面好嗎？我們邊走邊聊吧……看樣子，你依舊在煩惱什麼吧？連學校也不來。」

「我不知如何是好，連思考能力都喪失殆盡，簡直像身在地獄。我不敢待在家裡……」

「尚未查出凶手嗎？還是，你仍懷疑哥哥？」

「關於這件事，拜託你不要再提起，我會有種喘不過氣的感覺。」

「可是，你一個人繼續苦惱下去，也不是辦法。你試著說看看，或許我能想出什麼好建議。」

「就算叫我說，那種事也不足為外人道。明明是一家人，居然互相懷疑。四個人待在家中，連話都不講，只是彼此大眼瞪小眼。就算偶爾交談，也像刑警或法官，試圖套出對方的祕密。這樣算是骨肉至親嗎？更何況，其中一人還是殺人凶手——是弒親，或者殺夫的凶手。」

「你說得太過分了，怎麼可能有那麼荒唐的事？一定是你腦子不清楚，八成是神經衰弱引發的妄想。」

「不對，那絕非妄想。雖然我真希望只是妄想。」

「……」

「難怪你不信。換成任何人恐怕都無法想像，世上竟有這種人間地獄，連我自己也覺得彷彿是噩夢不醒。身陷這般絕境的我，居然涉嫌弒父，遭刑警跟蹤……噓，不要回頭。刑警就在後面。這兩、三天，一旦我出門，他們一定會尾隨我。」

「這是怎麼回事？你的意思是，警方懷疑你？」

「不止是我，哥哥和妹妹都被跟蹤。我們全家都有嫌疑。更嚴重的是，自家人也互相懷疑。」

「這真是……難道出現什麼新事證，讓你們不得不互相懷疑？」

「沒有任何確實的證據，純粹是懷疑。警方名單上的嫌犯都獲得釋放。接下來，除了懷疑自家人以外，別無他法。警方天天上門報到，徹底搜查家裡每個角落。上次，從衣櫃找出媽媽沾血的浴衣時，警方士氣大振。不過你放心，那根本不是什麼重要的證物，只是案發前一晚，爸爸拿杯子砸傷媽媽鼻梁時流的血，沾到還沒洗掉。我這麼解釋後，天真地以為沒事了，豈料，警方的想法驟變，認定既然爸爸這麼暴虐，自家人嫌疑更重。」

「之前，你似乎懷疑哥哥……」

「拜託你小聲一點，不能讓後面的傢伙聽見……哥哥也是半斤八兩，正懷疑某人。而且他懷疑的，好像是媽媽。他曾若無其事地問：媽媽，妳的梳子是不是掉了？只見她一臉震驚，倒抽一口氣，反問為何這麼說，僅僅如此。換個角度想，其實不過是平凡無奇的日常對話。可是，我當時渾身一顫。看來，先前哥哥用腰帶藏起的，一定是媽媽的梳子……」

「……」

「從此，我密切注意起媽媽的一舉一動。這是何等不堪啊，做兒子的居然監視起母親。整整兩天，我像蛇一樣亮著毒眼，躲在角落監視著她。真可怕，媽媽的舉動，怎麼想、怎麼看都很反常。她總是鬼鬼祟祟，坐立不安。喂，你能想像這種心情嗎？懷疑母親殺死父親，是何等無奈的事……我真的很想直接問哥哥，他或許知道更多事。可是，不管怎樣，我仍提不起勇氣問那種丟臉的事。而且，哥哥也怕我問他問題，最近老躲著我。」

「真是令人難以置信。連身為旁觀者的我都無法想像，何況你是當事者，想必更加鬱悶。」

「我的心情早熬過最鬱悶的階段。最近，我覺得世界變得迥然不同。看到人們走在路上，一臉悠哉與樂天，我總感到不可思議。我會不自主地暗忖，眼前的他們一副坦然自若的樣子，真實的他們恐怕也殺害父母……離很遠了。那個不時跟蹤我的傢伙，一旦路上人潮變少，就會隔著一町的距離遠遠尾隨。」

「不過，記得你提到，你父親遇害的地點留有哥哥的手帕？」

「沒錯。其實，我對哥哥的懷疑並未完全解除，其實就連對媽媽，我也不確定是否該懷疑她。說來可笑，媽媽好不到哪去，她一樣懷疑著某人。全家簡直像在玩鼬鼠遊戲（註），卻不是出於有趣，而是出於難以言喻的不安……昨天傍晚，天色已暗，我漫不經心地步下二樓，赫然撞見媽媽站在緣廊，彷彿在偷窺，雙眸閃爍著賊亮。瞥見我下樓，她頓時一驚，旋即若無其事地走進房間。她的反應實在太詭異，我不由得走到她剛剛站的位置，往她之前凝視的方向看。」

「……」

「你猜，我看到什麼？那個方向有一叢幼杉，樹葉間隱約可見祭祀穀神的小祠堂。在小祠堂後面，有個紅色不明物體一閃一閃，忽隱忽現。定睛細看，原來是妹妹的腰帶。她在做什麼？從我的角度只能窺見腰帶一端，根本瞧不出任何名堂，但依常理推論，不可能有必須在小祠堂後面才能處理的事。我差點要出聲呼喚，倏然想起媽媽的反常舉止。還有，眺望祠堂之際，始終感受得到媽媽的視線，這種情況非同小可。莫非所有祕密都藏在祠堂後面？而祕密目前掌握在妹妹手中？我直覺如此認為。」

「……」

「我說服自己前往祠堂後面一探究竟。從昨天傍晚起，我一直在等待機會，可惜就是找不到。先不提別的，媽媽的目光警醒地追隨著我，連我去廁所出來後，仍守在緣廊上不動聲色地監視我。或許是我多心，若情況允許，我也希望一切只是我多心。問題是，那真是偶然嗎？從昨天到今天早上，凡是我所經之處，媽媽的視線都緊盯不放。最難以置信的，就是妹妹的舉止……

「你也知道，我經常蹺課。所以，就算這陣子我沒去上學，也沒人會覺得奇怪。可是，那丫頭居然質問我為何不上學。她從未問過這種問題，家裡出事後，同樣的問題她已問過兩次。而且，她不自覺流露一副瞭然於心的神情，彷彿小偷同黨狼狽為奸時互遞眼色，是一種眉目之間傳達的暗號。無論怎麼想都只能解釋為：我會謹守祕密，你放心吧。妹妹顯然是在懷疑我，那雙瞳眸不時發出精光。好不容易躲過媽媽與妹妹的監視踏進院子，不巧的是，哥哥正從二樓的窗口探出頭。於是，我遲遲找不到機會，前往祠堂後面探查……

「縱使有機會，要檢視祠堂後方也得鼓起極大的勇氣。緊要關頭，或許我會嚇得正眼都不敢瞧。無法查明真凶固然難受，可是，要去確認骨肉至親中的某人就是凶手，同樣教人畏懼。唉，我到底該如何是好？」

「……」

「只顧著胡言亂語，不知不覺走到陌生的地方。這邊屬於什麼町啊？我們也該回去了

註　兩人交互將手掌疊放在對方的掌上，引喻雙方都在重複無意義的行為。

吧。」

「……」

第十一天

「我終於看到了，那座祠堂的後面……」

「後面有什麼？」

「藏著駭人的東西。昨晚，等大家都睡著，我好不容易鼓起勇氣潛進院子。沿著樓下的緣廊，母親和妹妹就睡在一旁的寢室，她們很可能會發現，所以不能取道那邊。可是，若從正門口繞過去，還是得經過她們枕畔，恐怕會落得前功盡棄。幸好，我位於二樓的臥房恰恰面對院子，於是我決定從房間窗口，順著屋頂落地。月光如晝，照亮四周，我爬過屋頂的詭譎暗影，清晰地映在地面。我忽然有種成為凶犯的錯覺，甚至不禁暗忖，將爸爸置於死地的，該不會是自己吧？我赫然想起夢遊症的故事。會不會出事當晚，我也是這樣爬過屋頂，殺死爸爸？我悚然一顫。可是，平心靜氣一想，沒道理發生這麼荒謬的情況。爸爸遇害時，按理，我應該清醒地躺在臥室的床上。

「此刻，我提防著腳步聲，躡手躡腳走向祠堂後方。藉著月光仔細觀察四周，祠堂後方的地面，果然有被人挖過的痕跡。我心想，一定就是這裡，於是試著撥開土，一寸、兩寸挖下去，不久，意外碰到一個不明物體。拿出一看，十分眼熟，是我們家的斧頭。泛著紅色鐵鏽的斧刃，在月光下也能清楚分辨出來，上頭還沾著濃稠黝黑的血塊……」

「斧頭？」

「嗯，就是斧頭。」

「你是指，是妹妹埋在那裡的嗎？」

「此外沒其他人了。」

「可是，我實在無法相信你妹會是凶手。」

「這很難講。真要懷疑，家裡任何人都有嫌疑，無論是媽媽、哥哥、妹妹，乃至於我自己，都對爸爸心懷怨恨，甚至巴不得他早點死。」

「你這麼說，未免太過分。嫁禍給自己和哥哥就算了，居然說你母親恨不得結縭多年的丈夫死掉……我不曉得你父親生前到底多壞，但至親之間不該如此。面對父親的驟逝，你理應也會感到難過……」

「不幸的是，我是個例外，一點也不難過。不管是媽媽、哥哥或妹妹，沒有任何人難過。

說來實在丟人，卻是千真萬確。比起難過，更感到恐懼。因為必須提心弔膽地從親人中找出犯下殺夫，或弒親重罪的凶手，否則，根本找不到其他嫌犯。」

「在這一點上，我非常同情你……」

「可是，找到凶器，卻查不出凶手是誰。在這樣的深夜裡，眼前依舊一片漆黑。我把斧頭重新埋回土裡，再次沿著屋頂默默回到房內，整晚難以成眠。種種幻影模糊浮現眼前，包括媽媽如夜叉般神情猙獰，雙手高舉斧頭的情景；哥哥的臉孔歪曲如石狩川（註），橫眉、豎眼、青筋暴露，聲嘶力竭地大吼，邊舉起凶器劈頭砍下的畫面；妹妹背著手緊握著某種東西，悄悄逼近爸爸背後的模樣……」

「你昨晚都沒睡？難怪我覺得你特別亢奮。你平日就異常敏感，再亢奮下去對身體不好，不妨冷靜一下。你描述的景象太過真實，我不由得反胃。」

「或許我應該裝作若無其事，或許我應該學妹妹將凶器埋在土裡，試著將昨晚的發現深深埋在心底。可惜，我就是不能視若無睹。當然，在世人面前我絕對會守住祕密，但我很想釐清真相。不弄清楚，我實在難以安心。再也受不了，每天必須活在家人互相刺探的日子裡。」

「事到如今，說這種話或許沒用，但你把那麼駭人的事一五一十告訴我這個外人，真的沒關係嗎？雖然一開始是我先問你的，不過，這一陣子，我愈來愈怕聽你說話。」

「告訴你沒關係，我相信你不會出賣我。況且，不找個人說心裡話，我真的會受不了。或許會讓你覺得不舒服，但拜託你聽我訴苦吧。」

「是嗎？那就好。只是，今後你有什麼打算？」

「不知道。我什麼也不知道，可能妹妹就是兇手，又或者，她是為了袒護媽媽或哥哥才藏起凶器。我最無法理解的是，妹妹的言行舉止，不經意透露她在懷疑我。那丫頭懷疑我，到底是什麼原因？一想起她的眼神，我便毛骨悚然。年紀最小、相對敏感的妹妹，恐怕察覺驚人的事實。」

「……」

「看來似乎是這樣。不過，她究竟察覺什麼，我一點也不清楚。心底最深、最深處，不時有個傢伙沒完沒了地嘀嘀咕咕，經常讓我陷入不安。我自己不太清楚，可能唯有妹妹才能看透。」

「你愈來愈奇怪，說的話簡直像在打啞謎。依你剛剛的言論，你父親遇害的那一刻，你確定自己是清醒的，而且正躺在臥房裡。真是如此，應該沒有懷疑你的理由。」

註　發源自北海道石狩山地的石狩岳北麓，注入日本海石狩灣的河川。以顯著的彎曲而聞名。

「理論上是沒錯。問題在於，不知為何，當我懷疑哥哥、妹妹的同時，對自己也產生不安與不信任感，無法斷言自己和爸爸的死真的毫不相干。我就是莫名有這種感覺。」

約一個月後

「你怎麼啦？我多次去探望，但他們都表明謝絕會客，害我非常擔心，真怕你是不是發瘋。哈哈哈哈哈。不過，你瘦了。你的家人也很反常，堅持不願透露詳情。你到底生什麼病？」

「呵呵呵呵，簡直跟鬼一樣吧。今天照鏡子，我也覺得有點恐怖。從沒想過精神上的痛苦，居然能把人折磨成這副德性。我來日不多，光是慢慢走到你家就筋疲力竭，渾身虛脫，彷佛騰雲駕霧。」

「病名是什麼？」

「我也搞不清楚。醫生根本在胡說八道，居然認為我神經衰弱得太嚴重。我還會沒來由地咳嗽，或許是罹患肺病。不，不是『或許』，九成九不會錯。」

「你又來了。像你這麼敏感，實在讓人受不了。一定又是為你父親的死想太多吧？勸你趁早忘得一乾二淨。」

「不，沒事，完全解決。其實，我是來向你報告的……」

「啊，這樣嗎？太好了。最近我沒注意報上的消息，你的意思是找到凶手了嗎？」

「對呀。不過，說到凶手，你可別驚訝，其實就是我。」

「咦，是你殺死父親？喂，別再提那件事。不如這樣，我們在附近散散步好嗎？然後，聊點開心的話題。」

「不、不，你先坐下。總之，讓我把經過告訴你吧，畢竟我是為此專程來找你。你似乎很擔心我的精神狀態，這一點你不用擔心。我絕對沒發瘋。」

「沒辦法，誰教你要說自己是弒父凶手這種荒謬的話。考量到各種情況，你的話簡直是無稽之談嘛。」

「不可能？你這麼認為嗎？」

「當然，你父親遇害的時候，你不是清醒地躺在臥室床上嗎？一個人要同時出現在兩個地方，怎麼想都不可能吧？」

「的確。」

「這不就結了嗎？你不可能是凶手。」

「可是，躺在被窩裡，不代表不能殺害待在戶外的人。誰也沒注意到這一點，直到最近，我都沒產生過這種念頭。可是，兩、三天前的晚上，我忽然驚覺一件事。當時，與爸爸遇害那晚同樣是深夜一點左右，二樓窗外有兩隻貓的叫聲特別淒厲。這兩隻貓簡直像要鬧到天翻地覆，鬼吼鬼叫老半天。由於實在太吵，我不禁從床上爬起，打算開窗趕貓，忽然靈光一閃，有種豁然開朗的感覺。人的心理作用，委實奇妙。明明是非常重大的事，卻彷彿沒發生過般忘得精光。之後，在偶然的機緣下，忽地恢復記憶，像鬼魂從墳場倏然現身，以大得驚人、極端淒厲的樣貌浮現眼前。仔細想想，人類經營日常生活是何等危險的行為，稍一失足，便會造成致命的重傷，虧世間眾生還能一臉悠哉地活著。」

「所以，結果到底如何？」

「先聽我說完嘛。當時，我忽然想起爸爸遇害那一晚，為什麼我會在一點左右醒過來。本次的事件，這是最關鍵的重點。我一向躺下去，就會一覺到天亮。不料，我卻在半夜一點清醒，其中一定有什麼理由。想起那一刻之前，我壓根沒注意過這件事，如今記憶再度被貓叫喚醒。那一晚，同樣傳來貓叫聲，我才會突然醒來。」

「跟貓有關係嗎？」

「是的。說到這裡，你聽過佛洛伊德（註）的『潛意識』嗎？總之，大意是說，我們心中不斷萌生的欲望，大部分都因無法實現而遭到埋葬。有些是不可能的妄想，有些雖然可能實現，卻是社會禁止的欲望。數不清欲望的下場，就是我們親手幽禁在無意識的世界。換言之，就是忘記。遺忘，但此舉並非完全消滅欲望，只不過是關在我們心底最深處，不准出來。死不瞑目的欲望亡魂，在我們心底暗處幽幽徘徊，不時躍躍欲試地耐心等著，稍有機會便隨時竄出，趁我們睡著的空檔，在夢中變裝，大膽現形。情況愈演愈烈，最後不是歇斯底里，就是變成瘋子。運氣好，一經昇華，即可成就大藝術或大事業。只要找一本精神分析學的書來看，想必你會備感驚訝。遭到幽禁的欲望擁有難以想像的可怕力量，我以前對這些事一直有興趣，也可說是稍有涉獵。

「在該派學說中，有所謂的『遺忘說』。意思是，一個人忽然忘記本來很清楚的事，之後就是想不起來，即俗話的『失憶』。那絕非偶然。既然遺忘，必有原因。或許是基於某種緣故不便回想，卻在不知不覺中，將記憶幽禁在無意識世界。這種實例很多，有個故事可說明一二。

「以前，某人忘記瑞士神經學家海拉格斯（註一）的名字，怎麼都想不起來，幾個小時後卻

註　Sigmund Freud（一八五六～一九三九），奧地利神經學家、精神分析的創始人。以性解釋人類的潛意識而聞名。著有《夢的解析》、《歇斯底里的研究》等書。亂步嗜讀佛洛伊德，後來甚至在昭和八年加入由大槻憲二主持的精神分析研究會。

偶然浮上心頭。平常熟知的名字，怎麼會忘記？他感到十分不可思議，於是依照聯想的順序回溯，海拉格斯——海拉巴特——巴特（浴室）——沐浴——礦泉，這些詞逐一浮現腦海。這下總算解開謎底，原來此人曾在瑞士罹患一種非以礦泉浴治療不可的疾病。正是這段不愉快的聯想，阻礙他的記憶。

「此外，精神分析學者瓊斯（註二）曾發表一則實驗談：某人很愛抽菸，他心想抽這麼多菸對身體不好，那一瞬間，他忘記菸斗放在哪裡，怎麼找都找不到。豈料，之後卻在意外的地方尋獲，原來是他無意識地藏起菸斗……聽著像在上課，不過這種遺忘心理學，正是解決這次事件的重要關鍵。

「其實，我也遺忘某件驚人事實。那就是殺死爸爸的，原來是我……」

「有學問的人一旦妄想起來，真是傷腦筋。這麼荒唐無稽的事，你居然能鉅細靡遺、引用複雜學說詳細解釋。這樣的你，若宣稱會忘記自己殺人，天底下還有比這更可笑的事嗎？哈哈哈哈哈，你清醒點吧。我看你真的有點不正常。」

「請等一下，讓我把話說完，之後你想發表什麼議論都行。我絕非來找你開玩笑。回到剛才的話題，當我聽到貓叫聲時，旋即浮現一個念頭：貓該不會立刻跳到屋頂對面的松樹上吧？一定是跳過去了。我赫然驚覺，當時的確聽到啪擦一聲，這就是我想起的……」

「你愈說愈離奇。貓跳上松樹，跟死因到底有什麼關係？我真的很擔心你耶。你的精神狀態……」

「你也知道那棵松樹吧。那棵高得嚇人的大樹，簡直是我家的標誌。松樹底下正是爸爸常坐的那塊石頭……說到這裡，你大概猜到了吧……貓跳到松樹上的那一刻，恰巧撞到掛在樹枝上的一樣器具，那器具便順勢掉到他頭上。」

「你的意思是，斧頭掛在樹上？」

「是的，就是斧頭掛在樹上。純屬巧合。然而，並非不可能。」

「可是，這是湊巧發生的意外，應該不能怪罪於你。」

「問題是，把斧頭放在樹上的就是我。直到兩、三天前，我都沒想起此事。這正是所謂的遺忘心理。把斧頭放在樹上，或者該說，遺忘在樹杈上，已是半年前的事。之後，我沒再想起那把斧頭。另一方面，由於不曾需要用到斧頭，自然沒機會想起。即使如此，還是應該會在某種契機下喚起記憶。照理也會留下深刻的印象，我卻忘得乾乾淨淨，顯然其中有什麼理由。

「今年春天，為了砍松樹的枯枝，我曾拿著斧頭和鋸子爬到樹上。砍樹枝時，得劈腿踩在

註二　海格拉斯的身分不明。

註三　Ernest Jones（一八七九～一九五八），英國精神分析學家，受到佛洛伊德的薰陶，於一九一三年創立英國精神分析學會。

樹枝之間，是很危險的工作。因此，若用不到斧頭，我習慣先放在樹杈上。那個樹杈恰恰位於石頭正上方，大約比雙層樓房的屋頂再高一些。我清理著樹枝，暗忖：倘若斧頭從樹上掉落不知會怎樣？一定會砸到那塊石頭。如果不巧有人坐在石頭上，可能會導致那個人意外身亡。於是，我想起中學物理課學過的『自由落體定律』（註）公式。這段距離乘以加速度，那股力道肯定足以砸碎人類的頭蓋骨。

「坐在那塊石頭上休息，是爸爸的習慣。原來不知不覺中，我已著手計畫殺害爸爸。儘管只是默默思索，我仍嚇得臉色發青。再怎麼罪大惡極，畢竟是爸爸，我居然想殺他，還算是人嗎！我命令自己趕緊抹消不祥的妄想，於是，大逆不道的欲望幽禁在潛意識裡。豈料，那把斧頭接收我的邪念，在樹杈上等待時機來臨。根據佛洛伊德的學說，毋庸贅言，將斧頭遺忘在樹上的行為，正是我的潛意識下達的指令。名義上是潛意識，但我指的並非一般的偶然造成的錯誤，那完全出自我的意志。只要把斧頭遺留在樹上，應該有機會掉下來吧？到時候，如果爸爸湊巧坐在樹下，應該能順利殺了他吧？這個複雜周延的計畫隱藏在暗默中，更可怕的是，此一邪惡企圖連我自己都不知情。準備好置爸爸於死地的機關，卻又刻意遺忘，表面上若無其事，裝得像個好人。更明白地說，是我潛意識層面的壞人，欺騙意識層面的好人。」

「你講得好複雜，我實在聽不懂。但我怎麼覺得，你一副故意當壞人的口吻？」

「不，沒那回事。一旦你理解佛洛伊德的學說，便不會這麼認為。首先，關於那把斧頭，怎麼可能一忘就是整整半年？事發後，我甚至親眼目睹沾血的同一把斧頭。一般情況下，遺忘得如此透徹，幾乎是不可能的事。第二，為何我明知樹下很危險，仍將斧頭遺忘在樹上？第三，為何我偏偏選那個危險地點放斧頭？以上三點極不自然，這樣還能說我毫無惡意嗎？拿忘記當藉口，就能抵消心中潛藏的惡意嗎？」

「那麼，今後你有何打算？」

「當然是去自首。」

「這樣也好。不過，任何一位法官都不可能判你有罪，這點至少能夠安心。對了，之前你提到的證物，又怎麼解釋？我是指手帕和你母親的梳子之類的。」

「手帕是我的。砍松枝時，我用來纏在斧柄，之後就忘了。沒想到，那晚會和斧頭一起掉下來。至於梳子，我真的不清楚，但猜想是媽媽當初發現爸爸屍體時遺落的吧。約莫是為了保護她，哥哥才藏起來。」

「那麼，你妹埋斧頭的事呢？」

註　在自由落下運動中，落下的高度等於二分之一的重力加速度乘以落下時間的平方，是為自由落體定律。

「妹妹是第一個發現者，有充足的時間藏凶器。她必定一眼看出是自家的斧頭，認定爸爸的死與家中某人有關，於是決定先藏起重要證物，畢竟她有點小聰明。後來，警方搜索我家，一般的隱藏地點恐怕無法安心，她才會選中祠堂後面重新掩埋吧。」

「這段日子，你不斷懷疑家人，到頭來凶手居然是自己。看樣子，乾脆當成是小偷犯下的罪行，還比較好交代。不過，想想挺有喜劇的氛圍。在這節骨眼，講這種話雖然不太恰當，但我實在無法心生同情。因為我不太能接受你是凶手。」

「那段期間，懷疑家人的可笑錯覺才是最致命的。你說得沒錯，真的是喜劇。只是，這些荒謬得足以視為喜劇的情節，反倒證明我並非單純的健忘。」

「說穿了，或許真如你所言。不過，聽過你的告白，與其說是難過，反倒更想好好慶祝一下，籠罩數日的疑雲總算散去。」

「在這一點上，我也鬆了一口氣。家人表面上看來彼此懷疑，其實是在互相袒護。即使有那樣的爸爸，也沒人壞到狠心殺害他。全家都是難得的大好人。而唯一的惡人，就是懷疑家人的我。疑心病特別強的我，正是道道地地的惡棍。」

〈疑惑〉發表於一九二五年

火繩槍

本篇是作者在學生時代試寫，並未發表的處女作。當時，作者先將故事概要寫在日記本的空白處，之後才委請友人謄稿。由於只是故事概要，在架構與文筆上都未臻成熟、毫無趣味可言，無奈作者已沒有心力根據概要重新改寫。

在原作的前言，以很長的篇幅描寫主角橘梧郎這名業餘偵探的爲人，但因内容不夠生動有趣，本次收錄直接刪除。

橘是高等學校的學生，醉心推理小說與犯罪學，旁人甚至替他取了「福爾摩斯」這個綽號，算是個怪胎。「我」是橘的同學，在故事裡扮演華生的角色。

平凡社版「江戶川亂步全集」第十一卷（昭和七年四月）

某年寒假，我收到友人林一郎的邀請函。信中大意是，他與弟弟二郎在一週前相偕來到此地，鎮日狩獵，但只有兩人的出遊很快失去新鮮感，希望我有空能前往一遊。信封是飯店提供的，印著A山麓S飯店。

當時，我終日無所事事，正愁不知如何打發漫長的寒假，收到邀請函非常高興，欣然決定應朋友之邀，直接奔赴飯店。林與平日感情不佳的義弟（註一）居然會一同出遊，我實在有些納悶，不過我沒多想，便拉著橘一起出門。前一天的陰雨完全不見蹤跡，這是個十二月溫暖如春的冬日。我和橘沒什麼行李好收拾，雖說是旅行，其實極為輕便，兩手空空就能上火車。這天，橘——這似乎是他的習慣，居然在制服外罩著長披風，實在很不搭。他整個人深埋在車廂角落，喃喃吟誦愛倫・坡的〈大烏〉（註二）。他從披風外套的一隻袖口伸出手肘，倚著窗框，癡迷望著不斷掠過窗外的風景，邊吟誦詭譎怪鳥詩篇的模樣，意外有種神祕感。

經過三小時，火車抵達A山麓的車站。由於我沒事先通知，車站當然沒有人來迎接，我們索性坐上車站前的黃包車前往飯店。抵達飯店後，在門口迎接我們的門僮告知：

「找林先生嗎？他的弟弟出門了，哥哥在後方的偏屋睡覺。」

「睡午覺嗎？」

「是的，下午林先生會休息片刻。我帶兩位到偏屋吧。」

所謂的偏屋，是與主屋隔著約十間距離的庭園，屬於獨門獨棟的小洋房。不過，和主屋之間由一條筆直的長廊相連。

帶我們到屋前的門僮說「林先生休息時會鎖上門」，一邊輕敲緊閉的門。林似乎睡得很熟，完全沒有回應。門僮稍稍用力敲，仍無法從睡夢中叫醒林。

「喂，林，快起來！」

換我試著大聲呼喚，以為睡得再沉也該驚醒，然而，裡頭依然毫無動靜。橘跟著一起用力敲門叫喊，林卻完全沒有醒來的跡象。我忽然心生不安，腦海浮現極為不祥的畫面。

「喂，有點不對勁。能不能想想辦法？」我和橘商量。橘似乎有同感，轉身問門僮：

「你確定林在屋裡睡覺嗎？」

「對，當然——因為門是從內側鎖上。」

「沒有其他備用鑰匙嗎？」

「有。要我去拿嗎？」

「敲這麼大聲還沒醒來，顯然不尋常。總之，先拿備用鑰匙開門，瞧瞧裡面的情況。」

門僮旋即返回主屋，取來備用鑰匙。

門一開，橘一馬當先衝進去。朝位於門口正對面牆邊的床鋪大步上前，橘卻愣在原地，微微驚呼。

床上，脫去外衣僅剩一件內衣的林一郎，遭子彈貫穿左胸，不省人事。猩紅血海從內衣流出，染紅白床單，屋內瀰漫著未乾的血腥味。突然目睹林的慘狀，我一時無力思考，只能恍惚看著橘的一舉一動。

註一　「義弟」在日文中泛指同父異母或同母異父的弟弟，但本文從頭到尾皆未清楚交代兩人關係。

註二　愛倫・坡於一八四五年發表的詩作，原名為〈The Raven〉，日譯名為〈大烏〉或〈鴉〉。是確立愛倫・坡在詩壇名聲的代表作。

橘凝視橫死的屍體半晌，接著，吩咐被血腥的意外事件嚇得不敢吭聲、畏畏縮縮、愀然變色，又猛打哆嗦的門僮，無論如何先報警，隨後離開床邊。他這才頭一次仔細環視房內。

前面提過，這幢偏屋是獨棟洋房，東邊與北邊是牆壁，牆角放著床鋪，並排放著西式衣櫃。床鋪正對面，也就是西側靠北處，是這房間唯一的入口，外面藉由長廊與主屋相通。南邊牆上有兩扇窗，西側的窗下有張大桌，桌上放滿書擋及幾本原文書。書擋旁邊，放在架子上的，大概是花器吧，外形很特別，看似渾圓、以玻璃製成的球體，裡面裝滿水。花器前，隨意扔著一把舊式獵槍。此外，還有鋼筆、墨水及一封信，這些就是桌上所有物品。桌前與桌旁，規矩放著兩把常見的椅子。

兩扇都是玻璃窗，但正對桌前的窗子半敞，燦爛的陽光透過這扇窗灑滿桌面。

橘環視室內，走近桌前半開的窗子，倏然探出頭眺望。縮回脖頸後，他注視著桌上的獵槍。接著，看信封一眼，再翻翻自己的披風口袋，取出掛在懷表鍊子上的吸鐵石。賞玩吸鐵石一番後，一下探出窗外遠眺天空，一下定睛打量桌上，或者轉身回視房間角落的床鋪，來來回回不知重複幾次。此時，主屋那頭沿著走廊傳來倉皇的腳步聲。不知橘在想什麼，忽然一陣緊張，迅速從口袋取出鉛筆，匆匆在桌上標示出獵槍與玻璃瓶的位置，對於那扇半開的窗子也同樣做了記號。

與此同時，接獲門僮急報趕來的警方一行人，大步闖進案發現場。其中包括穿制服的警部和巡查，及一身西裝的刑警和法醫，隨警方而來的則是飯店老闆，與一開始帶我們來這幢屋子的門僮。只見門僮一臉慘白地默默站在一旁。

法醫和刑警一進屋，立刻筆直走向床鋪，摸索著展開調查。只見刑警從屍體的胸前拉出附鍊子的懷表，咕噥著：「應該是在一點半遇害。」

看來，中彈的懷表指針停在一點半。刑警檢查屍體之際，警部招來門僮展開偵訊：「你說被害者在餐廳吃完午餐就回房了吧。嗯，你沒聽見類似槍彈發射的聲響嗎？」

「這麼一問我才想起，中午過後，的確曾聽到巨響。不過，後山一直都有槍聲，我就沒特別留意。」

「這把槍——似乎是火繩槍（註），怎麼回事？是被害者的嗎？」

警部拿起桌上的火繩槍，鼻子湊近槍口，不假思索地低語：「唔，還有硝煙味。」

「啊，您是問這把嗎？是這位先生的弟弟……」飯店老闆插嘴。

「弟弟？」

註　十五世紀後半歐洲的發明，是利用火繩點燃火藥的槍。戰國時代引進日本，幕府末期後裝式火槍傳入後也用於打獵，明治時代以後地方也開始使用。

「對，是二郎先生，也住在我們這裡。目前他外出不在，他的房間在主屋那邊。」

「那把槍呢？」

警部微微側身，指著床鋪上方。循警部指示的方向望去，可看見最新型的連發槍，就掛在勉強伸手可及的高處。說來糊塗，我此刻才發現有另一把槍。

「那是哥哥的槍，他總帶著這把槍到後山打獵。」

此時，離開屍體，眺望著窗外的刑警不知發現什麼，嚷嚷著：

「啊，你們看這邊！」

我也為刑警的叫聲吸引，順著他的目光俯瞰窗下。只見昨日那場雨弄濕的小庭院，清晰印著木屐的印子。發現鞋印的刑警，一臉得意地轉向警部，隨即展開演說：

「看來，犯罪過程極為簡單。簡單地說，犯人很清楚被害者有午睡的習慣，於是等被害者入睡再潛行到這扇窗外，靜靜打開窗戶，拿起火繩槍狙擊。之後，想必是將槍往桌上一扔就逃走。因此，只要調查哪些人瞭解被害者的日常作息，應該就能找出犯人。」

刑警大放厥詞的同時，走廊傳來一陣慌亂的腳步聲，一名青年衝進來。是二郎。他一進來就朝床上的兄長屍體看，由於過度震驚，神情異常僵硬。不知為何，一見到二郎，我突然心跳加快，總覺得他誤闖不該來的地方。一切事證等於都指向他，指控他是凶手。火繩槍是二郎的、窗外鞋印是木屐留下、眼前的二郎正是一身和服，加上我又很清楚他們兄弟之間的家庭糾紛。

「這到底是怎麼回事？」二郎聳肩猛喘大氣，一進來就沒頭沒腦地大吼。

「你就是二郎先生吧？」刑警語氣尖銳。

「是的。」二郎看著眼前一排萬分緊張的面孔，臉色益發慘白，顫聲回答。

「那麼，這個呢？這把火繩槍是你的吧？」刑警指著桌上的獵槍問。

二郎一看，似乎大吃一驚，仍坦然回答：「是的。不過，那把槍哪裡不對勁嗎？」

刑警沒理會，繼續咄咄逼問：「剛才你去哪裡？」

二郎支支吾吾，好不容易勉強低語：「我不便奉告，應該也沒必要告訴你。」

「抱歉，請問你們是親兄弟嗎？」刑警說著，臉上露出嘲諷的微笑。

「不，並不是。」

接著，警方又提出許多問題。由於法醫要驗屍，警方也必須針對屋子內外進行調查，忙碌半天後，二郎當場遭到拘押。

那天傍晚，橘和我在飯店的客房裡面面相覷。為了處理喪葬事宜，我們決定留下。

「好一會兒沒見到你，你跑去哪裡？」

我率先打破沉默。平常就是推理狂的橘，碰上這種案件自然不可能袖手旁觀。他從命案現場消失一段時間，想必發現什麼揭發真相的線索，不然就是四處奔走找證據，我很想聽聽橘的推理，於是刻意引導話題。話雖如此，我真正想聽的不是名偵探的演說，而是如此簡單明瞭的殺人案件，橘這個推理狂還能怎麼吊胃口地說明。豈料，橘忽然張大嘴，「啊哈哈哈」地放聲大笑。

我一頭霧水，困惑地望著橘，暗自懷疑林的橫死導致他有點神經失常。

「依鄉下刑警的水準，他們調查的動作倒是挺快。不過，對於偏好追根究柢的鄉下偵探，這起命案未免太單純。是的，這是單純過頭的單純事件……」

橘打算繼續說時，在門僮的帶路下，我們談論的話題人物——橘所謂的鄉下偵探，翩然來訪。

「剛才真不好意思，我還有點事想請教。」鄉下偵探客氣地打招呼。

「不敢當。怎麼樣，二郎自白了嗎？」

聽我這麼問，刑警面露不悅地回一句：

「沒必要告訴你們。」

「那麼，您有何貴幹？」

「當時的情形，我想進一步瞭解。」

刑警逼近我，一旁的橘流露諷刺又得意的微笑：「沒必要進一步調查吧。」

聽似侮蔑的說詞，顯然立刻激怒刑警。

「什麼叫沒必要調查？這可是我的職責。」

「要調查是您的自由，但我認為沒必要。」

「為什麼？」

「我不曉得您怎麼想，不過，這並非犯罪案件。沒有犯人，自然也沒有深入調查的必要。」

聽到橘意外的言論，刑警和我驚訝得差點跳起來。

「不是犯罪?哼，那你認為是自殺嘍？」刑警的言詞不自覺伴隨著「你這種毛頭小子懂什麼」的侮蔑之意。

「不，當然不是自殺。」

「難不成是過失致死？」

「也不是那樣。」

「啊哈哈哈哈，這倒有意思。不是他殺，也不是自殺，又不是過失致死嗎？那個男人到底是怎麼死的？該不會是你……」

「不，我只是說，這並非犯罪案件，沒說不是他殺。」

「這我就不懂了。」

嘴上這麼講，刑警依舊掛著揶揄的笑容。看到刑警的嘴臉，橘一副火大的樣子，狠狠瞪著刑警應道：

「就算馬上在這裡說明，您可能也不會服氣，不如明天再給您看證據吧。」

「證據？哈，真有那麼寶貴的證據，我倒想見識見識。不過，為什麼非要等到明天？」

「當然有重大的意義，等到明天才能給您看。總之，明天下午一點請再過來，我一定會拿出令人心服口服的證據。」

「你不是在開玩笑吧？好，就約明天下午一點。」

「不過，萬一明天下雨，甚至只是有點陰霾都不行。」

「咦，陰天就不行嗎？」

「是的，一定要像今天這樣的晴天，才能讓您看到證據。還有，赴約時請順便帶著那把火繩槍。」

「你的要求還挺多。好吧，明天我就拭目以待，今天先告辭。」

刑警甚至懶得放話，撂下這一句，旋即帶著冷笑與傲氣揚長而去。刑警一走，橘便向我嘀咕：「該死的鄉巴佬刑警，這次居然懷疑起我。」

雖非鄉下刑警，不過橘的言行舉止實在太出人意表，連我也不得不懷疑起橘的說詞。橘所謂的「證據」，到底是指什麼？

「喂，你提到的證據究竟是啥？」

這麼一問，橘若無其事地回答：

「那個房間的桌上，不是有個造形特殊的花瓶嗎？那就是證據。」橘說得斬釘截鐵，我卻摸不著頭緒。不過，我也拉不下臉追問。對於自己的無能，我感到既可悲又可厭，於是陷入沉默。

當晚就寢前，打開房間窗戶向外望時，我赫然瞥見一名可疑男子，在黑暗中倚窗僵立。

翌日，幸好是個萬里無雲的晴天。

昨天的刑警連同兩名巡查，準時在下午一點抵達，右手還牢牢握著那把火繩槍。橘看到跟在刑警身後的一名巡查，便走過去，輕拍對方的肩膀笑道：

「昨晚辛苦你了。」

聽到這句話，反倒是刑警手足無措：

「其實，我是怕犯人還躲在飯店裡，才會派人徹夜留守。」

他像要找理由開脫般辯解。如此說來，前一晚我看到的可疑男子，應該是這名巡查。

好，等所有人到齊後（當然包括飯店老闆和門僮），今天的主角橘，泰然自若地走近位於西南角的桌子，將桌上的物品按昨天的擺設逐一歸位。刑警帶來的火繩槍已裝上預備的子彈和火藥，正確放在做記號的位置。花瓶和花瓶架（這兩者橘最為留意）也放在原先的位置。桌上的物品和昨天一樣，分毫不差地擺好，接著，橘將桌前的窗戶打開到標有記號的地方。布置妥當，橘向門僮咬耳朵。門僮點點頭出去，不久便抱著一個真人大小的稻草人回來。稻草人凌亂地套著內衣，橘隨即從門僮手中接過稻草人，安放在角落的床上，如同昨天林睡著的模樣。

一切準備就緒後，橘掃視在場眾人，緩緩開口：

「如此一來，這個房間的擺設應該和昨天出事時分毫不差。舉凡重要物品的位置，我都預先做過記號。好，接下來，昨天林究竟是如何被殺——不，胸前是如何中彈，我就讓各位親眼看看當時的情形。」

聽到橘充滿自信的話語，眾人不約而同嚴肅起來。

「針對這起事件，想先陳述一下我的看法。警方似乎認定二郎是犯人，我只能說是錯認真相。不僅是二郎，在這起事件中，沒有任何人殺害林一郎。警方懷疑二郎的首要理由，是因這把火繩槍屬於他。但我認為，這理由根本不成立。再愚笨的人，也不可能蠢到拿自己的槍殺人，再把凶器留在現場，落荒而逃。我反倒認為，這點正足以證明二郎的清白。警方懷疑二郎的第二個理由，就是院子裡的鞋印，同樣不過是個有利的反證。只要事後調查就會發現，來回步伐的大小一致，而且步伐之間的距離很短。一個犯下殺人罪的人，可能這麼冷靜地離開命案現場嗎？還有，謹慎起見，昨晚我沿著腳印調查過。可笑的是，那其實是住在這家飯店後山的瘋丫頭，鑽過樹籬潛入庭園留下的腳印。警方懷疑二郎的第三個理由是，二郎在案發時間正巧不在，還不肯透露行蹤。關於此事我不想多做說明，不過，我唯一能說的就是，門僮表示，二郎一出門，住在二樓的某位老紳士的千金便跟著外出，而那名千金幾乎與二郎同時回來。或許二郎已告訴警方此事。」

橘暫且打住，靜靜望向刑警。刑警點點頭，無言地承認橘的推斷。

接著，橘再次開口：

「最後，一郎與二郎並非親兄弟，似乎也成為警方懷疑他的理由之一，但我認為簡直薄弱到不足以成為理由。縱使二郎對一郎懷有殺意，也不可能選擇耳目眾多的飯店。他們兄弟天天到後山打獵，真想動手，在山裡多得是機會。就算運氣不好被誰撞見，可拿身處的地點為藉口，宣稱是要射擊飛禽走獸時不慎誤殺。逐一釐清後，我實在找不出懷疑二郎的理由。怎麼樣，各位依舊認為二郎是凶手嗎？」

橘的滔滔雄辯和精闢入理的推論，實在教人佩服，我在心中不斷大喊「有道理、有道理」。豈料，橘再次開口：

「起初，我見火繩槍放在桌上，死者衣服又被硝煙熏得焦黑，一時也以為是自殺，但發現桌上兩樣物品致命的因果關係後，我驚覺自己猜錯。接著，我得知腳印與這起案件毫無關係，更加無法想像會有什麼犯人。如此一來，林的死該怎麼解釋？除了說是沒有犯人的他殺，恐怕沒有其他可能吧。」

啊，沒有犯人的他殺。天底下真有這種奇妙的事嗎？眾人乾嚥著口水，專心聽橘解釋。

「如果我的揣想無誤，昨日正午林吃完中餐，便從二郎的房間拿走裝有子彈的火繩槍，再回到這個房間，倚著這張桌子把弄。驀地，他想起得寫信給友人，於是隨手將火繩槍往桌上一放，提筆寫信。當時，槍座恰巧靠在這個書擋邊上，就是造成此案的主因。寫完信，由於林習慣午睡，便在床上躺下。不知經過多久，明確時間我無法判斷，總之到了一點三十分，慘劇驟然發生。不可思議的無犯人凶殺案，於焉展開。」

橘從口袋掏出懷表。

「好，現在是一點二十八分。再過一、兩分鐘，無犯人的命案即將實行。到時，這起案件將會真相大白。請你們注意桌上的花瓶。」

眾人像在看魔術師表演，十二隻眼睛一齊鎖定那只玻璃瓶。

此時，一個念頭掠過腦海。原來如此，我知道箇中原因了，真相就此大白。

這是太陽與玻璃瓶造成的離奇殺人案件。

請看，從窗口射入的強烈陽光，貫穿裝滿水的球狀玻璃瓶。陽光凝聚後，如火焰般炯炯發亮，變得益發熾烈，在火繩槍上逐漸形成詛咒的焦點。

隨著太陽的偏移，焦點也緩緩移位，只見白熱的陽光投射在點火孔上。霎時，尖銳的槍聲響遍室內，槍口冉冉冒出白煙。

眾人的視線一同移向床鋪。

胸口遭到槍擊的稻草人，冒煙起火，滾落一旁。

〈火繩槍〉完成於一九一五年

《兩分銅幣》

文／傅博

※本文涉及作品謎團，讀者先閱讀作品，然後閱讀本文爲宜。

《兩分銅幣》為「江戶川亂步作品集」第一卷，一共收錄江戶川亂步於一九二三年出道，以至二五年所發表的短篇與極短篇十六篇。依二次大戰前的二分法分類，都是屬於「本格推理小說」。當時之本格推理小說的概念比較模糊，凡是在現實社會發生之具有謎團的事件，經過推理解決後，另有意外收場的皆屬之，這類不大注重「邏輯推理」，注重結尾之意外性的筆者另稱為「準本格推理」。

本書準本格推理為多。故事都是大正時期（一九一二至二六年）為背景。大正時期很短暫，僅有十五年，卻是日本近代（一八六八至一九四五年）史上最和平的時期。文化爛熟，大眾社會成立，大眾文化充滿色情、奇異、荒謬。亂步的作品恰好適應時代的要求，獲得讀者的支持。其故事的主角，大多是非尋常人物。有失業青年、敗家子、夢遊症患者、雙胞胎、小心翼翼者、善於變相者、紳士竊盜等。這群非尋常者涉及的事件，當然不尋常，充滿獵奇性、耽美性、浪漫性。

〈兩分銅幣〉（二錢銅貨）：刊於《新青年》一九二三年四月號，原文約兩萬字。亂步之處女作，確立日本推理小說之里程碑的傑作。兩名失業青年，「我」與松村武無事可做，整天待在租來的小房間裡。有一天松村從「我」買香菸找來的兩分銅幣裡面，發現一張密碼，經過松村解碼後，認為是稍前報紙所報導之紳士竊盜的藏金密碼。意外的結尾充滿遊戲性。

〈一張收據〉（一枚の切符）：刊於《新青年》一九二三年七月號，原文約一萬五千字。亂步與〈兩分銅幣〉同時投稿《新青年》之另一篇。博士夫人在家裡附近鐵路上被火車輾死，雖然懷裡有遺書，黑田刑警從現場情況判斷是他殺，推理凶手是××。但是一名在夫人被輾死時，剛好在現場附近的青年，從現場搜集一些證據，提出另種推理。

〈致命的錯誤〉（恐しき錯誤）：刊於《新青年》一九二三年十一月號，原文約兩萬六千字。亂步之第三短篇。一場意外的火災，妻子被燒死，丈夫懷疑妻子受當時在火災現場之友人的暗示而致死。丈夫欲替妻子報復，設計一套詳細的復仇計畫，結果呢？

〈二廢人〉（二癈人）：刊於《新青年》一九二四年六月號，原文約一萬兩千字，亂步之第四短篇。兩名心理受創的中年人，在溫泉鄉泡湯認識。互相回憶年輕時的受難，一名是在戰場受傷，面貌燒毀很醜惡。另一名是學生時代患了夢遊症，不知不覺地去偷東西，由此前途被廢，結尾有意外的反轉。

〈雙生兒〉（双生児）：刊於《新青年》一九二四年十月號，原文約一萬三千字，亂步之第五短篇。一名死刑囚向教誨師告白他如何利用雙胞胎之面貌相似的利點，計畫完全犯罪的經過，結果失敗，被判死刑。真正的收場呢？

〈紅色房間〉（赤い部屋）：刊於《新青年》一九二五年四月號，原文約兩萬字，亂步之第九短篇。亂步於二四年十一月辭去大阪每日新聞社工作，專事創作推理小說。二五年一月至八月，在《新青年》連載短篇。本篇為第四篇。前三篇都屬於名偵探明智小五郎探案，收錄於第二卷作品集《D坂殺人事件》裡。

本篇寫七名好奇心旺盛的紳士，每月在紅色房間聚會一次，恭聽會員之奇怪的經驗談。今晚輪到新會員T，T說自己是殺人狂，列舉幾件例子說明如何利用「或然率」去殺人，至今已殺害近百人，但是未曾被逮捕過。有意外的結尾。

〈日記本〉（日記帳）：刊於《寫真報知》一九二五年三月五日號，原文約七千字，亂步之第十短篇。亂步於《新青年》以外之雜誌首次撰寫的作品，與下一篇〈算盤傳情的故事〉合稱「戀二題」，都是密碼小說。

本篇寫膽怯的弟弟病逝，他留下來的日記，記錄與一名女性通訊的經過，哥哥發覺他們寄出的明信片都有密碼，密碼的真相是什麼？

〈算盤傳情的故事〉（算盤が恋を語る話）：刊於《寫真報知》一九二五年三月十五日號，原文約九千字，亂步之第十一短篇。一名膽怯純情的上班青年，喜歡坐在鄰席的會計小姐，他一直不敢向她告白，有一天他想出妙計，利用她桌子上的算盤，寫密碼向她告白。結果呢？

〈盜難〉（盜難）：刊於《寫真報知》一九二五年五月十五日號，原文約一萬五千字，亂步之第十三短篇。「我」向小說家講述在新教教會上班時，怪盜來信預告，要偷走金庫內的一萬圓（現值四百萬圓）。結果，怪盜按時偷走了一萬圓，事件撲朔迷離複雜。是一篇談話體之羅生門小說的傑作。

〈白日夢〉（白昼夢）：刊於《新青年》一九二五年七月號，原文約五千字，亂步之第十四短篇。「我」在路上看到一群人，圍繞著一名大約四十歲的人，聽他笑嘻嘻地演講，他說太太很漂亮，他很愛她。她唯一的缺點是心猿意馬，愛情不專，讓他心痛……最後說出令人難以相信的事情，是真？是偽？是否「我」的白日夢？

〈戒指〉（指環）：刊於《新青年》一九二五年七月號，原文約三千五百字，亂步之第十五短篇。在列車內一名婦人的戒指被竊，婦人找來車掌，指B所竊，當場搜查B身體，找不出戒指，當時A坐在B旁邊。幾天後，A在列車內偶然碰到B，A向B推理，B竊了戒指後如何隱藏，逃過搜查。

〈夢遊者之死〉（夢遊病者の死）：刊於《苦樂》一九二五年七月號。原文約一萬三千字，原名為〈夢遊病者彥太郎の死〉，亂步之第十六短篇。彥太郎幼小時就患醒著犯迷糊的怪病，小學畢業後就不再發作。但是過了二十歲，怪病再次發作。有一天深夜，父親被殺，由現場情況判斷，他認為是自己的夢中作為，但是……

〈百面演員〉（百面相役者）：刊於《寫真報知》一九二五年七月十五日號與二十五日號。原文約一萬一千字，亂步之第十七短篇。「我」與新聞記者R去觀看百面演員的變貌，演技很逼真。回來後R對「我」說，百面演員可能是近來連續發生之獵奇殺人事件凶手，R提出證據說明，但是……

〈一人兩角〉（一人二役）：刊於《新小說》一九二五年九月號，原文約七千五百字，亂步之第十九短篇。「我」的朋友T，因有祖產，過著放蕩不羈的生活。有一天晚上異想天開，變裝回家，趁暗夜與妻子睡覺。深夜妻子睡熟時，偷偷溜出去，翌日白天回來看妻子的反應。這樣兩、三天就變裝回家一次，結果呢？

〈疑惑〉（疑惑）：刊於《寫真報知》一九二五年九月十五日號、九月二十五日號、十月十五日號，原文約兩萬三千字。亂步之第二十短篇。「我」與父親被殺的朋友S，以對話形式，用精神分析法推理殺死父親的凶手，有安樂椅子偵探之趣。

〈火繩槍〉（火縄銃）：以發表順序來說，是亂步之第四十二短篇。實際上是一九一六年以前，大學生時代的習作。收錄在三二年四月出版之「江戶川亂步全集」第十一卷，原文約一萬一千字，是一篇模仿福爾摩斯探案之密室殺人事件為主題之本格推理。

二〇一〇年一月十三日

兩幽禁的夢境

文／權田萬治

1

江戶川亂步奇妙的犯罪幻想，總散發著鄙俗的日常空間特有的妖異魅力。最重要的是，亂步雖然一直夢想逃離這污穢的現實，但他早期親手打造的短篇小說世界卻正是毫無特色的平凡日常生活。就這點而言，與脫離現實、在中世紀黑魔術世界發現知性迷宮美學的小栗虫太郎，以及從寫作之初即放棄夢幻、決心以紀錄性觀點旁觀日常世界的松本清張為首的社會派相較，江戶川亂步可說是風格迥然不同的作家。

江戶川亂步斷然拒絕冷酷的現實，一心只想浸淫在孤獨的夢境中。但是，他的夢境懸吊在現實世界裡不上不下。那是懸吊在日常空間的人工夢境，是被幽禁在現實生活中的夢境。

「我是無藥可救的虛擬國度居民。我雖然喜歡大蘇芳年（註一）的殘酷畫作，卻對真正的鮮血沒興趣。犯罪現場的照片，只會讓我想吐。」他在《幻影城主》中如此陳述埴谷雄高（註二）所謂的「虛擬凝視」志向。即使如此，亂步所創作的早期短篇小說，魅力正是在於篇篇皆散發出濃密的現實感。

這豈不是諷刺的逆說？試圖逃離現實的幻夢，愈是伸展想像力的翅膀反而愈接近現實。但是，亂步早期的短篇小說即是這種想像力的辯證法結晶。

「『真羨慕那個小偷。』當時，兩人已窮困潦倒到出現這樣的對話。」——這是他的處女作〈兩分銅幣〉裡著名的第一句，但這平凡無奇的一句話背後卻隱藏著江戶川亂步個人真實的生活經歷。

江戶川亂步，本名平井太郎，生於明治二十七年（一八九四）十月的三重縣名張町。父親在名古屋先後經手過機械進口與販售、賣過煤炭、經營國外保險公司代理店，有段時期亦曾開設專利商標事務所，可惜皆失敗了，一直到亂步中學畢業，父親由於破產不得前往朝鮮。亂步決定自力苦學而前往東京，並於明治四十五年夏天，進入早稻田大學預科就讀。就學期間，他鎮日忙著打工賺取學費，因而經常蹺課，他甚至戲稱自己是「早大圖書館畢業」，畢業後他從事過各種行業，資歷豐富足以與戰後的黑岩重吾、水上勉匹敵。換言之，大學畢業後他做了一年貿易商，之後擔任三重縣鳥羽造船所的事務員，在團子坂經營過舊書店，也當過《東京Pack》的編輯、拉麵店員、東京市公所公務員、《大阪時事新報》記者、日本工人聯盟書記長、髮蠟製造業經理、大阪的律師事務所助手、《大阪每日新聞》廣告部職員，接著還做過一陣子的英文打字機的推銷員、唱片音樂會的活動企畫，甚至在深夜擺攤賣蕎麥麵。完成〈兩分銅幣〉時，正值亂步歷經多種職業後失業賦閒之際。「我心想，寫推理小說的時刻終於來臨。反正我失業，時間多得很。稿子若順利賣出，在連香菸錢都無處張羅的困境下，再沒有更好的事。對於推理小說多年培養出來的熱愛，此時此刻正適合一展身手。」（《偵探小說四十年》）

在〈兩分銅幣〉裡，失業賦閒、一籌莫展的兩人唯有想像力無限擴展的情節設定，正是反映出亂步當時置身的悲喜劇遭遇。

倘若容我以「黃昏文學」這個獨特的說法來詮釋，江戶川亂步早期的短篇小說可說是該文類的一種。無論是〈兩分銅幣〉、〈二廢人〉、〈D坂殺人事件〉、〈心理測驗〉等早期短篇，都沉澱著黃昏時分那種略帶陰森的昏暗感。

註一　大蘇芳年（一八三九～一八九二），浮世繪畫師。
註二　埴谷雄高（一九〇九～一九九七），小說家、文藝評論家。

麻痺神經的
迷亂的圖案，
強烈刺激的夢境餘韻，
渲染出落日的黃褐色深濃酸敗。
鈍重、鈍重的都會暮靄……

這是蒲原有明（註一）詩作〈落日〉中的一節，江戶川亂步早期短篇的世界，隱約流露著與這首詩相近的憂傷氛圍。這種難以形容的景象到底是什麼？想來，這獨特的情感似乎是透過作品散發出的某種落魄生活者的意識，不，更直接地說，即失業者意識激發出的情感。就這點而言，江戶川亂步的世界與宇野浩二（註二）的世界正好交錯。除此之外，影響江戶川亂步的日本作家尚有谷崎潤一郎和佐藤春夫（註三）。在這幾位知名作家當中，亂步尤其醉心於宇野浩二，甚至專程拜訪他，而宇野浩二的創作世界裡，亦濃厚反映出以文士為名的某種流浪民工生活色彩。亂步雖對谷崎與佐藤的反自然主義傾向深有同感，但在氣質上，比起貴族氣質的谷崎與佐藤，他對宇野浩二那種底層社會氣息更感親近。

宇野浩二在早期小品〈清二郎　夢想之子〉的序文中寫道：「每當我想起過去卑微的生活

時，我會無法判別何者為真，何者是我的夢境。這樣的我，似乎可以順其自然地將一切真實視為夢境、一切夢境視為真實。」這種夢想家的傾向，與亂步如出一轍。有一回，當《新青年》進行問卷調查，提問若人生中缺少什麼會最困擾時，亂步的回答就是「夢」。

就實際作品來看也是，舉例來說，亂步似乎將宇野浩二的〈天花板上的法學士〉視為〈天花板上的散步者〉的某種原型。宇野這篇作品的主角乙骨三作和〈天花板上的散步者〉一樣，就算是在大白天也習慣吃完飯後立刻鑽進壁櫥裡睡覺，那種生活情感與〈天花板上的散步者〉極為相似。當然，〈天花板上的法學士〉完全沒有推理小說的情節，所以絲毫無損於亂步作品的獨創性，但登場人物的心理狀態相仿，這點算是有趣吧。從〈天花板上的法學士〉裡的乙骨三作身上彷彿可以聞到宇野浩二的體臭，而〈天花板上的散步者〉的鄉田三郎同樣摻雜了江戶川亂步真實的生活體驗。《偵探小說四十年》裡曾提及，當年二十四、五歲的亂步任職於三重縣鳥羽的造船所。然而，他厭倦這份工作，鎮日窩在壁櫥裡睡覺。這段年輕時的經歷與天花板孔穴的機關組合在一起，遂創作出〈天花板上的散步者〉。

註一　蒲原有明（一八七五～一九五二），詩人。
註二　宇野浩二（一八九一～一九六一），小說家，作品多為私小說風格。
註三　佐藤春夫（一八九二～一九六四），詩人、小說家。

由這件小事便可看出，一心只想逃避現實的江戶川亂步，在早期的短篇作品中是多麼尊重現實性，完成於同一時期的〈D坂殺人事件〉和〈人間椅子〉中亦可窺見這項寫作特色。〈D坂殺人事件〉的直條紋浴衣與格子門的詭計手法，是亂步自守口這個地方搭電車前往大阪時，看到火車鐵軌與禁止通行的柵欄交叉因而萌生的靈感。此外，據說在寫〈人間椅子〉前，江戶川亂步曾與橫溝正史一同前往神戶的家具店，指著扶手椅問店員：「這個椅子裡面可以藏一個人嗎？」由此可看出亂步寫作時，注重寫實的嚴謹態度。

正如忠實記錄外在事實的寫實主義，自然也有憑想像力虛構出的寫實主義。無論何者，創造而來的主體與現實皆處於一種緊張關係，這點自不待言。如同沙特在〈想像力的問題〉中所述，「透過非現實存在，能夠在某瞬間賦予讓意識掙脫『世界內存在性』的看法，而這種『世界內存在性』才是想像界成立的必要條件。」亂步的早期短篇作品，正是這種想像力的逆說產物。

2

若就推理小說的角度切入，江戶川亂步短篇作品中的詭計多半是利用一人分飾兩角與暗號。中島河太郎（註）在〈亂步文學的鳥瞰〉中特別關注的是，對於在一般推理小說中占有極大比例的密室和如何瓦解不在場證明，江戶川亂步顯然毫不在意，一心一意僅集中火力於一人分飾兩角的作品，中島指出這種傾向是來自亂步的雙重人格。的確，受到史帝文生的《化身博士》與愛倫坡的「威廉．威爾森系列」（William Wilson）影響而產生的一人分飾兩角構想，在〈雙生兒〉、〈幽靈〉、〈盜難〉、〈一人兩角〉、〈湖畔亭事件〉、〈帕諾拉馬島綺譚〉、〈陰獸〉、〈何者〉等多篇作品中皆一再出現，再加上通俗長篇小說裡的喬裝變身，這類例子可說是不勝枚舉。亂步在〈懸疑說〉中表示，「近代英美長篇偵探小說，高達八成都是以某種形式採用一人分飾兩角的詭計，甚至頻繁到了令人詫異的地步，但這與其說是作者毫無創意的證明，不如視為一人兩角所帶來的恐怖是多麼具有魅力的證明。」這段話同樣可套用在亂步自己身上。

亂步具有雙重人格，這點他自己也承認，而橫溝正史在〈「雙重面相」江戶川亂步〉這篇文章中曾經提及：「戰後的亂步完全變了。在熟知亂步年輕過往的推理作家之間，戰後亂步的改變著實令人驚訝。」由此可見這應具備某種程度的真實。不過，若將亂步的人生視為自純

註　中島河太郎（一九一七～一九九九），推理文學評論家。

粹、潔癖的藝術家轉型為妥協的現實家，這樣的雙重人格或多或少是具有藝術家靈魂的人為了在世上求生存所必須面對的宿命。前衛藝術家岩田豐雄成了大眾作家獅子文六（註一），純文學作家色川武大成了麻將作家阿佐田哲也（註二），並沒有人因此批評他們是雙重人格，為何僅有江戶川亂步遭受如此待遇呢？

想來應是出於亂步的藝術家良心過於極端純粹、潔癖吧。「從少年時代起，他就出乎尋常的嫌惡同類」、「厭人癖、孤獨癖、表現在外的則是不與人交際」（《他》），可見亂步從小就受到強烈疏離感的折磨。當他就讀愛知縣立第五中學時，由於厭惡跑步與機械式體操，幾乎有一半的時間都請病假。十六歲時便與一名友人逃離宿舍企圖前往滿洲，因此遭到停學處分。他無能處理周遭現實，相反地，空想之翼卻無限擴展。前往滿洲這個突兀的計畫以及大學畢業後渴望到美國的夢想，都是為了脫離現實的疏離感。但是，就像攻擊風車的唐吉訶德，江戶川亂步逃脫現實的嘗試，只不過令他一再更換工作，一切終歸徒勞。再加上，正如〈亂步悄悄話〉曾揭露的，亂步在觀念上的同性戀傾向，必定使得他的孤獨感愈益嚴重。亂步的同性戀傾向，從他讀了村山槐多（註三）的〈二少年圖〉後的感想也可看出，然而，僅限於極為形而上的精神概念，他將一切肉體之愛都視為贗品，嚴拒在外。這種戀愛，在現實世界終究無法實現。

以一人兩角為始，亂步異於常人的變身願望、隱身衣願望以及烏托邦願望，與其說是雙重人格，或許該視為亂步企圖擺脫現實疏離感的強烈渴望。因為，這其實是想脫離自己目前的身分、想眺望眼前的自己以外的世界，是一種抗拒現實的欲望。少年時代曾是白淨美少年的亂步，三十幾歲頭髮便漸漸稀疏，這種肉體上的自卑感或許助長了他的變身願望。如同山村正夫（註四）在短文所述，他在戰後到達某個年齡後，之所以不再有厭人癖，反倒變得善於交際，或許不只是變得開朗，而是自卑感消失的緣故。

江戶川亂步自己在〈偵探小說描寫的異常犯罪動機〉中如此解釋：「我也是有強烈『隱身衣』願望的男人，舊作經常描寫『偷窺』心理也是由此而來。〈天花板上的散步者〉躲在閣樓裡這個隱身衣後幹盡壞事，藏在〈人間椅子〉這個隱身衣中談戀愛，都是隱身衣願望的變形。」這種傾向同時延續到〈湖畔亭事件〉與〈鏡地獄〉。

出自這種隱身衣願望的**偷窺**嗜好，和澁澤龍彥（註五）指出的或該稱為人偶偏愛症（Pygmalionism）的人偶嗜好結合在一起時，就誕生了〈非人之戀〉與〈帶著貼畫旅行的

註一　獅子文六（一八九三～一九六九），小說家、劇作家。岩田豐雄是其本名。
註二　阿佐田哲也（一九二九～一九八九），小說家，本名色川武大，以阿佐田哲也這個筆名寫麻將小說。
註三　村山槐多（一八九六～一九一九），西畫家、詩人。
註四　山村正夫（一九三一～一九九九），推理作家。
註五　澁澤龍彥（一九二八～一九八七），小說家、法文學者、評論家。

人〉等幻想傑作。「我擁有過的戀情早在我對性事尚感懵懂的少年時代，而且是對同性，就已傾注殆盡。」（〈亂步悄悄話〉）正如亂步這番告白所揭示的，在亂步的愛情觀中，對於超越性愛的純粹精神之愛有著強烈憧憬，這才是現實生活中不可能實現的荒謬之愛，他對人偶的熱愛正源自於他身為戀愛失格者的個人體驗。當妻子發現她一直以為深愛著自己的丈夫真正愛的竟是京人偶（註一）時，遂在嫉妒下毀掉那具京人偶。沒想到，丈夫得知消息後，絕望之下竟也死在人偶身旁，這樣的〈非人之戀〉雖然太過異常，但它能帶給我們的強烈感動，導因於這段戀情具備了與現世快樂和算計完全無關的純粹性。人偶永遠年輕美麗，而且不可能成為肉體欲望的對象，這種愛情便因此得以在精神上保持一貫的純粹性。這種柏拉圖式戀愛根深柢固地流竄在江戶川亂步的幻想根底。堪稱幻想小說系列最高傑作之一的〈帶著貼畫旅行的人〉描寫為情所苦的男人迷戀做貼畫的女孩，並借助望遠鏡而變身投入貼畫中，在這個情節設定中，彷彿匯集了變身願望與偷窺嗜好、和人偶發生不可能的純愛橋段，可說是集亂步的一切渴望於大成。

亂步在大學時代便對暗號深感興趣，從英國的Rees Cyclopædia暗號史中開始熱心研究暗號法。以他採用「南無阿彌陀佛」為暗號的處女作〈兩分銅幣〉為首，利用漢字結構當暗號的〈黑手組〉、把寄出明信片的日期和英文字母連結的〈日記本〉、內向的年輕人藉由數字示愛的〈算盤傳情的故事〉等早期短篇都可發現，這些故事多半在最後有了出人意表結果。這些運用暗號的作品中最優秀的自然是〈兩分銅幣〉。在貧困無聊的狀態下待在寄宿處無所事事的兩名失業青年，解讀出與失竊巨款的下落有關的暗號，乍看之下似乎破解了謎團，不料……意外的結局著實鮮明，我第一次讀到這篇小說時，不由得想起太宰治的短篇集《晚年》中，看著石子磊磊鋪滿步道遂態度認真起來的故事。即便五十年後的現代，這則作品依然沒有流失分毫新鮮感。在休閒風潮的推波助瀾下，當代推理小說當紅的現象，說不定就跟這篇小說中的兩名失業者的心理狀態一樣。現代人無力採取任何實際行動，僅任憑想像力過度發達。先不論這種看法是否妥當，〈兩分銅幣〉確實令我感到蘊藏了這種對於現實生活的強烈批判。

一直以來，在亂步的早期短篇作品中，一般推理小說常見的殺人或犯罪並未扮演重要角色。〈兩分銅幣〉與〈紅色房間〉、〈百面演員〉、〈一人兩角〉同樣都在最後結束時令犯罪的暗影盡失，前面舉出的暗號作品也多半與犯罪毫無關聯。亂步大學畢業前一年試作的〈火繩槍〉可說是早期短篇作品中唯一的密室殺人事件，但就連這篇也只是受到太陽直射的圓形玻璃花瓶在聚焦作用下引燃火繩槍而意外致人於死，同樣沒有凶手出現。根據亂步自己的解說，這

註一　京都製作的高級木雕人偶，外形多半是蓄著妹妹頭的少女。
註二　波斯特（Melville Davisson Post，一八六九～一九三〇），美國推理作家，代表作為「亞伯納伯父」（Uncle Abner）系列。

種詭計在波斯特（註二）的短篇小說〈都姆道夫事件〉（*The Doomdorf Mystery*）和盧布朗（註一）的〈八點的鐘聲〉（*Les huit coups de l'horloge*）裡都曾出現，但是據說〈火繩槍〉的創作時間遠比這兩者早。

這種不把重心放在犯罪上的早期短篇世界，憑藉的想必是亂步特別注重知性好奇心的滿足、早已超越善惡是非這種通俗倫理判斷的獨特思想。在〈天花板上的散步者〉中，名偵探明智小五郎曾說：「我絕對不會向警方檢舉你。我只想確定，我的判斷是否正確。你也知道的，我的興趣純粹在於知道『真相』，除此之外，其餘的我根本無所謂。」

只要能享受自己的邏輯推理，其他的事一概無所謂——這種站在善惡彼岸的想法，在〈一張收據〉也清楚顯現，文中的左右田這名偵探憑著一張收據而顛覆案件的解釋後，他的朋友誇獎他是位「名偵探」，而他是這麼回答的：「請把偵探這個字眼改為空想家好嗎？」這篇作品指出，從一項物證中可以出現多種解釋，就某種角度而言可說是在闡明戰後新刑事訴訟法的局限，至少，在早期的短篇作品中，比起犯罪本身和企圖找出犯人，亂步顯然對知性好奇心的滿足付出了更多的關心。

除了一人兩角和暗號外，亂步也運用過各種詭計，例如將愛倫坡的〈失竊的信〉（*The Purloined Letter*）中關於藏匿地點的詭計運用在被視為恐怖小說傑作的〈白日夢〉和〈戒指〉

上；谷崎潤一郎的〈途上〉（註一）也用過的所謂或然率犯罪詭計，在〈紅色房間〉裡，亂步以全新的角度發揮或然率作用。這些說穿了算是既有詭計的諧趣模擬（parody），亂步則是刻意為之。對於國外作家不斷開拓出的優秀詭計，亂步知之甚詳，於是他靈機一動想出「盡量把眾所周知的著名詭計反過來運用」。他曾自述：「當時我苦心思考的，是把詭計反過來用的另一種詭計。」（〈彼作此作〉）

例如，堪稱日本第一篇倒述式犯罪小說的〈心理測驗〉，就是從雨果．閔斯特伯格（註三）的《心理學與犯罪》得到靈感而創作。在這則短篇中，他同樣是把詭計反過來運用。原本運用在嫌疑犯身上的心理聯想測驗，正好屬於范達因（註四）著名的〈推理小說二十守則〉中列舉出的「一旦採用就等於宣告自己的無能與欠缺創意」十例之一，可說是推理小說的大忌。然而，在亂步的作品中，犯人反過來利用這種常見的心理測驗，而名偵探又發現犯人的這套詭計再加以逆轉，亂步成功發揮了這種一波三折的曲折轉變。

註一　盧布朗（Maurice Leblanc，一八六四～一九四一），法國推理作家，代表作為「怪盜亞森．羅蘋」（Arsens Lupin）系列。

註二　谷崎於大正九年發表的短篇小說，描寫偵探安藤一邊與湯河對話，一邊刺探他是否利用各種或然率謀殺妻子。

註三　雨果．閔斯特伯格（Hugo Münsterberg，一八六三～一九一六），德、美心理學家，被稱為工業心理學之父。亂步收藏的《心理學與犯罪》日譯本中，寫下了疑似他創作〈心理測驗〉時的筆記。

註四　范達因（S.S. Van Dine，一八八八～一九三九），美國古典推理之父，代表作為「名偵探菲洛凡斯」（Philo Vance）系列。

這種精心設計的詭計必須與亂步的生活體驗完美融合才有這批早期短篇小說，即便就當今的觀點來看，他的取材也絕不顯落伍，甚至可說是預言家，讓身為現代人的我們無地自容。例如，先不論作品的品質優劣，其作品〈毒草〉討論墮胎問題，〈覆面的舞者〉處理換妻的現代問題，這種具有先見的寫作特色也值得一提。

3

從黃昏世界到原色世界，亂步的幻影之家逐漸展現獨特的變貌。昭和四年亂步轉型為通俗驚悚小說家時，他甩開過去冷酷囚禁他種種夢境的日常現實之手，開始在五彩繽紛的萬花筒世界不斷拓展狂野的夢想。那是個令人目眩的五彩世界。你或許還記得吧？全身穿著刺眼的金色衣裳，從黃金面具的唇角流下一絲血跡的怪人〈黃金假面〉，以及滿臉疤痕、發紅的塌鼻、獠牙暴出的無唇男〈吸血鬼〉，還有一身黑衣的魅力女賊〈黑蜥蜴〉，或者，從頭到腳都是綠色的〈綠衣鬼〉，更有面如白壁、連眉毛都沒有、雪白的臉上僅有細小如線的眼睛和血紅雙唇在笑的〈地獄道化師〉。與那黃昏世界相較之下，這個新世界究竟有多怪誕？雖然這個世界看似明亮耀眼，但追求純粹又有潔癖的藝術家亂步，其實正因轉型為現實主義者而陷入深刻的精神苦惱。

川口松太郎（註）曾說，江戶川亂步是位「之後寫的作品若沒有比之前的作品更為優秀就毫無意義的作家」。也因此，大正十二年至昭和四年的早期短篇作品，每一篇都是嘔心瀝血之作。站在作家良心的立場，想把推理小說量化根本是不可能的事。大正十二年以〈兩分銅幣〉出道到翌年大正十三年為止，亂步在這兩年間發表的，除了處女作之外，只有〈一張收據〉、〈致命的錯誤〉、〈二廢人〉、〈雙生兒〉等五篇短篇小說。單憑這樣的文章量可輕易看出，亂步對每篇作品是如何傾注全力付出熱情。大正十三年底，他辭去《大阪每日新聞》廣告部的工作開始專心寫作，到大正十五年為止，這兩年間，他的創作極為旺盛，甚至寫了幾篇長篇，而在寫完〈一寸法師〉與〈帕諾拉馬島綺譚〉後，他意識到自己陷入瓶頸。「我陷入對作品的羞恥、自我厭惡、對人類的憎惡中，以較生動的說法舉例，地面上如果有個洞，我還真想鑽進去躲在裡面。最後，我選擇將妻小留在東京，漫無目的地踏上旅程。」（《偵探小說四十年》）雖有來自眾多報章雜誌的多方邀稿，背水一戰的亂步還是決定讓妻子以出租房屋為業，自己則在新的創作熱情出現前停止賣文鬻稿。這是多麼純粹的精神，這種誠實態度令我深受感

註　川口松太郎（一八九九～一九八五），小說家、劇作家。

動。然而，總不能永遠以沒有創作熱情為由，持續過著僅靠租賃收入的生活，雖然生活基本開銷沒有太大問題，但是亂步開始過著零用錢逐漸短缺的日子。

這段時期創作的是亂步轉型期的力作〈陰獸〉。在這個故事中，亂步讓主角高難度地一人分飾三角，不愧是亂步休養生息後的傾力之作，無論是最後令人跌破眼鏡的結局或是亂步自己化身為大江春泥的戲畫式描寫，都可說是服務滿點的作品。不過，這裡必須留意的是，日後益形露骨的SM變態性欲在此已相當大膽地浮上檯面。性虐待傾向早在初期短篇〈D坂殺人事件〉出現，但在這篇作品中，殺人被視為施虐狂與受虐狂的「合意殺人」，在作品內部也保有基本上的必然性。可是到了〈陰獸〉，那不過是用以烘托女主角魅力的通俗手法。

經歷過渡期後，亂步終於體認到「生存就是妥協」。簡而言之，雖然不想寫無聊的故事，但他需要錢。出去工作當然就不用勉強自己創作無聊的作品，問題是他偏偏最不擅長像一般人一樣出外上班，又羞於向靠租賃維持生計的妻子開口要零用錢。置身在這樣的矛盾中，他下定決心從藝術家轉為現實主義者。

自〈孤島之鬼〉起，歷經〈蜘蛛男〉到〈獵奇的結果〉，亂步一股勁投入通俗長篇小說。據他表示，這時多少有點自暴自棄。

這些通俗長篇小說，就作品品質而言終究程度低下，難以和早期的短篇小說相比，但也正因通俗，得到社會大眾如雷的歡迎。江戶川亂步的名聲，不是藉由優秀的作品，反倒是被這些他自認低俗的作品炒熱。就爭取更多推理小說讀者而言固然有其意義，但相對地，也令人誤解了推理小說的真正價值，可說是一種損失。

詩人長谷川龍生（註）曾說，亂步的作品猶如小兒麻疹，只要得過一次便終生免疫，指的是亂步的通俗長篇小說與少年讀物。

亂步的通俗長篇小說大多以驚悚小說為主，內容強調的是嚇人的煽情獵奇，這是因為亂步敏感地察覺到，比起講求邏輯的本格推理小說，一般讀者更喜歡怪誕、幻想小說。他在〈怪談入門〉中是這麼說的：「在英、美等國，一般而言，本格推理小說比怪談更盛行，反倒是在日本，本格推理小說仍局限於少數讀者，倒是怪談受到壓倒性歡迎。根據我過去的經驗來說也是如此，比起〈兩分銅幣〉和〈心理測驗〉，〈白日夢〉和〈人間椅子〉、〈鏡地獄〉等帶有怪談傾向的作品，不管是對知識程度高的讀者或一般大眾，受到歡迎的程度都益發明顯。不可諱言，的確影響到我當時的創作態度。」

從亂步這種想法中也可看出，這些通俗長篇的主流，是以喬裝為主的變身願望的多樣化，

註　長谷川龍生（一九二八～），詩人，日本現代詩人會會長。

及在〈白日夢〉與〈蟲〉早已蘊藏的殘酷異常趣味的顯在化。尤其是把美女屍體做成石膏雕像和菊花人形的人偶嗜好，在〈蜘蛛男〉與〈吸血鬼〉等多篇作品都曾提及。具有殘虐嗜好情節的，則是〈孤島之鬼〉中製造殘疾者的構想，與〈盲獸〉吃人肉的描寫。尤其是後者，亂步自己重讀甚至反胃作嘔，遂將部分內容刪除。

有趣的是，早期短篇作品看不到的密室趣味，在這個時期多少可以發現，描寫犯人既是被害者又是名偵探的〈何者〉，就某種角度而言也是與腳印結合的密室構想，到了〈孤島之鬼〉和〈吸血鬼〉則是以更明確的形式處理密室。除此之外，〈黃金假面〉中有某種暗號，而〈黑蜥蜴〉則是應用〈人間椅子〉的詭計。就這樣，在通俗長篇小說的領域幾乎完全找不出新情節，在架構上也多半像〈獵奇的結果〉那樣分裂。不過，說到在架構上較無破綻的作品，我想至少可舉出〈黃金假面〉、立基於伊登．菲爾波茲（註）作品的〈綠衣鬼〉及〈暗黑星〉等三篇。

支撐這些通俗長篇小說的根本思想到底是什麼？想來，應可遠溯至〈帕諾拉馬島綺譚〉的烏托邦願望吧。若將亂步早期的短篇作品，比喻成被囚禁在頑強現實框架裡的夢幻世界，那麼，這些通俗長篇的世界完全就是成人的童話世界，是個奇妙的人工仙境。不知你可曾想起，在早期短篇作品的黃昏世界中，唯獨〈帕諾拉馬島綺譚〉散發著絢爛的鮮麗色彩？這篇作品的登場人物說：「若以恐懼上色，能夠令美感倍增，想必再沒有比海底更美的景色吧。」這種在恐懼中發現美感的思想，或許正是這些通俗長篇小說的主幹。〈帕諾拉馬島綺譚〉的烏托邦，以更為通俗的形式在〈大暗室〉復活為邪惡的烏托邦，這種倒錯的美學理念，似乎濃厚地流淌在許多通俗長篇小說的底層。

4

開始執筆寫通俗長篇的數年後，也就是昭和十一年（一九三六），亂步第一次嘗試創作少年讀物，亦即同年一月起在《少年俱樂部》連載的〈怪人二十面相〉。若要問亂步的通俗化之路有何意義，肯定得首先舉出這種少年讀物吧。放眼戰前、戰後，再也沒有比亂步的少年讀物更能激發少年夢想的作品。「我起初打算寫類似少年亞森羅蘋的故事，題目同樣定為〈怪盜二十面相〉，但是當時少年雜誌的倫理規定遠比現今嚴格，不能使用『盜』這個字，因此雖然念起來不通順，還是勉強改為『怪人』。故事情節類似怪盜亞森羅蘋的翻版，與撰寫成人讀

註　伊登・菲爾波茲（Eden Phillpotts，一八六二～一九六〇），英國推理作家、劇作家、詩人。

物相較，〈怪人二十面相〉輕鬆多了。」亂步在《偵探小說四十年》中如此回憶。不過，我認為〈怪人二十面相〉還是以怪人為題好。因為，怪人二十面相與亞森羅蘋一樣，並非單純的大盜，他同時也很有藝術家品味，而且極力避免傷人，是個樂於和宿敵名偵探明智小五郎鬥智的高級紳士。從〈少年偵探團〉、〈妖怪博士〉、〈大金塊〉等戰前作品，到戰後的〈青銅魔人〉、〈透明怪人〉，怪人二十面相系列作就推理小說的角度來看，只不過是以喬裝為主的尋常詭計不斷重演，然而，這些作品與成人取向的通俗長篇不同，少了獵奇煽情與荒謬無意義的成分，成為帶給少年推理小說夢想的最佳入門書。

值得注意的是，歷經通俗長篇與這些少年讀物，名偵探明智小五郎的形象大幅改變。名偵探明智小五郎在江戶川亂步的世界中，究竟處於什麼位置？

當明智小五郎在〈D坂殺人事件〉首次登場時，亂步是這麼描寫的：「年紀和我差不多，不超過二十五歲。嚴格說來算是體型偏瘦，他走路時有個習慣甩動肩膀的怪毛病……說到伯龍（註一），明智從長相到聲音，都跟他一模一樣……只不過，明智的頭髮較長，蓬亂毛燥糾結成團，而且跟人說話時，他還會習慣性地一直以手指把那原本就亂糟糟的頭髮抓得更亂。至於服裝，他似乎向來不講究，總是穿棉質和服繫著皺巴巴的腰帶。」住在堆滿書本的四張半榻榻米陋室的明智，算是沒有固定職業的高級遊民，但他總自稱「正在研究人類」。

柯南・道爾創造的名偵探福爾摩斯一手拿著放大鏡，在地上爬來爬去進行外部歸納型的推理，相對地，范達因創造的名偵探菲洛凡斯，則是根據犯人的犯罪手法推論出心理特徵，採用的是內部分析型的推理方法。相較之下，明智小五郎的推理方法，從他在〈D坂殺人事件〉和〈心理測驗〉搬出閔斯特伯格就可看出，他比較接近菲洛凡斯的心理主義手法。不過，更精確地說，應該稱之為人性學（anthropological）的推理，包含施虐狂與受虐狂的人性學研究，正是明智推理的依據。這似乎也反映出，亂步對於包含精神分析在內的心理學，有著非比尋常的高度關心。

本來，在日本並沒有富有個人魅力的名偵探。不僅沒有極富個人魅力的名偵探，更不可能有極富個人魅力的犯人。就這點而言，江戶川亂步創造的明智小五郎，比起木木高太郎（註二）創造的精神醫學專家兼名偵探大心池醫生，以及橫溝正史從米爾恩（註三）寫的〈紅房子的祕密〉（*The Red House Mystery*）中的安東尼・吉林康中得到靈感，而創造的名偵探金田一耕助等人物，可說是更勝一籌的奇特名偵探。不過，亂步本來只想讓這名偵探出場一次，沒想到意外

註一　神田伯龍（一八八九～一九四九），當時出名的講談師，本名戶塚岩太郎。
註二　木木高太郎（一八九七～一九六九），大腦生理學者、小說家。
註三　米爾恩（Alan Alexander Milne，一八八二～一九五六），英國作家、詩人。

獲得好評，才讓明智繼續在其他作品出現，以至於〈D坂殺人事件〉以外的短篇小說未必詳盡勾勒出明智的個性。

有趣的是，在堆滿書本的四張半榻榻米大的斗室裡，身穿和服、看起來就很窮困的明智小五郎，到了通俗長篇小說後，卻搖身一變成為時尚瀟灑的人物，例如「立領白衣配上白鞋，打扮完全不像日本人的明智小五郎」（《蜘蛛男》）。住的地方也是，「『蜘蛛男』事件解決後不久，便放棄不經濟的飯店生活，搬來這個公寓，對於單身的他來說，比起獨門獨院的房子，還是住公寓比較自在、方便。他租的是面向大馬路的二樓兩房公寓，其中一間約有七坪，足以充作客廳兼書房，另一間較小的就當作臥室。」（〈黃金假面〉）顯然已大幅改善居住環境。甚至到了〈吸血鬼〉事件的結尾，明智小五郎還與女友文代結婚了。小林芳雄則是打從之前就一直協助明智，在少年讀物中自然更是與明智並肩攜手而大為活躍。

我對於將柯南．道爾作品中的名偵探福爾摩斯視為真實人物，並加以研究的福爾摩斯學毫無興趣，卻特別關注明智小五郎的改變。這是因為明智小五郎的改變，和亂步自黃昏世界走向原色世界的轉變有著微妙的重疊。

在少年讀物〈透明怪人〉中，明智小五郎的辦公室是這樣的：「這裡是明智偵探事務所的所長室。整面牆都是書架，密密麻麻地塞滿燙金字樣的書本。前方有張大書桌，名偵探明智小五郎端坐在桌前。桌子表面光滑如鏡，倒映著明智的臉。黑色西裝，淺茶色領帶，依舊是一頭毛躁亂髮，像西洋人一樣的立體五官。」佐藤忠男（註一）引用這段文章，稱明智小五郎為「瀟灑美男子」，但正如前面指出的，在〈D坂殺人事件〉初次登場時，明智根本不是這樣的人。在通俗長篇中，名偵探明智小五郎也必須跟著變得開朗、平易近人。正如通俗長篇的水準降低卻提高了江戶川亂步的虛名，明智小五郎也在成名的同時淪為普通人，著實令人感到惋惜。

5

一心逃避文學創作的亂步，欠缺改造現實社會的夢想與批判現狀的批評精神。對於影響亂步的谷崎潤一郎，伊藤整（註二）如此評論他的問題意識：「在物質條件上保持道德倫理比較容易，要激發人的勇氣，在肉體條件上應該怎麼做才可能合乎倫理，還有，怎樣做又是不合乎道德，這正是谷崎潤一郎最根本的思想問題。」（〈谷崎潤一郎論〉）亂步對於肉體並沒有那麼高層次的道德倫理意識。正因如此，對人來說最根本的施虐欲和受虐欲，才會演變成鄙俗的獵

註一　佐藤忠男（一九三〇～），影評家、教育評論家。
註二　伊藤整（一九〇五～一九六九），詩人、小說家、評論家。

奇煽情化。

「他從沒想過要透過自己的作品讓世界變好或變壞。那在他眼中，完全是另一個問題。小說若只能像政治論文那樣用來讓人生積極向上，他肯定會像討厭『現實』一樣厭惡『小說』。」（《幻影城主》）亂步誠實地對人道主義立場的文學提出否定的見解。

對於站在這種立場的亂步，描寫在戰爭中失去雙手雙腳、變成像毛毛蟲一樣既怪異又可悲的須永中尉淒慘死亡的〈芋蟲〉，居然被左派人士視為反戰小說而受到熱烈歡迎，實在太過反常。本來，江戶川亂步是虛擬國度的居民，對現實社會毫不關心，卻因〈芋蟲〉被人盯上，再加上推理小說在戰時體制下也被視為敵國文學，亂步的活動範圍明顯縮小。他在戰時寫出唯一的推理長篇〈偉大的夢〉，但即便在這篇順應國家政策的小說中，敵對的美國人也沒有被描寫成「鬼畜英美」（註一）。這篇作品中的陸軍省機密局長官歐布萊恩向羅斯福總統忠告：「每次看到把日本人醜化成猴子的漫畫，及把日本人稱為『小蟲』而洋洋得意的報章雜誌，我就覺得很難過。侮蔑交戰國的人民的確很痛快，但是自古以來，沒有任何人能在戰爭中因侮蔑對手得勝。」總統深表同意。這段話反過來也可套用在日本身上。江戶川亂步的文學立場，打從一開始就沒把現實放在眼裡，才能在戰時避開生產大量國策文學這種不幸的文學運動。

既然如此，江戶川亂步的推理小說觀究竟為何？據亂步表示，他對推理小說的定義如下：

「推理小說，主要是針對與犯罪有關的難解之謎，有邏輯地、徐徐加以破解的過程趣味為主眼的一種文學。」（〈偵探小說的定義與類別〉）這個定義加上了詳細的解說，但尤其引人興味的是：「推理小說等於是科學與藝術的混血兒，造成推理小說在文學上極為特殊的地位。小說大致上可分為純文學和大眾文學兩大類，若將推理小說歸為後者，則無法道盡其奧義。推理小說領域有別於這樣的二分法。因此，推理小說中可能有純文學，也可能有大眾文學，我想這種看法才是正確的。」

昭和六年，本格派的甲賀三郎（註二）與文學派的大下宇陀兒（註三）打起筆戰，到了昭和十一年，筆戰在甲賀三郎與木木高太郎之間再度爆發，當時文學派木木高太郎的主張是：「一般小說與推理小說的區別清楚。不過，這個區別並非認定一方是藝術另一方不是，兩者其實都是藝術小說，而且，兩者有明顯的區別。這對一方是推理小說，另一方是普通小說，絲毫沒有妨礙。」（〈與甲賀三郎氏一再論戰〉）這是開宗明義地將推理小說視為藝術。甲賀三郎猛烈批判這種看法，認為會模糊推理小說與純文學的區別，而江戶川亂步的想法，說穿了是介於兩者

註一　日本在戰時對英、美兩大敵國的蔑稱。
註二　甲賀三郎（一八九三～一九四五），推理作家，與亂步並稱為本格派推理小說的先鋒。
註三　大下宇陀兒（一八九六～一九六六），推理作家，受到甲賀的刺激才開始寫作。

之間。他認為推理小說當中有些作品可能是純文學，有些作品可以歸類為大眾文學。不過，若閱讀戰後亂步寫的〈評偵探小說純文學論〉，這個看法基本上雖未改變，但對推理小說如何不失特殊性地成為文學，他表明了相當質疑的態度。例如，他說「既是第一流的文學又不失推理小說獨特的趣味，其實極為困難。不過，我並非全盤否定這種可能性。我們不該對革命天才的出現絕望」，相當謹慎保守。

我個人的看法，基本上與江戶川亂步的立場一致。換言之，推理小說基本上屬於娛樂範圍，但可能有例外的藝術作品。木木高太郎的推理小說藝術論隱含著對一般文壇輕視推理小說的無意識自卑感，及推理小說不過是大眾讀物因而是粗製濫造低俗讀物的不滿。不過，為什麼一定要區隔藝術與娛樂，認定藝術一定高於娛樂？我倒覺得，最好的娛樂比二流藝術品高級多了。而江戶川亂步的〈兩分銅幣〉不僅是最佳娛樂品，更是了不起的藝術品。

江戶川亂步秉持這種充分具有說服力的推理小說觀及無窮的熱情，收集海內外的推理小說文獻廣為介紹。他的《幻影城》與《續．幻影城》收錄的評論，多半是國外偵探小說的介紹批評，這些以英美為主的海外作品，數量之多任誰都會為之震懾。而亂步閱讀這些原文作品，並充分消化、研究。大岡昇平（註）曾說，亂步的研究論文無法以批評或評論的角度來定義。的確，這些以介紹和分類為主的研究論文，或許與一般所謂的文藝評論不同，但絕對是高度研究，和《偵探小說四十年》同屬關心推理小說者的必讀文獻。尤其是〈類別詭計集成〉，堪稱推理作家創造詭計時的寶貴指南。即便在戰後二十多年的今日，仍未出現勝過這個水準的研究專書。縱使離開黃昏世界後，江戶川亂步的推理小說幾乎再無可觀之處，但若說他這些研究填補了這段空白，絕不為過。

6

亂步的藝術家熱情，在早期的黃昏世界已燃燒殆盡。縱使戰後再次迎接推理小說的復興期，卻再也創造不出那種精緻架構與充滿鮮活現實感的虛擬世界。即便是歷經漫長空白後寫出的〈化人幻戲〉和〈影男〉，仍沒有超越戰前的作品水準，說穿了不過是熟極而流的既成品。

然而，天才藝術家亂步早夭後，還留下另一個偉大的「組織者亂步」。昭和二十九年，六十歲的亂步在十月三十一日偵探作家俱樂部主辦的慶生會上，捐出一百萬圓給俱樂部，提議以這筆基金設置獎項，以獎勵推理小說創作。翌年，根據這項宗旨，第一屆江戶川亂步獎頒發給

註　大岡昇平（一九〇九～一九八八），小說家、評論家。

中島河太郎的《偵探小說辭典》，即為如今成為新人作家登龍之門的亂步獎伊始。進而又自昭和三十二年八月起，透過著名的推理小說專業雜誌《寶石》的編輯，致力於發掘新人。原本江戶川亂步在踏入推理文壇前就曾創辦「智能小說刊行會」，執筆創作推理小說後在大阪成立「偵探趣味協會」，戰後也盡心創立「偵探作家俱樂部」，頗有組織者的才能。戰後他已功成名就，自然更有餘裕從事相關領域的活動。

江戶川亂步最偉大的地方，或許在於年輕時那種潔癖、純粹的藝術家氣質，即便後來向現實妥協、開始寫通俗長篇贏得虛名，他始終受到世人重視。就這點而言，他比任何人都誠實、也更嚴厲批判自己，因此，相較只會盲目誇獎的追隨吹捧，對於值得正當評價的作品給予評價、該批判的加以嚴厲批判的平林初之輔（註一）最能得到亂步的信賴。正因擁有這種資質，記錄了他在推理小說方面一切活動的《偵探小說四十年》堪稱最優秀的日本推理小說史，也是研究江戶川亂步的最佳工具書。

昭和四十年七月二十八日，江戶川亂步因腦溢血結束七十一年的偉大生涯。江戶川亂步親身示範的教訓，就是「獵奇煽情．無意義之路」是推理小說的死胡同這個事實。戰後松本清張等人的社會派，導入江戶川亂步與橫溝正史欠缺的社會批判觀點，為推理小說開拓出嶄新的境界；星新一（註二）、山川方夫（註三）等科幻小說旗手和約翰．柯利亞（註四）及沙奇（註五）等筆風奇特的作家一樣，走上近代幻想文學之路。但貫徹這種方向，不讓亂步過去的悲劇重演，或許才是這位偉大的天才對於後進作家們最殷切的期盼。推理小說與其他文學一樣，在根底需要尖銳的批判精神，過於執著敏銳的體表感覺正是亂步的偉大，也是其悲劇所在。

本文作者簡介

權田萬治（ごんだ・まんじ）

文學評論家。一九三六年出生，東京都人，東京外國語大學法語科畢業後，在日本新聞協會任職，之後在專修大學文學部教授新聞論、近現代文學。現在為推理文學資料館館長。日本推理

註一　平林初之輔（一八九二～一九三一），推理作家、文藝評論家。

註二　星新一（一九二六～一九九七），科幻小說作家，尤其擅長寫極短篇。

註三　山川方夫（一九三〇～一九六五），小說家。

註四　約翰・柯利亞（John Collier，一九〇一～一九八〇），英國作家，尤以短篇小說聞名於世。

註五　沙奇（Saki，一八七〇～一九一六），英國小說家。

作家協會會員，美國偵探作家俱樂部（MWA）會員。一九六〇年發表推理文學評論〈感傷的功用〉出道。七六年以《日本偵探作家論》獲得日本推理作家協會獎。二〇〇一年與新保博久共同監修之《日本推理文學事典》獲得本格推理小說大獎。其他著作有：《宿命の美学》、《教養としての殺人》、《趣味としての殺人》、《松本清張——時代の闇を見つめた作家》等。

兩分銅幣

江戶川乱步作品集 05

原著書名：二銭銅貨
作者：江戶川亂步
翻譯：劉子倩
責任編輯：陳盈竹
特約系列主編：傅博
編輯總監：劉麗真
總經理：陳逸瑛
榮譽社長：詹宏志
發行人：涂玉雲

出版：獨步文化
城邦文化事業股份有限公司
104 台北市中山區民生東路二段 141 號 5 樓
電話 (02) 2500-7696　傳真 (02) 2500-1967

發行：英屬蓋曼群島商家庭傳媒股份有限公司城邦分公司
台北市中山區民生東路二段 141 號 2 樓
讀者服務專線 (02) 2500-7718 ; 2500-7719
24 小時傳真服務 (02) 2500-1990 ; 2500-1991
服務時間 週一至週五 上午 09 : 30-12 : 00 下午 13 : 30-17 : 00
讀者服務信箱 E-mail service@readingclub.com.tw
劃撥帳號 19863813　戶名 書虫股份有限公司

香港發行所：城邦（香港）出版集團有限公司
香港灣仔駱克道 193 號東超商業中心 1 樓
電話 (852) 25086231　傳真 (852) 25789337
E-mail hkcite@biznetvigator.com
馬新發行所：城邦（馬新）出版集團【Cite (M) Sdn Bhd】
41, Jalan Radin Anum, Bandar Baru Sri Petaling,
57000 Kuala Lumpur, Malaysia.
電話 (603) 90578822　傳真 (603) 90576622
E-mail cite@cite.com.my

封面繪圖：中村明日美子
美術設計：高偉哲
排版：游淑萍
印刷：中原造像股份有限公司

2017 年 3 月二版一刷
2023 年 6 月 1 日二版九刷
售價：420 元
ISBN 978-986-5651-88-6

國家圖書館出版品預行編目資料

兩分銅幣／江戶川亂步著；劉子倩譯 . -- 二版 . - 台北市：獨步
文化：家庭傳媒城邦分公司發行，2017〔民 106.03〕
面；　公分 . --（江戶川亂步作品集：05）
譯自：二銭銅貨
ISBN 978-986-5651-88-6（平裝）

861.57　　　　106000951

獨步文化 APEX PRESS

廣　告　回　函
北區郵政管理登記證
台北廣字第000791號
郵資已付，免貼郵票

104台北市民生東路二段 141 號 2 樓

英屬蓋曼群島商家庭傳媒股份有限公司

城邦分公司

請沿虛線對摺，謝謝！

獨步文化 APEX PRESS

書號：1UU001X	書名：兩分銅幣	編碼：

請於此處用膠水黏貼

獨步文化 APEX PRESS

讀者回函卡

謝謝您購買我們出版的書籍！
請費心填寫此回函卡，我們將不定期寄上城邦集團最新的出版訊息。

姓名：________________ 性別：□男 □女

生日：西元________年________月________日

地址：________________________________

聯絡電話：________________ 傳真：________________

E-mail：________________________________

學歷：□1.小學 □2.國中 □3.高中 □4.大專 □5.研究所以上

職業：□1.學生 □2.軍公教 □3.服務 □4.金融 □5.製造 □6.資訊
□7.傳播 □8.自由業 □9.農漁牧 □10.家管 □11.退休
□12.其他________________

您從何種方式得知本書消息？
□1.書店 □2.網路 □3.報紙 □4.雜誌 □5.廣播 □6.電視
□7.親友推薦 □8.其他________________

您通常以何種方式購書？
□1.書店 □2.網路 □3.傳真訂購 □4.郵局劃撥 □5.其他

您喜歡閱讀哪些類別的書籍？
□1.財經商業 □2.自然科學 □3.歷史 □4.法律 □5.文學
□6.休閒旅遊 □7.小說 □8.人物傳記 □9.生活、勵志 □10.其他

對我們的建議：________________________________
____
____

為提供訂購、行銷、客戶管理或其他合於營業登記項目或章程所定業務需要之目的，家庭傳媒集團（即英屬蓋曼群島商家庭傳媒股份有限公司城邦分公司、城邦文化事業股份有限公司、書虫股份有限公司、墨刻出版股份有限公司、城邦原創股份有限公司），於本集團之營運期間及地區內，將以mail、傳真、電話、簡訊、郵寄或其他公告方式利用您提供之資料（資料類別：C001、C002、C003、C011等）。利用對象除本集團外，亦可能包括相關服務的協力機構。如您有依個資法第三條或其他需服務之處，得洽詢本公司服務信箱cite_apexpress@cite.com.tw請求協助。相關資料不提供亦不影響您的權益。

□我已詳讀權利義務之相關條款，並同意遵守。

請於此處用膠水黏貼

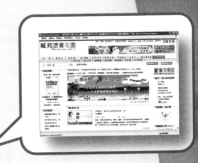

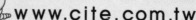

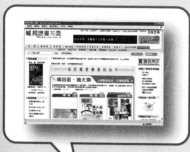